1. 경성제일고보(현 경기고) 시절(5학년).
2. 경성제일고보 시절로 추정됨.

3

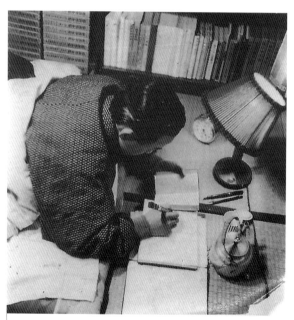

4

5

6

3·4·5·6. 와세다대학 유학 시절.

7

8

7. 재종형(육촌형)과 함께.
8. 재종 동생 권태홍과 함께.

9

10

9. 인천적십자요양원 요양 시절(1941~1944년).
10. 인천적십자요양원에서 고향으로 돌아온 이후의 모습으로 추정됨.

11

12

11. 결혼식 가족사진(1944년).
12. 부인 박희진과 함께.

13

13. 옷갓마을(충주시 칠금동 362번지)의 새로 지은 집에서.

14. 동요집 『감자꽃』(글벗집 1948) 표지와 본문.
15. 육필 동요집 『송아지』(1947, 미간행) 본문.

권태응 전집

권태응 전집

창비
Changbi Publishers

『권태응 전집』을 출간하는 가슴 떨리는 기쁨

지난 해 11월 뉴욕 외곽에 있는 권영함 선생(권태응 선생의 아들) 댁에 도착한 것은 예정시간보다 한 시간 이상 지나서였습니다. 저녁시간이라 차가 많이 막힌 탓이었습니다. 두 달 전에 창비의 편집자 이하나 씨와 같이 방문하기로 약속했다가 긴박한 국회 일정 때문에 당일날 뉴욕행이 취소되어서 참으로 죄송하게도 이하나 씨 혼자 권영함 선생 댁을 찾아가게 된 적이 있었습니다. 두고두고 미안했습니다. 그러고 두 달 뒤 다시 뉴욕에 갈 일이 생겨서 시간을 내서 권영함 선생 댁을 방문하게 되었습니다.

권영함 선생은 오래된 가방을 보여주었습니다. 가로가 대략 육칠십 센티미터 정도 되고 세로는 그 절반쯤 되어 보이는 빨간색 바탕에 체크무늬가 있는 가방이었습니다. 가방을 열자 권태응 선생의 육필 원고가 가득 들어 있는 게 보였습니다. 동천(洞泉) 작품집(作品集)이라고 한자로 쓰여 있는 표지가 보였습니다. 골짜기 샘물이라는 뜻의 동천은 권태응 선생의 호입니다. 오른쪽 위에는 병술(丙戌) 중하(仲

夏)라고 쓰여 있었습니다. 권영함 선생은 의사들이 착용하는 수술장갑을 끼더니 그 원고들을 하나씩 꺼내어 보여주었습니다. 손으로 만지니 원고 가장자리가 바스라지며 떨어져 내렸습니다. 권영함 선생은 맨손으로 만지지 못하게 했습니다. 바스라지기 때문이기도 하지만 아버지의 육신 아니 유골을 대하듯 하는 것 같았습니다. 그 원고들 중에는 처음 보는 원고가 많았습니다. 그 원고들을 한 장 한 장 사진으로 찍어서 가지고 왔습니다. 물론 이하나 씨가 찍어온 사진도 있었지만 흐려서 잘 안 보이는 부분들이 있어서 다시 찍었습니다.

지금까지 20여 년 간 권태응 문학제를 하는 동안 권영함 선생과 누나인 권영진 여사가 건네주신 동시집 원고와 소설 몇 편, 산문 등은 문학제에 소개하거나 『창비어린이』 『충북작가』 등에 소개한 바 있습니다. 그런데 늘 작품 전체를 다 수록하고 소개하여 후학들이 연구할 수 있도록 전집을 만들어야 한다는 갈망이 있었습니다. 권영함 선생이 보여주신 원고를 바탕으로 이 전집을 만들게 되었습니다. 마침 올해가 권태응 선생이 태어나신 지 100년이 되는 해라서 창비의 도움으로 전집을 간행할 수 있게 되어 너무 기쁩니다.

권태응 선생은 일본으로 유학을 가 와세다대학에서 공부를 하는 동안 경성제일고등보통학교 33회 졸업생 20여 명을 중심으로 하는 '33회'라는 비밀모임을 조직하여 학습하고 토론하다가 구속됩니다. 일본 경찰의 자료에 의하면 독립을 이룩하기 위해 사회주의 서적을 탐독하면서 조선의 식민지 경제와 자본주의의 결합을 분석하거나 제국주의 열강이 치르고 있는 침략전쟁의 성격을 파헤치며 일본이

패망할 수밖에 없는 이유를 찾아내고 있었다고 합니다.

그러면서 유학생들이 사치에 흐르지 않아야 한다고 스스로 경계하는 점이나 파쟁과 대립을 벗고 단결해야 한다든가, 노동자들의 의식을 앙양하기 위해 매진해야 한다든가, 프롤레타리아 예술을 통하여 조선 농민을 지도할 것 등을 학습하였다는 것으로 보아 자신들의 사회적 역할에 대해서도 진지하게 고민한 것으로 보입니다.

1939년 여름방학을 맞아 귀국하려고 짐을 꾸리다 일본 경찰에 검거되어 스가모형무소에 투옥되는데, 감옥 생활 1년 만에 폐결핵 3기의 몸이 되어 병보석으로 출옥하게 됩니다.

병이 깊어 고국으로 돌아온 권태응은 인천에 있는 적십자요양원에서 치료를 합니다. 투병 중에 박희진이란 간호사를 만나게 되고 두 사람은 서로 사랑하는 사이로 발전하게 됩니다. 결혼 후 고향인 충주에서 생활하면서 권태응 선생은 부인과 함께 야학을 합니다.

치열하고 뜨거웠던 민족의식과 열정은 감옥생활과 폐결핵 발병, 요양생활과 귀향의 과정을 거치면서 서서히 내면화하게 되고 이 과정에서 문학과 만납니다. 권태응 선생은 고향 칠금리에서 이 전집에 수록된 많은 작품을 씁니다.

1948년 손수 엮은 동시집 『우리 동무』 '지은이의 말'에 썼던 것처럼 "38선이 없어지고 우리의 참된 나라가 서는 날"을 고대했고, "하루빨리 남북통일"이 되기를 바랐지만 1950년 나라는 전쟁의 포화에 휩싸이고 권태응 선생은 마차에 실려 피란을 가야 했습니다. 두 번이나 피란을 가면서 점점 더 쇠약해졌고 전쟁 중이라 약을 제대로 구할 수 없었습니다. 동생이 충주 변두리로 마이신을 구하러 갔다가 약은 못 구하고 귤 몇 개를 구해서 왔더니 그 귤을 사랑스러운 눈으로 바라보고 만지다가 눈을 감았다고 합니다. 그때가 1951년 3월 28일이었습니다. 전쟁 중이라 관도 못 쓰고 모친이 다락에 있는 선반을 뜯어 그것을 관으로 대신했다고 합니다. 2005년, 대한민국 정부는 권태응 선생을 독립유공자로 인정하여 60주년 광복절을 맞아 대통령표창을 수여하였습니다.

권태응 선생의 동시는 아름답습니다. 농촌의 풍경을 노래한 동시, 자연과 사물을 아름답게 노래한 동시가 많습니다. 농촌 아이들의 삶을 애정 어린 눈으로 바라보는 시가 많습니다. 권태응 선생의 동시는 따뜻합니다. 가난한 이들, 일하는 이들에 대한 연민이 깊게 배어 있습니다. 그리고 나라를 사랑하고 걱정하는 좋은 동시가 많습니다. 동시를 쓴 시인으로만 알고 있지만 농민소설도 쓰고 희곡도 썼습니다.

의도적으로 농촌과 농민에 대한 이야기를 작품으로 쓰고자 했습니다. 그것이 민족운동·독립운동에 몸을 던진 이유이기도 했고, 감옥에 갇히고, 병을 얻게 되고, 죽음으로 이어진 원인이 되었던 것입니다. 이 전집을 함께 만들자고 했던 김이구 선생이 전집 출간의 자리를 함께할 수 없는 것이 안타깝습니다. 하늘나라에서도 기뻐하시리라 믿습니다. 김제곤 선생님, 이안 선생님, 창비의 천지현 차장님 모두 고맙습니다.

2018년 11월
시인 도종환

우리 시골

제2부 산문

소설

일러두기

1. 1부에는 동요·동시를 수록하였다. 시인이 생전에 간행한 동요집 『감자꽃』(글벗집 1948)과 미간행 육필 동요집 『송아지』(1947), 『하늘과 바다』(1947), 『우리 시골』(1947), 『어린 나무꾼』(1947), 『물동우』(1948), 『우리 동무』(1948), 『작품』(1949), 『동요와 또』(1950), 『산골마을』(1950) 수록작, 그리고 잡지 『주간 소학생』 『소학생』 『아동구락부』에 발표된 작품을 대상으로 삼았다.

2. 1944년부터 1946년 사이 시조집 『첫새벽』(유실), 『등잔불』, 『탄금대』, 시(가)집 『청담집』, 『동천시집』, 『탄금대』 등을 엮은 것이 확인되나, 이 시기는 시인이 동시를 창작하기 위한 모색과 습작 시기의 작품으로 보아 전집에는 수록하지 않았다.

3. 기발표작은 『감자꽃』(1948)과 『주간 소학생』 『소학생』 『아동구락부』 수록작을 저본으로 삼았다. 미발표작은 육필 동요집을 저본으로 삼되 재수록작의 경우는 가장 나중에 엮인 시집에 실린 것을 저본으로 삼았다.

4. 한 작품이 이후 시집에 재수록된 경우에는 처음 엮인 시집에 한 번만 수록하고, 나중에 개작된 시는 그 내용을 반영하여 실었다. 다만, 『감자꽃』에 수록된 시들은 모두 『감자꽃』에 수록하였다. 재수록 작품의 현황을 파악할 수 있도록 표로 만들어 부록에 실었다.

5. 시 작품의 배열은 기출간과 미출간을 구분하지 않고 작품집이 엮인 순서대로 싣되 같은 작품집 안에서 순서를 일부 조정하였다. 그리고 잡지 발표작 중에서 작품집에 묶이지 않은 것은 맨 뒤에 배치하였다.

6. 동일한 제목의 시에는 일련번호를 붙였다.

7. 2부에는 소설, 희곡, 수필(이상 모두 미발표 육필 원고)을 수록하고, 작품이 쓰인 순서대로 배열하였다.

8. 맞춤법, 띄어쓰기는 현행 표기법을 따르는 것을 원칙으로 하되, 작가만의 독특한 어휘나 사투리, 독창적 표현들은 최대한 존중하여 작품이 본디 품고 있는 원형을 훼손하지 않도록 하였다. 그리고 하나의 어휘가 어떤 시에서는 사투리로, 어떤 시에서는 표준어로 쓰인 경우에는 어느 하나로 통일하지 않고 그대로 두었다(예: 남구/나무, 앵도/앵두, 곡석/곡식, 부팀/부터, 칩다/춥다, 나리다/내리다 등등). 한자는 한글로 바꾸고 필요한 경우에만 한자를 병기하였다.

9. 원문 해독이 불가능한 글자는 □□로 표시하였다.

10. 설명이 필요한 경우에는 주석을 달았고, 어려운 낱말에는 뜻풀이를 달았다.

제1부

동요·동시

노래손님

을방울 따서는
치 하고,
을방울 따서는
수 하고.

순이가, 옥이집에 놀러
순이가, 손님, 노래손님,

익 병아리들
지요.

호박씨 한오금 대접 받고
옥스며 풀러은 노래 보따리

깨 한줌 묵콕콕
아 먹고.
쌀 한줌 국콕콕
아 먹고.

옥이가, 순이집에 놀러가면
옥이가 손님 노래손님

공복이 한오금 대접 받고
옥스며 클러은 노래 보따리

비악 병아리들
레지요.

빨래 줄에

봄 나드리
아오.
펄펄걸
외아오.

빨래줄에 나라니
제비 새끼.
하나 둘 셋 벗어진 새나리.
다섯 마리.

이 집
빨래줄에 나라니
아기 기저기.

까치 집
가왓나.

하나 둘 셋 벗
펄펄 다섯.

잎 욱어진 속에
룻지.

쌍둥이

가치는
가왓것.

얼굴도 기도
똑 같구으.

에로
으리 가왓자

모자도 신발도
똑 같지요.

어린이의 노래

샛파란 꿈 예쁜
뾰족뾰족 마룻 파
플나무 싸 손구오

꿈, 꿈, 무슨 꿈,
섯빨간 꿈 꿈은
방싯방싯 울긋불긋
각색 꽃이 픠지요

봄 나드
우리 아기 아장아
봄 나드리 가아
강아지도 통토통
아기 따라 가아요

벗어진 새나리.
산도 강도 우리것. 정답게 정답
동무야 동무야
우리 동무아

어깨동무 짝아짝
어깨동무

우리 산 우리 강
맘껏 뛰 놀고,
게 즐겁게 즐겁게

꽃 피는 새나라
해도 달도 우리 것.
동무아 동무아
우리 동무아
어린이의 노래

노래노
노래노래
즐거운
새나라
언은 보

아기들아
옹기종기
즐거운 보
서로서로
봄노래를 부르자
봄노래를 부르자.

발강 봉선화

쌍둥이 빨래 줄에 빨래줄에
아기 기저
달 빨래줄에 나라니
하나

송아지

나는, 여러 해째 요양 중에 있습니다. 그래, 좋은 일을 많이 하고는 싶으면서도, 마음뿐입니다.

이번, 처음으로 내놓는 동요집『송아지』는, 어린 동무들의 조꼬만 선물이 되었으면 하지만, 몇 개나 즐겁게 읽을 수 있을는지요?

조마로운 마음에서도, 새 나라 여러 동무들이 무럭무럭 자라나갈 것을 나는 정성껏 빌겠습니다.

1947. 3.

충주(忠州)에서 지은이

어린이의 노래

밝어진 새 나라
산도 강도 우리 것.
동무야 동무야
우리 동무야.

　　어깨동무 짜아자.
　　어깨동무 짜아자.

우리 산 우리 강
맘껏 뛰놀고,
즐겁게 즐겁게 즐겁게.

꽃피는 새 나라
해도 달도 우리 것.
동무야 동무야
우리 동무야.

　　봄노래를 부르자.
　　봄노래를 부르자.

우리 해 우리 달

맘껏 뛰놀고,
정답게 정답게 정답게.

1945

노래 보따리

노래노래 보따리는
즐거운 보따리,
새 나라 아기들이
얻은 보따리.

　아기들아 모여라.
　옹기종기 모여라.
　즐거운 보따리를
　서로서로 풀르자.

노래노래 보따리는
꽃다운 보따리,
새 나라 아기들이
얻은 보따리.

　종달새도 오너라.
　꾀꼬리도 오너라.
　꽃다운 보따리를
　같이같이 풀르자.

꿈 꿈

꿈, 꿈, 무슨 꿈,
샛파란 꿈 예쁜 꿈,
뾰족뾰족 파릇파릇
풀나무 싹 솟구요.

꿈, 꿈, 무슨 꿈,
샛빨간 꿈 고운 꿈,
방싯방싯 울긋불긋
각색 꽃이 피지요.

봄나들이

우리 아기 아장아장
봄나들이 가아요.
강아지도 통통통
아기 따라 가아요.

우리 아기 봄나들이
꽃밭엘 가아요.
나비들이 펄펄펄
아기 마중 와아요.

까치집 1

까치집 까치집
어디로 가았나?

미루남구 잎 우거진 속에
숨어버렸지.

까치는 까치는
어디로 가았나?

고개 넘에로
모이 찾으러 가았지.

---

* 『물동우』『감자꽃』에 수록된 「까치집」과 구별하기 위해 동일한 제목의 시에는 일련번호를 붙였음. 이하 제목에 붙인 번호는 모두 편집자의 것임.
* 남구: '나무'의 방언. 시마다 '낡' '낡우' '남구' '나무' 등 각기 다르게 쓰여 있는데, '남구'는 그대로 두었고, '낡' '낡우'는 모두 '나무'로 고쳤음.

무엇 반짝

높이서 반짝반짝
무엇 반짝.
초저녁 푸른 하늘
별님들 반짝.

멀리서 반짝반짝
무엇 반짝.
호수 물 검은 숲가
반딧불 반짝.

가까이 반짝반짝
무엇 반짝.
마루에 젖 먹고 누운
아기 눈 반짝.

꿈나라

어라 꿈나라 이상하구나.
실컷 과자 먹었는데도
도모지 배는 안 부르지.

"오늘은 감기 드는 날."
엄마가 밖에 못 나간대요.

어라 꿈나라 이상하구나.
왼팔 바른팔 나래가 되어
훨훨 맘대루 날러다녔지.

"이제 네 키가 조곰 컸구나."
할머니가 웃으며 기뻐해요.

어라 꿈나라 이상하구나.
어딘가 들판에서 길을 잃고는
서서 오줌 눴더니 싸버렸지.

"초저녁에 불장난하지 말래도."
누나가 손뼉 치며 놀려대요.

빨강 봉선화

제일 곱고 빨강 꽃잎
골라 따서,

시집 가는 우리 누나
곤지 찍자.

물동우 1

동우 동우 물동우
호사스럽지.
머리 위에 올라앉아
구경 잘 하고.

동우 동우 물동우
속 시원하지.
맑은 물을 배부르게
실컨 마시고.

* 물동우: 물동이. '동우'는 '동이'의 방언.
* 호사: 어디에 올라가거나 무엇을 탔을 때 흔들거리는 데서 오는 즐겁고 재미난 기
  분을 말함(75면 「찔레꽃과 나비」에 나오는 '호사'도 이와 같은 뜻임).

벼개

벼개는
아기의 애기.

팔을 비켜 도닥도닥
잠을 재우고.

벼개는
아기의 애기.

등에 업어 둥기둥기
잠을 재우고.

* 팔을 비켜: 팔을 베게 하여.

삐약삐약 병아리들

삐약삐약 병아리들
잠이 깼지요.

이슬방울 따서는
양치하고,
이슬방울 따서는
세수하고.

삐약삐약 병아리들
배고프지요.

참깨 한 줌 콕콕콕
쪼아 먹고,
좁쌀 한 줌 콕콕콕
쪼아 먹고.

삐약삐약 병아리들
나들이지요.

서로서로 차림새
살펴보고,

엄마 따라 밖으로
가고 지고.

편지

아빠가 아기에게 보낸 편지.
읽을 줄 알아야죠, 갑갑.
엄마가 웃으며 읽어주고.

아기가 아빠에게 답장 편지.
쓸 줄 알아야죠, 답답.
엄마가 손잡고 써서 주고.

노래 손님

순이가 옥이 집에 놀러 오면
순이가 손님, 노래 손님.

호박씨 한 오큼 대접받고
웃으며 풀어요 노래 보따리.

옥이가 순이 집에 놀러 가면
옥이가 손님, 노래 손님.

콩볶이 한 오큼 대접받고
웃으며 끌러요 노래 보따리.

제비와 참새

제비는 멀리서 온 동무.
앞 처마 밑에다 집 짓고,

벌레 잘 잡는다고 치잉찬.
빨랫줄에 즐거워 삐삐삐.

참새는 가까이서 온 동무.
뒷지붕 밑에다 집 짓고,

곡식 잘 훔친다고 꾸우중.
석류나무에 골이 나 쨱쨱쨱.

헤엄

아기들은 발가벗고
헤엄치고,

쌍게우는 옷 입은 채
헤엄치고.

아기들은 얕은 데만
찾어 놀고,

쌍게우는 깊은 데로
막 다니고.

* 게우: '거위'의 방언.

맹꽁 징꽁

움덩물 속 맹꽁이가
맹꽁 징꽁.
움덩가에 어린애들
맹꽁 징꽁.
그 소리도 그 소리
맹꽁 징꽁.

밤이 되니 더욱더욱
맹꽁 징꽁.
맹꽁이들 어린애들
맹꽁 징꽁.
웃는 통에 그쳤다간
맹꽁 징꽁.

* 움덩물: 웅덩이 물.

빨랫줄에

빨랫줄에 나란히
제비 새끼.
　　하나 둘 셋 넷
　　다섯 마리.

빨랫줄에 나란히
아기 기저귀.
　　하나 둘 셋 넷
　　펄펄 다섯.

쌍둥이 형제

얼굴도 키도
똑같구요.
모자도 신발도
똑같지요.

그 누가 도모지
형뻘일까.
웃으며 둘에게
물었지요.

하나가 하늘
손짓하기에
어떤가 봐도
똑같지요.

우리 집 시계

우리 집 시계 지둥시계.
할아버지가 첨으로
서울 구경 가셨다 사온 시계.

학교 일학년에 입학된 동생이,
아침마다 쉴 새 없이 쳐다보는 시계.
언제든지 잘 맞어요 뚝딱뚝딱.

* 지둥시계: 기둥시계. 기둥이나 벽에 거는 괘종시계를 말함.

할아버지 수염

할아버지 길단 쉼
아모나 못 만져요.
할아버지 하얀 쉼
아기나 만져요.

아기가 덥석 안기어
쉼을 쥘라치면,
할아버진 "아야 아야."
웃으시지요.

우리는

우리는, 수숫대 안경 쓰고,
우리는, 수숫대 모자 쓰고,
우리는, 수숫대 기차 타고,
우리는, 소리쳐 뛰다닌다.

옥수수 1

옥수수는 애늙은이.
어린놈이 쉼을 길러,
빨간 쉼을 느리티고,
점잖은 체 우습구나.

점잖은 체 혼자 하다.
늙어서도 빨간 쉼이,
희지 않고 말러 붙고,
시침 떼니 우습구나.

기차

기차가 철교를
건너가요.
떨어질까 겁이 나
삑 삑 삑.

기차가 굴속을
들어가요.
껌껌한 데 무서워
삑 삑 삑.

기차가 맘 놓고
달음박질.
자꾸자꾸 숨이 차
푹 푹 푹.

기차가 신나서
달음박질.
정거장이 뵈어요.
푹 푹 푹.

고무총 사냥

고무총 한 자루 쥐어들고
동산으로 새 잡으러 사냥 갔다가
솔가지에 우는 새가 어찌 고운지
한 방도 못 쏘고는 쳐다만 보고.

고무총 한 자루 쥐어들고
동산으로 새 잡으러 사냥 갔다가
풀섶에서 큰 장끼 후다닥 날러
그만 놀래 우두커니 서서만 보고.

고무총 한 자루 쥐어들고
동산으로 새 잡으러 사냥 갔다가
바위 뒤에 흰 토끼 달아나기에
뒤따라 가다 보니 꼭대에 왔고.

저녁잠 새벽잠

저녁잠 많은 건 누우구,
아기와 나.
누가 먼저 자았나,
(아기가 먼저 자았지.)

새벽잠 없는 건 누우구,
아기와 나.
누가 먼저 깨었나,
(내가 먼저 깨었지.)

아기와 별

별님 잠 반짝
눈을 뜨면은,
아기는 소로록
잠이 들고.

아기 잠 반짝
눈이 뜨이면,
별님은 스르륵
잠이 들었고.

아침 이슬

밤늦도록 별님들과
속살대다가,
풀밭에서 노그러져
이슬방울들,
포근하게 곤한 잠을
자고 있었네.

햇님 일찍 하늘 높이
웃는 바람에,
눈을 뜨고 반짝반짝
이슬방울들,
늦잠 잔 게 부끄러워
숨어버렸네.

등잔불

아빠를 아빠를
기다리다가,
엄마와 아기는
잠이 들고,

등잔불 혼자서 꼬오박
아빠 오시기를 기다리고.

옛날얘기

아기는 옛날얘기 듣다 말고
그만 잠이 스르르 들었습니다.

엄마는 아기가 듣는 줄 알고
자꾸만 옛날얘기 하였습니다.

청개구리

청개구리 우는 날은
비가 오데요.
청개구린 비 부르는
요물인가 봐.

청개구리 분명하게
개골 개골골.
가까이서 울어대니
붙잡을까 봐.

청개구리 잡거들랑
가둬놓고는,
논밭 곡식 물 마를 때
울려볼까요.

여름과 겨울

더운 더운 여름엔
치운 겨울 더 좋고.

치운 치운 겨울엔
더운 여름 더 좋고.

* 치운: 추운. 표준어(춥다)로 쓰인 시도 있지만 대부분 사투리(칩다)로 쓰여 있음. 이
  전집의 시에서는 표준어로 통일하지 않고 원문대로 두었음.

달구경

지붕 위에 모여 앉은 박들아,
추석 달 구경들 하는구나.
노래 한 번씩만 불러라.

휘파람

늘 듣는 저 곡조
휘파람이 신나요.

공장에 간 언니가
불며 불며 오누나.

신나는 저 곡조
나도 따라 휘파람.

행길까지 마아중
불며 불며 나가요.

미루남구와 버드남구

높이높이 하늘만 보고
가지를 뻗는 미루남구.
   자꾸만 자꾸만 하늘이 그리웁고.

얕이얕이 땅만 보고
가지를 나리는 버드남구.
   도모지도 도모지도 땅이 정다웁고.

팽이야 팽이야

팽이야 팽이야
너대루 뺑뺑 돌아봐아라.
　안 돼요 안 돼요
　나를 막 때려주세요.

썰매야 썰매야
너대루 식식 달아나봐아라.
　안 돼요 안 돼요
　나를 막 밀어주세요.

연아 연아
너대루 둥둥 떠봐아라.
　안 돼요 안 돼요
　나를 막 띄워주세요.

고개 숙이고 오니까

다저녁때 배고파서
고개 숙이고 오니까,
들판으로 나가던 언니가 보고
"얘, 너 선생님께
걱정 들었구나."

다저녁때 배고파서
고개 숙이고 오니까,
동네 샘 앞에서 누나가 보고
"얘, 너 동무하고
쌈했구나."

다저녁때 배고파서
고개 숙이고 오니까,
삽작문 밖에서 아버지가 보고
"얘, 너 어디가
아픈가 보구나."

다저녁때 배고파서
고개 숙이고 오니까,
뷝에서 밥 짓던 어머니가 보고

"얘, 너 몹시도
시장한가 보구나."

하늘과 바다

* 1947년 7월에 엮은 미간행 육필 동요집으로, 재수록된 작품은 제외하였다.

머리말

나는 여러 해째 요양 중에 있습니다. 그래 좋은 일을 많이 하고는 싶으면서도, 마음뿐입니다.

이번 처음으로 내놓는 동요집 『하늘과 바다』는, 어린 동무들의 조꼬만 선물이 되었으면 하지만, 몇 개나 즐겁게 노래할 수 있을는지요?

조마로운 마음에서도, 새 나라 여러 동무들의 무럭무럭 자라나갈 것을 나는 정성껏 빌겠습니다.

1947. 7.
충주(忠州)에서 지은이

* 『하늘과 바다』의 머리말은 쉼표(,)만 약간 달라졌을 뿐 『송아지』의 머리말과 동일한 것을 확인할 수 있다. 이로 미루어볼 때 권태응은 먼저 엮은 『송아지』를 습작기의 산물로 치고, 『하늘과 바다』를 자신의 첫 동요 묶음이라고 생각했던 것 같다.

봄 봄

종달새는 하늘에서
봄을 부르고,
제비는 강남에서
봄을 실었네.

풀꽃 싹은 땅속에서
봄을 깨우고,
벌 나비는 어디어디
봄을 찾았네.

담 넘어 멀리엔

담 넘어 멀리엔 미루나무
미루나무 멀리엔 퍼런 산
퍼런 산 멀리엔 구름 봉
구름 봉 멀리엔 그 뭘까.

앵도

우리 집 앵도나문 꼬마 나무
가지마다 아기 손 모두 닿아요

앵도가 빨갛게 익기도 전에
아기는 모올래 찾아가요.

우리 집 앵도나문 꼬마 나무
해마다 오몰조몰 예쁜 앵도

작년엔 아기가 몰랐는데
올해는 맘대루 따 먹어요.

벽장문

오빠는 나가 놀고
들어오면,
언제든지 한 번씩
벽장문을 열지요.

먹을 것 없는 때도
뻔히 알면서,
버릇되어 한 번씩
벽장문을 열지요.

닭 모이

닭 모이 주는데
참새가 개애평.

깡충깡충 사알작
한 톨 두 톨 개애평.

닭 모이 먹는데
참새가 개애평.

* 개애평: 개평. 딴 사람의 몫으로부터 조금 얻어 가짐. 또는 그 공것.

매미 찾기

햇님보담 아침 일찍
풀밭 찾으면,
이슬방울 구슬 맺은
파란 풀 위에,
껍질 벗은 어린 매미
졸고 있고.

햇님보담 아침 늦게
풀밭 찾으면,
이슬방울 숨어버린
파란 풀 위에,
매민 없고 빈 껍질만
졸고 있고.

들판 바람

들판 바람은
승거운 바람.

고분고분 벼 이삭들
복종하니까,
절받으러 몇 번이고
찾아오구요.

들판 바람은
승거운 바람.

굽신굽신 허재비들
복종하니까,
춤추라고 몇 번이고
찾아오지요.

* 승거운: 싱거운. '승겁다'는 '싱겁다'의 방언.

정자나무

동네 복판에
아람드리 느티나무.

언제나 가면 땀 들이는
사람이 있다.

소나기가 와도 새지 않는다.

그 옛날 누가 심었는지
아모도 모르는 정자나무.

먼 들판에서도
젤 잘 보인다.

까치집도 세 개나 있다.

* 땀 들이는: 땀을 식히는.

망근 짓자 조리 짓자

손 놓치면 자빠진다
꼭 붙들고 돌아보자.

망근 짓자 조리 짓자.

빨리 돌면 이마받이
발 맞춰서 돌아보자.

바로 돌면 집이 돌고
외로 돌면 산이 돌고

망근 짓자 조리 짓자.

어지럽다 한참 쉬고
다시다시 돌아보자.

※ [시인의 주] 망근 짓자 조리 짓자: 둘이서 손을 맞붙잡고는 서로 몸을 틀면서 왼쪽
  으로나 바른쪽으로 재주를 넘으며 도는 놀이의 일종.
* 망근: 망건.
* 이마받이: 이마로 부딪침.

늦가을 편지

바스락 바스락

"문 열어요 문 열어요
편지 받어요"

나뭇잎 편지를 뒤적거리며
바람 배달부가 찾아왔지요

누가 했을까?
어디서 왔을까?

강남까지 잘 갔다고 어린 제비
내년 봄엔 만나자고 어린 제비

울긋불긋 곱다랗고 재미난 편지
한꺼번에 여러 장을 보내왔지요.

바스락 바스락

"여보세요 여보세요
편지 받어요"

치운데 떨면서 엉성거리며
바람 배달부가 찾아왔지요

또 웬 편질까?
어디서 왔을까?

북쪽에서 쉬 온다고 어린 기러기
오래간만 그립다고 어린 기러기

울긋불긋 곱다랗고 재미난 편지
한꺼번에 여러 장을 보내왔지요.

---

* 엉성거리며: '웅성거리며' 혹은 '수근거리며'라는 의미로 짐작됨.

귀뚜라미

캄캄한 뷜에서 꼬록꼬록
풀밭이 추워서 귀뚜라미가
아궁의 잿불을 찾는답니다.

부뚜막 구석서 꼬록꼬록
몹시도 배고파 귀뚜라미가
솥가의 밥풀을 찾는답니다.

찔레꽃과 나비

빨강 찔레꽃 위 앉은 흰나비
꽃송이와 둘이서 한들한들.

솔솔 바람 따라서 호사 타지요
재미나게 둘이서 호사 타지요.

빨강 찔레꽃 위 앉은 흰나비
꽃송이와 둘이서 꼼박꼼박.

솔솔 바람 시원해 잠이 들지요
정다웁게 둘이서 잠이 들지요.

* 호사: 30면 뜻풀이 참조.

산속 애기 섬속 애기

깊고 깊은 산속에
사는 애기는
날에 날에 날마다
산을 바라며,

저 넘에는 저 넘에는
어떤 곳일까
꿈을 꿈을 꾸면서
자라나구.

멀고 멀은 섬속에
사는 애기는
날에 날에 날마다
바달 바라며,

저 건네는 저 건네는
어떤 곳일까
꿈을 꿈을 꾸면서
자라나구.

자장노래 첫째 번

아가야 잠자거라
어서 고요히.

꽃밭에서 고운 꿈님
네 얼굴 보러
살픈살픈 소로록
찾어온단다.
아름다운 꿈나라
얘길 한단다.

아가야 잠 자거라
어서 고요히.

하늘에서 초록 별님
네 얼굴 보러
반짝반짝 조로록
나려온단다.
재미있는 별나라
얘길 한단다.

---

* 이 시는 『송아지』에 '자장가'라는 제목으로 수록되었다가 『하늘과 바다』에 '자장
노래—첫째 번'으로 제목만 바꾸어 재수록한 작품임. 연작시로 꾸민 시인의 의도를
존중하여 재수록된 시집에 그대로 두었음.

자장노래 둘째 번

자장자장 자아장
우리 아기 잘 자지.

포근히 자거라 새 나라 조선
해도 달도 밝구나, 우리 터 밝구나.

뾰족뾰족 솟는 싹, 새 나라 싹 됨을
우리 아긴 알지, 잠자면서 알지.

자장자장 자아장
우리 아기 잘 자지.

즐겁게 자거라 무궁화 동산
산도 강도 곱구나, 우리 터 곱구나.

방실방실 피는 꽃, 새 나라 꽃 됨을
우리 아긴 알지, 잠자면서 알지.

하늘과 바다

하늘 하늘 푸른 하늘
우리나라 덮은 하늘.

세계 각국 하늘까지
모두 통하고,

붕붕 비행기로 왔다 갔다,

    커단 맘 갖자
    넓은 맘 갖자.

바다 바다 푸른 바다
우리나라 두른 바다.

세계 각국 바다까지
모두 통하고,

퉁퉁 기선으로 왔다 갔다,

    커단 맘 갖자
    넓은 맘 갖자.

같어요

학교에선
같어요 같어요.

있는 집 애도
없는 집 애도,

공불 잘해야
젤이지요.

　소학생
　소학생.

강에선
같어요 같어요.

있는 집 애도
없는 집 애도,

헴을 잘 쳐야
젤이지요.

빨간 몸
빨간 몸.

발가숭이산

산아
발가숭이산아,
네 옷을 벗긴 게
대체 누구냐?

산아,
꽁꽁 얼은 산아,
함박눈이 쌓이니, 눈 이불 덮고서,
실컷 몸을 녹이려무나.

산아,
가엾은 산아,
새봄엔 얇다란 옷이나마,
정성껏 장만해주마.

(제목 모름)

선수 선수 조선 선수가
뛰고 뛰고 자꾸만 뛰고

세계 선수 다 물리치고
마라톤 첫째, 세계에서 첫째

　　만세 만세 만만세
　　우리나라 만만세

청년 청년 조선 청년이
뛰고 뛰고 자꾸만 뛰고

세계 청년 다 떨치고
뜀뛰기 첫째, 세계에서 첫째

　　만세 만세 만만세
　　우리나라 만만세

* 원문의 상태가 좋지 않아 제목을 알 수 없음. 본문에 나오는 '조선 선수'는 1947년
4월 19일 미국 보스턴 마라톤 대회에서 세계신기록을 세우며 우승한 서윤복 선수
를 말하는 것으로 보임.

우리 동무 1

누덕 옷을 입고
나물죽을 먹어도,

동무 동무 우리 동무
기운 난다 불끈.

두 주먹 힘껏 쥐고
노래 노래 부르며

살기 좋은 새 나라
새로 다시 꿈꾼다.

점심밥 못 싸고
월사금은 밀려도,

동무 동무 우리 동무
정다웁다 다 같이.

어깨동무 굳게 짜고
노래 노래 부르며

살기 좋은 새 나라
새로 다시 찾는다.

* 『소학생』 50호, 1947. 9.

우리 시골

* 1947년 12월경에 엮은 것으로 추정되는 미간행 육필 동요집으로, 재수록 작품은 제외하였다.

이슬비

이슬비 보슬보슬
화초모 움석움석.
아가들아 팔을 걸고
꽃모종들 하아자.

이슬비 보슬보슬
나물싹 밀숙밀숙.
아가들아 밭에 나가
국거리도 소옥자.

* 화초모: 화초모종.
* 소옥자: 솎자.

돌아온 제비

봄이 되니 잊지 않고 제비 한 쌍이
흰 깃 찾아 날아와서 지잴거려요.

오랫동안 그리웁던 길고 긴 얘기
한마디도 알지 못해 갑갑스럽네.

제비 식구 여섯 마리 날라갔건만
어쩨 겨우 두 마리만 찾아를 왔나.

궁금해서 한마디만 묻고 싶어도
서로 말이 통치 못해 답답스럽네.

* 흰 깃: 헌 둥지. 제비가 두고 갔던 헌 둥지를 말함.

보리밭 매는 사람

쪽 쪽 푸르른 보리밭 골.
나란히 세 사람 호미를 들고
햇살 발끈 받으며 밭을 매지요.

하늘에선 종달새 노래를 부르고
아즈랑인 아로롱 물결 지는데
쉬지 않고 세 사람 밭을 매지요.

따가새

따가 따가 따가새
옳지 옳지 잘한다.
미운 미운 솔개미
멀리 멀리 쫓아라.

우리 집 병아리도
한 마리 채 갔다.

자꾸 자꾸 쪼아라.
혼을 혼을 내거라.
따가 따가 따가새
너는 너는 우리 편.

* 따가새: 딱새.
* 솔개미: '솔개'의 방언.

벽장

먹을 것이 있으면은
늘어두는 벽장.

발돋움을 놓고는
열어보는 벽장.

나가 놀고 들어오면
열어보고 싶고,

버릇되어 번번이
열어보고 싶고.

엿

절거렁 절거렁
엿장수 가위 소리.

동네 애들 부른다
어린 애기 부른다.

엿 사쇼 엿 사쇼
떨어진 흔 고무신.

골목마다 나온다
신짝 들고 나온다.

싸구려 싸구려
조곰 남은 엿 뭉치.

없는 애는 구경뿐
먹곤 싶고 구경뿐.

장미화

뜰 앞에 장미화
봄마다 피어요.
노랑 꽃 왼 가지
향기도 맑어요.

하늘은 푸르고
햇볕은 따슨데,
숲에선 꾀꼬리
노래도 고와요.

꽃송이 펴나면
옛날이 그리워.
장미화 즐기신
아버지 그리워.

* 따슨: 시마다 '따슨' '따신' '따순' 등으로 다르게 쓰여 있는데, 이 전집에서는 어느
하나로 통일하지 않고 원문대로 두었음.

기다리던 비 1

기다리고 기다리던
비가 옵니다.
새벽부터 쉬지 않고 쏟아집니다.
골목마다 동네 사람
나와 서서는
모두들 기뻐서 비 인삽니다.
한 방울도 귀하지요
애태우던 비,
밭에 논에 도랑에 잘도 옵니다.
삽을 들고 사람들
들에 다녀와
서로들 웃는 낯 비 얘깁니다.

우리들 노래

종달새는 종달새 노래를 부르고
꾀꼬리는 꾀꼬리 노래를 부르고
해마다 똑같은 노래만 부르고.

우리들은 우리들 노래를 부르고
자꾸만 새 노래를 즐겁게 배우고
정답게 자라는 새 나라의 어린이.

옥수수 2

옥수수톨 심은 것이
솟아 자라,
옥수수 통 많이 열고
키장다리.

담 너머를 넘겨보며
늠실대니
대체 대체 그 누구의
힘일까요?

이 길

두 줄 벌 미루나무
녹은 길 이 길,
아침마다 동무하고
학교 가던 길.
오늘도 씩씩하게
아이들 간다.

양쪽에 논 밭 갈려
조용한 이 길,
하학 되면 배고파서
빨리 오던 길.
오늘도 빈 마차가
덜거거린다.

봉선화

봉선화 봉선화
빨강 봉선화.
대궁이 빨갛더니
빨강 꽃 피고.

봉선화 봉선화
하양 봉선화.
대궁이 하얗더니
하양 꽃 피고.

노랑 차미

차미 차미 노랑 차미
몰식몰식 냄새 좋에.

금빛 금빛 얇은 껍질
깎을 것이 못 됩니다.

단물 단물 연한 배 속
발릴 것이 못 됩니다.

찬물에다 씨쳤으면
뭉턱뭉턱 사박사박.

* 차미: 충청도 지역에서는 지금도 '참외'를 '차미'라 부르는데, 시인이 의도적으로
이렇게 썼다고 보아 고치지 않고 원문대로 두었음.

송아지와 아이

송아지를 몰고 오다가
고삐를 놓쳤지요.

송아지가 달아오고
아이가 쫓아오고,
누가 먼점 집에 오나
뜀뛰기 내기지요.

누가 이길까 경중경중
누가 이길까 타닥타닥.

송아지는 오다 말고 풀을 뜯고
아이는 웃으면서 헐레벌떡.

* 달아오고: 달려오고.

여름밤

마당에다 멍석을 깔고
한옆에는 모깃불을 놓고

나란히 식구들
별을 보며 자지요.

박쥐도 사라질 새벽녘이면
사알짝 이슬이 찾아와서는

감기 든다고, 병난다고
식구 잠을 옷싯 깨우곤 하지요.

더위 먹겠네

타는 듯 나려쬐는 저 들판에
일하는 사람들 더위 먹겠네.

구름들아 햇볕 좀
가려라 가려라.

죽도록 일해도 고생 많은
땀 철철 농군들 더위 먹겠네.

바람들아 자꾸 좀
불어라 불어라.

아가야 울지 마라

아가야 울지 마라 시장 참어라.
저녁 할 때 다 됐으니 엄마 오겠지.
퉁퉁 불은 두 통 젖 갖고 오겠지.

아가야 울지 마라 마중 나가자.
개울 건너 들밥 이고 벌써 간 엄마,
걸음 빨리 급한 맘 돌아오겠지.

아가야 울지 마라 들어보아라.
쓰로라미 노랫소리 맑고 곱구나.
한참만 더 참으면 엄마 오겠지.

올벼

올벼는 빨리 자라 익어집니다
추석도 되기 전에 익어집니다

올벼엔 새 떼 놈들 덤벼듭니다
날마다 새 떼 놈들 지켜야지요.

올벼는 빨리 털어 먹게 됩니다
추석도 되기 전에 먹게 됩니다

올벼는 칠궁 허기 쫓아줍니다
햅쌀밥 씹는 맛은 즐거웁지요.

* 올벼: 제철보다 일찍 여무는 벼.
* 칠궁(七窮): 농가에서 음력 7월에 겪는 식량의 궁핍. 묵은 곡식은 떨어지고 햇곡식
  은 아직 익지 않아서 겪는 궁핍으로, 농가에서 가장 어려운 고비이다.

장에 가신 할머니

할머니가 장엘 가셨어요.
미역 사러 장엘 가셨어요.

머잖어 엄마 아기 낳면은
김 무럭 맛나게 끓여준대요.

할머니가 장엘 가셨어요.
기름 짜러 장엘 가셨어요.

몸 풀고 엄마 국밥 먹을 때
도옹동 꼬수게 쳐준대요.

---

* 낳면은: '낳으면은'으로 표기해야 어법에 맞으나, 운율을 해치지 않기 위해 원문대로 두었음. 이하 224면 '널어놓면'(널어놓으면), 251면 '해노니'(해놓으니), 303면 '뿌려논'(뿌려놓은) '막아논'(막아놓은), 312면 '고여놀'(고여놓을), 319면 '넜다가'(넣었다가) 등이 이와 같은 경우임.
* 꼬수게: 고소하게.

날기 멍석

양지에서 아기들
날기 멍석 보다가

소꿉질에 팔려서
정신없이 놀다가

꼬꼬닭이 맘대로
먹는 것도 모르고.

양지에서 아기들
날기 멍석 보다가

햇볕 발끈 따시어
고박고박 졸다가

참새들이 몰래 와
먹는 것도 모르고.

* 날기 멍석: 벼 멍석. 벼(낟알)를 널어 말리는 멍석. '날기'는 '벼'의 방언.

목화 따기

밭에서 쫓겨난 목화 대궁
양지바른 둔덕에 누워 있네.

대궁에 대로롱 목화다래
햇볕 발끈 따시어 모두 피네.

하얗게 부풀은 목화송이
발리기도 재밌네 보드랍네.

아기는 보구미 목활 보고
우리 목화 많다고 기뻐 노네.

* 목화다래: 아직 피지 아니한 목화의 열매.
* 보구미: 바구니.

달밤

팔월도 한가위 달도 밝은데
코스모스 고운 꽃 향기로운데

풍물 소리 신나게 들려오누나
동무들아 구경 가자 어서 모여라.

오늘은 추석날 달도 밝은데
박덩이는 지붕에 딩굴대는데

풍물 소리 자꾸만 들려오누나
동무들아 어서 같이 구경 가보자.

우리 집 그림

동산에 올라가서 나려다보며
멋지게 그림 한 장 그리렵니다

어디를 골라서는 그려볼까나
우리 집 있는 곳을 그리렵니다

밭마당에 매여서 여물 먹는 소
삽작에 웃고 섰는 누나와 아기

하나도 안 빼놓고 또박또박
우리 집 그림 한 장 그리렵니다

* 밭마당: 바깥마당.

활쏘기 내기

뽕나무 활에다
화살은 수숫대,

동무 동무 활 동무
활쏘기 내기다.

미루나무 타 넘기
누가 누가 젤 셀까?

다음엔 강가로
모두들 나가자.

동무 동무 활 동무
활쏘기 내기다.

푸른 강물 건네기
어디 어디 해보자.

갈가마귀 떼

까옥 까옥 갈가마귀 날라옵니다.
북쪽에서 겨울 소식 담뿍 가지고,
우리 땅이 그리워서 잊지 못하여,
동무동무 떼를 져서 날라옵니다.

까옥 까옥 갈가마귀 멍석 맙니다.
아가들아 나오거라 노래 불러라.
이제부터 팽이 치자 연도 띄우자.
머지않아 눈도 온다 얼음도 언다.

까옥 까옥 갈가마귀 날라갑니다.
우리 소식 전하려고 남쪽 산 넘어,
마을마다 아기 동무 만나보려고
동무 동무 정다웁게 날라갑니다.

겨울나무들

바람에게 옷들을 모두 뺏기고
발가숭이 서 있는 겨울나무들

'추울 테면 추워라, 어디 해보자.'
서로 기운 돋우며 버티고 섰다.

까치들이 가여워 인사를 해도
들은 척도 안 하고 겨울나무들

'두고 보자 두고 봐, 누가 이기나.'
봄의 꿈을 꾸면서 굳세게 섰다.

오빠 생각

나뭇잎이 모두들 떨어져서
먼 데까지 빠안히 잘도 뵈네.

읍내 가는 신작로 저편 쪽엔
정거장도 기차도 모두 뵈네.

우리 오빠 낼모레 방학 되면
기차 타고 삐익삑 오실 테지.

동네 앞의 늪 물아 꽁 얼어라.
오빠하고 같이서 스켙 타게.

미루나무에

걸쳤습니다 미루나무에,
먼 산이 나차웁게 걸쳤습니다.

걸쳤습니다 미루나무에,
눈구름이 한 뭉테기 걸쳤습니다.

걸쳤습니다 미루나무에,
누구 건지 연도 하나 걸쳤습니다.

* 『소학생』 56호, 1948. 4.
* 나차웁게: 낮게.

하얀 눈

내가 내가 만약에 요술쟁이면
하얀 눈을 한바탕 설탕 가룰 만들어
애들에게 뽐내면서 노나줄 텐데.

내가 내가 만약에 요술쟁이면
하얀 눈을 한바탕 떡가룰 만들어
집집마다 떡 해 먹게 노나줄 텐데.

내가 내가 만약에 요술쟁이면
하얀 눈을 한바탕 은가룰 만들어
없는 사람 팔아 쓰게 노나줄 텐데.

나무꾼들

눈에 막혀 여러 날 갇혔다가
나무하러 나선 나무꾼들.

밥 망태기 매달은 지겔 지고
먼 산을 바라보며 길이 바빠요.

어디를 가면은 나무 있을까
고개 넘고 산 넘어 나무꾼들.

해질녘엔 다 같이 한 짐씩 지고
땀 흘리며 무겁게 돌아옵니다.

뻐꾹새

뻐꾹 뻐꾹 뻐꾹새야 구성지구나
개울 건너 숲속에서 들리는 소리.

이 달밤에 누구 생각 우는 것이냐?
쉴 새 없이 뻐꾹 뻐꾹 처량하구나.

우리 언닌 어디메서 잠을 자는지
어쩌자고 동포끼리 못살게 굴까?

집 떠난 지 달포래도 소식은 없고
뻐꾹 뻐꾹 뻐꾹새야 기막히누나.

아버지 산소

아버지 산소는 쓸쓸한 곳,
떼 덮인 그 위엔 꽃 하나 없고
솔나무 숲에선 바람이 울 뿐.

아버지 산소는 쓸쓸한 곳,
명절 때 식구가 겨우 찾고는
솔나무 숲에선 비둘기 울 뿐.

산밭

논밭뙈기 줄 사람 아무도 없고
식구들 목숨은 이어야겠고

곡식을 심어야만 양식 되겠고
불을 질러 산밭을 일구게 되고

나무들이 우거선 저 먼 산비알
군데군데 일군 밭 누르른 빛깔

무슨 곡식 심었는지 잘됐나베
산속에 있는 사람 인젠 살겠다.

틀리는 걱정

우리 집 할아버진
병환으로,
맛난 음식 보시고도
못 잡수니 걱정.

이웃집 할아버진
가난해서,
세끼 음식 제대로
못 잡수니 걱정.

치운 겨울

까마귀가 데려오는 치운 겨울
제비들은 겁이 나서 도망갔다.

없는 살림 우리들은 어찌하나
땔나무도 입을 옷도 변변찮고……

까옥 까옥 무서웁다 치운 겨울
피할 수도 숨을 수도 없고 보니.

없는 살림 우리들은 큰 탈 났다
살림 걱정 없는 나란 왜 못 서나?

산불

어제도 오늘도
먼 산에 연기

두멧골 산속에 불이 타누나
그 누가 산밭을 일구는 걸까?

농사철 봄 되면
먼 산에 연기

씨붙임 밭뙈기 장만하려고
산사람 불들을 놓는 거라지.

* 씨붙임: 파종. 논밭에 씨를 심는 일.

파랑 산 붉은 산

파랑 산은 좋은 산
나무 길러 파랑 산.

씽씽 무럭 자라면
나라 잘돼간단다.

나무 심자 너도 나
자랑스런 파랑 산.

붉은 산은 나쁜 산
나무 깎어 붉은 산.

비가 오면 산사태
논밭 절단난단다.

나무 심자 너도 나
없애치자 붉은 산.

* 절단난단다: 결딴난단다.

어린 나무꾼

* 1947년(월수는 모름)에 엮은 미간행 육필 동요집으로, 재수록 작품은 제외하였다.

술래잡기

제비 동무 슥슥
날쌔기도 하구나.

푸르른 저 하늘
맘대로 달음질

술래는 그 누구?
어서서 잡아라.

제비 동무 슥슥
숨 가쁘지 않으냐?

널따란 저 하늘
자꾸만 달음질

술래는 그 누구?
어서서 잡아라.

햇님과 달님

햇님은, 낮에 놀고 밤엔 자고
달님은, 밤에 놀고 낮엔 자고.

햇님은, 언제든지 혼자 놀고
달님은, 별님들과 같이 놀고.

어린 무궁화

키 커다란 무궁화나무 밑에
오볼조볼 자라는 어린 무궁화

씨 떨어져 해마다 솟아나서
움석움석 자라는 어린 무궁화

누구든지 캐 가도 괜찮아요
사랑사랑 키워줄 어린 무궁화

어떤 것을 캐 가도 괜찮아요
고이고이 키워줄 어린 무궁화.

잘 자는 우리 아기

꼭 감은 두 눈가엔
눈물이 잴끔
갸웃이 벌린 입엔
아랫니 두 개

잘 자는 우리 아기
아이 어여뻐.

조고만 바른손엔
장난감 쥔 채
고요히 소리 없이

잘 자는 우리 아기
아이 귀여워.

인젠 다 컸다

아기가 밖에 나가
한참 놀다 오니까

엄마는 웃으면서
"인제는 다 컸다."

아기가 이웃집에
심부름 다녀오니까

엄마는 웃으면서
"인제는 다 컸다."

아기가 □□□□
맘마 먹곤 자니까

엄마는 웃으면서
"인제는 다 컸다."

난 싫어

언제든지 멋이든지
어른만 위하고

언제든지 나는 머
찌어린 걸

그런 거 그런 거 난 싫어.

언제든지 사내 아긴
모두들 위하고

언제든지 나는 머
찌어린 걸

그런 거 그런 거 난 싫어.

* 찌어린 걸: 찌꺼기인 걸.

문들레

구석진 언덕에 한 폭 문들레
혼자서 노랑 꽃 피어났구나.

나비도 안 찾는 음달진 곳에
혼자서 고요히 피어났구나.

다시서 찾으니 한 폭 문들레
그 벌써 꽃 지고 늙어졌구나.

아모도 안 찾는 음달진 곳에
혼자서 고요히 늙어졌구나.

* 문들레: '민들레'의 방언.

부채질

부채를 부치면은
바람 솔솔

엄마 등의 땀방울
모두 숨고

부채를 부치면은
바람 솔솔

아기 얼굴 붙은 파리
도망가고

풍물 1

캥매캥 풍물 구경 갔다 왔죠
아기는 깡통 들고 꽹과리 흉내

혼자서도 신명 나
어깨춤이 실룩

둘레모 풍물 구경 다녀왔죠
아기는 빈 곽 들고 벅구 흉내

혼자서도 신명 나
들뛰면서 법석

* 벅구: 버꾸. 자루가 달린 작은 북.

지나가는 비

어디를 급하게 가는 것인지
후닥닥 우루루 지나가는 비

허둥대는 사람들 꼴 보아라
기뻐하는 곡석들 꼴 보아라

* 곡석: '곡식'의 방언.

깡충깡충 병아리

깡충깡충 병아리 한 발은 들고
동무들을 따라서 뛰어가다간
그만 지쳐 못 가곤 앉아 쉬지요.

쥐란 놈이 밤중에 물은 다리가
약 바르고 매줘도 낫지를 않고
깡충깡충 날마다 큰 탈이지요.

참새 선생님

닭이장 위에서 참새 선생님
애기 버섯 새 버섯 모두 모여라

지붕 비탈 떨어질라 짹 짹
비 맞는다 우산 쓰자 짹 짹
볕 쪼인다 우산 접자 짹 짹

우산 없는 선생님이 짹 짹

---

* 닭이장: 닭의장. 닭장.

비행기

붕붕 비행기가 날러오누나
저기 저 속에는 누가 탔을까?
우렁차게도 달아를 나네

어서 빨리 자라서 나도 타야지
두 주먹 불끈 쥐고 바라보는 걸
비행기는 모른 체 산을 넘네

들밥 1

여름날의 들밥은
나무 그늘 밑

매미 소리 들으면서
맛이 나고.

가을날의 들밥은
따슨 양지쪽

햇볕 쨍쨍 쪼이면서
맛이 나고.

우리 집

저—기 보입니다
우리 집이요
지붕엔 박이 딩굴
새빨간 고추
울 너머론 코스모스
나풀거려요.

저—기 보입니다
우리 집이요
잠자리 잡으려고
비를 든 동생
정신없이 왼 마당을
헤매 다녀요.

구름과 목화

파란 파란 하늘엔
흰 구름 피어나고

몽실몽실 핀 구름은
바람이 밀고 가고.

파란 파란 목화밭엔
흰 목화 피어나고

봉실봉실 핀 목화는
할머니가 따 오시고.

장에 가는 길

읍내로 들어가는 신작로 길에
사람들 연달아 걸어갑니다
낼모레 추석날은 즐거운 명절
장흥정 하러들 모여듭니다.

신작로 양쪽엔 누르른 벼폭
산들바람 따라서 물결 집니다
목매이 송아지도 장 구경인가
사람 틈에 끼여서 따라갑니다.

* 벼폭: 벼 포기.
* 목매이: 목매기. 아직 코뚜레를 꿰지 않고 목에 고삐를 맨 송아지.

바쁜 엄마

날마다 물 여다간 밥을 짓고
틈틈이 실을 자선 질쌈하고
언제나 일 바쁜 우리 엄마

빨래도 바느질도 혼자 하고
들밥도 이고 가고 밭도 매고
언제나 일 바쁜 우리 엄마

* 실을 자선: 실을 자아선.
* 질쌈: '길쌈'의 방언.

등심 머릿심

아저씨는 증말
등심도 좋아

멋이든지 넝큼
등에다가 지고.

아주머닌 증말
머릿심도 좋아

멋이든지 붓적
머리에다 이고.

* 넝큼: 냉큼.
* 붓적: 번쩍.

가을

가을은 수 공부 열심입니다.
산마다 울긋불긋 수를 놉니다.
들마다 누릇푸릇 수를 놉니다.

가을은 수 공부 잘도 놉니다.
오늘은 어제보담 더 곱습니다.
날마다 수 솜씨가 늘어갑니다.

들 선물

엄마 따라 들밭에
갔다 온 아기.
내놓는 선물이 무엇일까요?
됨박에 후닥닥 메뚜기지요.
한 오콤 향그런 들꽃이지요.

아기하구 들밭에
다녀온 엄마.
내놓는 선물이 무엇일까요?
다래기 한가뜩 빨강 고추죠.
보구미 한가뜩 하양 목화죠.

* 됨박: 뒤웅박.
* 다래기: 다래끼. 아가리가 좁고 바닥이 넓은 바구니.
* 보구미: 바구니.

아기의 애기

아기의 애기는, 벼개랍니다
품에 안어 아가아가 얼러주다가
등에 업어 둥기둥기 달래주다가

아기의 애기는, 벼개랍니다
팔을 비켜 도닥도닥 잠을 재다가
둘이 서로 노그러져 코를 골다가

* 이 시는 『송아지』에 수록된 「벼개」(31면)의 전면 개작으로 보임.
* 팔을 비켜: 팔을 베게 하여.

춥긴 머 추워

얇은 옷은 입었지만 춥긴 머 추워
발가숭이 나무들도 참고 섰네

새 나라 어린이는 모두 강하지
밖에 나가 뛰놀면 땀방울 송송

얼음 꽁꽁 얼었지만 춥긴 머 추워
꼬꼬닭도 바둑이도 맨발인데

새 나라 어린이는 모두 굳세지
밖에 나가 뛰놀면 햇님도 방긋

어린 나무꾼

수풀 속으로 어린 나무꾼

울긋불긋 떨어진 잎사 긁으러
조고만 지겔 지고 찾아다닌다

한 짐을 해야만 밥 먹기
날마다 한 짐씩 해다 놓기

잔디밭으로 어린 나무꾼

시들새들 말러진 풀잎 긁으러
조고만 갈퀼 들고 찾아다닌다

눈 오면 큰 탈 바쁜 나무
날마다 한 짐씩 해다 놓기

* 잎사: '잎사귀'의 방언.

햇님

햇님은 길 걷기가 즐거운가 봐
하늘 위에 떠 있어 놀면 어떤지
산을 넘기 날마다 길이 바쁘네

햇님은 잠 안 자고 밤길 걷나 봐
저녁마다 서산을 넘어가건만
아침이면 동산에 방끗 떠 솟네

산새들

눈이 쌓여 산과 들을 덮어버리면
산새들은 배고파서 떼를 져서는
마을 찾아 울며불며 날라옵니다

마을 오면 싸둔 곡식 줄까 했더니
장난구럭 애들에게 혼만 나고는
산새들은 다시 울며 날라갑니다

* 장난구럭: 장난꾸러기.

겨울밤

들려옵니다 다듬이 소리
어딘가 이웃에서 들려옵니다
쉬지 않고 도닥도닥 팔 안 아픈지
밤은 찬데 자꾸자꾸 두드립니다

들려옵니다 책 보는 소리
어딘가 이웃에서 들려옵니다
재미나는 고장인지 가끔 있다가
웃음소리 한바탕씩 벌어집니다

들려옵니다 개짖는 소리
어딘가 이웃에서 들려옵니다
사랑간에 마실꾼들 헤져 가는지
동네 개들 서로 벅석 야단입니다

* 벅석: 법석.

물동우

* 1948년 3월[仲春]에 엮은 것으로 보이는 미간행 육필 동요집으로, 재수록 작품은 제외하였다.

머리말

동요를 지어가면 지어갈수록 어려워지는 것 같습니다.

아마 동요 생활에 연공을 바쳐야만 되는 소위*인가 하옵니다.

어른들 시보담 동요가 조곰도 쉽지 않은 듯싶습니다.

무슨 길에든지, 이에 철저함이 어려운 연고인가 하옵니다.

한 해에 몇 개라도 작품다운 작품을 남길 수 있다면, 나중엔 제법 많은 수효가 될 수도 있겠지요.

꾸준히 책을 엮어가며 연구 노력해야만 되겠습니다.

무자(戊子) 중춘(仲春)

태웅

* 소위: '소이'(까닭)의 오기(誤記)로 보임.

봄날

햇볕이 따끈
얼음장 풀리고

　　졸졸졸 시냇물
　　고기들은 헤엄친다.

햇볕이 따끈
땅덩이 풀리고

　　새파란 보리싹
　　싱싱하게 자란다.

햇볕이 따끈
치위 홱 풀리고

　　아기들은 자꾸만
　　바깥으로 나간다.

병아리 1

달걀을 암탉이 품고 있더니
귀여운 삐약 소리 솜병아리
갸웃이 품속에서 내다보네

어쩌면! 이상해라 달걀들이
노래하는 병아리가 되었을까
암탉은 증말로 재조도 좋다

참새 새끼

참새 새끼 짹 짹 짹
　앉어서는 짹 짹 짹

배고픈지 짹 짹 짹
　날개 떨며 짹 짹 짹

물동우 2

언년 물동우는
조꼬만 옥동우

또아리 끈 물고는
생글생글 걷구

언년 물동우엔
맑은 물이 찰랑

물 엎질러질까 봐
조심조심 걷구

언년 물 이기는
아침저녁 두 차례

공동 우물 다니기
길동무는 삽살이

* 언년: 손아래의 계집아이를 귀엽게 부르는 말.

집터

달밤에 집터를 다진다
동네 사람이 많이도 모였다.

새 세상에 짓는 새 살림집
장단 맞춰 즐겁게 터를 다진다.

여기저기서 웃음소리
높이 들렸다간 떨어지는 돌

수수팥떡 콩볶이도 나올 게다
졸려움도 잊고서 뛰노는 애들

'어-허 지데미 호······'
자꾸만 단단히 터를 다진다.

쥐와 아기

천장에서 쥐들이
야단법석

아기가 '냐옹' '냐옹'
괭이 흉내

겁이 나서 쥐들은
줄도망질

아기는 웃으면서
'요놈' '요놈'

시계

시계는 밥 먹으면
배만 부르면

낮에도 밤에도 잠도 안 자고
즐거워 똑닥똑닥 노래합니다

시계는 허기지면
배만 고프면

즐겁게 부르던 똑닥 노래도
뚝 그만 그치고는 잠만 잡니다

기다리던 비 2

누구나 애태고 기다리던 비
촉촉이 고맙게 나려옵니다.

누구나 만나면 인사하는 비
자꾸만 논밭에 나려옵니다.

누구나 다 같이 기뻐하는 비
한 이틀 시일컨 나려오소서.

송아지 1

송아지 송아지
목매이 송아지

아버지가 장에 가
쌀 팔아 사 왔네.

　뿔터가 뽈룩
　뿔터가 뽈룩.

송아지 송아지
누런 송아지

오늘부터 우리 식구
하나 늘었네.

　낯설어 매 매
　낯설어 매 매.

불이 깜박

밤이 되었다
그믐 밤.

깜깜한 먼 산에
불이 깜박.

오막살이 외딴집
저기 있다.

장에 간 아버질
기다리나.

조그만 불이 하나
자꾸 깜박.

밤이 깊는다
그믐 밤.

깜깜한 먼 산에
불이 깜박.

기다리다 못해서
마중인가.

꼬부랑 산길을
나려오나.

조꼬만 불이 하나
뵈다 마다.

* 뵈다 마다: 뵈다 말다.

개울에서

엄마는 또닥또닥 빨래하고
우리는 탈방탈방 헤엄치고.

엄마 등엔 햇볕이 따끈따끈
우리 등엔 물살이 찰랑찰랑.

풍물 2

애기패 풍물 캥매캥
달도 밝구나 캥매캥

캥매 캥매 캥매캥
동네 앞길 캥매캥

애기패 풍물 캥매캥
새납은 없어도 캥매캥

자꾸 신명 캥매캥
밤늦어도 캥매캥

＊새납: 나팔 모양으로 된 관악기 '태평소'를 말함. '날라리'라고도 함.

뽕나무

밭둑에 줄 서 있는 뽕나무

잎은 모두 누엘 주고
오딘 모두 애들 주고
가진 모두 뷕 아궁 주고

발가숭이 알몸뚱이
장하기도 하구나.

어려진다면

내가 지금 다시 새로
어려진다면

철이 나고 지각 난
아이 되련만.

내가 지금 다시 새로
어려진다면

멋이든지 잘하는
아이 되련만.

가을 제비 1

찬바람이 우루루 불어대는데
안 가고는 남아 있는 제비 동무들

정든 땅 떠나기가 섭섭할 테지
길고도 먼 이별이 서운할 테지

그렇지만 가야지 할 수 없는 길
부디부디 조심해라 제비 동무들

천만리 남쪽 나라 잘 가 있다가
새봄 되면 반갑게 다시 만나자

살찌는 벼

들에 들에 벼 이삭
산들거릴 젠
참새 놈들 짹짹
통통 살찌고

광에 광에 볏섬이
쌓여놓이면
쥐란 놈들 냠냠
통통 살찌고

독에 독에 하얀 쌀
담어놓으면
농부들이 밥에 떡
통통 살찌고

가을 새벽

고요한 새벽하늘
울리는 소리

어서 밤이 새라고 닭들 꼬끼요

고요한 새벽하늘
울리는 소리

먼 길 손님 타라고 기차 삐익삑

고요한 새벽하늘
울리는 소리

부지런한 타작꾼 기계 타알탈

보고 싶은 책

책 책 보고 싶은 책
광고만 났을 때가
더욱 보고 싶고

책 책 보고 싶은 책
책 살 돈 없을 때가
더욱 보고 싶고

밤

지킵니다 마을 밤
딱 딱 순경꾼.

지킵니다 집 안 밤
경 경 횐둥이.

지킵니다 방 안 밤
척 척 벽시계.

눈 온 뒤 마을

지붕엔 두꺼운 하얀 눈
처마엔 주루룽 고드름
문밖엔 쌀랑한 찬바람.

길목엔 뚱뚱보 눈사람
밭둑엔 나란히 새 차우
하늘엔 높이 뜬 동무 연.

* 차우: 덫. 짐승을 꾀어 잡는 기구.

화롯불

밖에 갔다 들어오면
손을 쬐고
마실꾼이 찾아오면
내어주고

　오곤자근 둘러앉는
　정다운 화롯불.

먼 산 나무 아버지
장도 데고
칭얼대는 어린 동생
밤도 굽고

　몽실몽실 냄새 구수
　정다운 화롯불.

* 오곤자근: 오곤조곤. 서로 정답게 지내는 모양을 나타내는 말.
* 장도 데고: 장도 데우고. 원문에는 "장도 되고"로 쓰여 있음.

까치집 2

겨울날 까치집은 임자가 없네
까치들 모두들 어디를 갔나.

숭숭 찬바람에 견딜 수 없어
한겨울 살 곳을 찾아를 갔나.

먼 산에 눈이 녹고 치위 풀리면
까치들 다시서 돌아오겠지.

깍깍 새봄 맞이 노래 부르며
그리운 옛집을 찾아오겠지.

기름과 약주

가믈가믈 등잔불은
기름 붜주면 반짝.

터덜터덜 아버지는
약줄 드리면 반짝.

밥 얻으러 온 사람

밥 얻으러 온 사람
가엾은 사람
다 같이 우리 동포
조선 사람

등에 업힌 그 아기
몹시 춥겠네
뜨신 국에 밥 한술
먹고 가시요

어른들은 멋들 해

어른들은 멋들 해
도무지도 갑갑

학용품 값이 싼
나라 못 세고

즐겁게 공부할
나라 못 세고

어른들은 멋들 해
도무지도 답답

살림 걱정 없어질
나라 못 세고

맘 놓고 일들 할
나라 못 세고.

* 세고: 세우고.

우리 동무

* 1948년 8월경에 엮은 미간행 육필 동요집으로, 재수록 작품은 제외하였다.

8·15를 네 번째 맞이했건만 아직도 밤은 완전히 밝지 못한 듯합니다.

38선이 없어지고 우리의 참된 나라가 서는 날, 어린 동무들도 정말로 활발스레 뛰놀고 노래하고 공부할 수 있을 것입니다. 지나간 날이 너무나도 슬프고 가엾던 이 나라의 새싹들…….

이를 씩씩하게 무럭무럭 길러 키워 아름다운 꽃을 맘껏 피게 해줄 것은 오로지 어른들의 중대한 책임일 것입니다.

내가 서투른 노래나마 부끄럼을 무릅쓰고 꾸며 내놓음은 무거운 마음을 조금이라도 풀어볼까 함에서이지만, 원래가 시골뜨기라 자연 시골 노래뿐이며, 여러 해째 아파 누워 있자니 노래 범위가 좁게 되었음을 미안히 생각하는 바입니다.

끝으로 하루빨리 남북통일의 참된 나라가 서고 즐겁게 살 수 있는 자유의 날이 오기만 손꼽아 기다리겠습니다.

1948. 8.
충주에서 지은이

동네 앞길

아침때면 활기스런 동네 앞길
학교로 일터로 나아가는 길
힘에 찹니다 기쁩니다.

저녁때면 다정스런 동네 앞길
모두들 집으로 돌아오는 길
포근합니다 즐겁습니다.

감자꽃

* 1948년 12월 글벗집에서 간행된 동요집으로, 시인의 생전에 간행된 유일한 작품집이다. 앞의 미간행 육필 시집들에서 27편을 선별하고 신작 3편(「꽃모종」「앵두」「까치집 3」)을 보태어 총 30편을 엮었다.
『감자꽃』 수록작은 육필 동요집 수록작보다 한글맞춤법을 좀 더 따랐고, 사투리가 표준말로 바뀐 경우들이 있다.

나라를 사랑하는 이를 애국자라 합니다. 그러면 어떻게 하는 것이 나라를 사랑하는 것이겠습니까.

삼팔선 때문에 금이 간 저 푸른 하늘을 모른 체하고도, 소 잔등이처럼 뼈가 불그러진 저 시뻘건 산들을 모른 체하고도, 거리 거리에 날마다 늘어가는 저 담배 파는 아이들과 신문팔이 아이들의 목쉰 소리를 못 들은 체하고도, 애국자란 말을 들을 수 있을까요? 안 될 말입니다. 해방 통에 그처럼 많은 애국자가 생겼으면서도 독립이 지체가 되고, 살기가 점점 더 어렵게 된 것은, 숨은 애국자가 많지 못한 때문이었습니다. 나선 애국자, 한몫 보려는 애국자들이 너무나 많이 들끓기 때문이었습니다. 서로 물고 뜯고 하는 애국자 등쌀에 죄 없는 백성만 들볶이었던 것입니다.

여러분, 우리는 시방부터 참 애국자 될 공부를 하십시다. 조그만 애국자, 숨은 애국자가 될 공부를 하십시다. 그러려면 우선, 여러분 이웃과 마을을, 그리고 여러분 눈에 뜨이는 어른과 아이와, 밭과 논과, 산과 나무와, 강과 물과, 하늘과 별과, 이 모든 것을 아끼고 사랑하고 위하는 공부에서부터 시작해야 합니다.

권태응 님의 첫 동요집 『감자꽃』은, 조그만 애국자 여러분에게 바치는 따뜻한 선물입니다.

1948. 11. 첫겨울
윤석중 적음

땅감나무

키가 너무 높으면,
까마귀 떼 날아와 따 먹을까 봐
키 작은 땅감나무 되었답니다.

키가 너무 높으면,
아기들 올라가다 떨어질까 봐
키 작은 땅감나무 되었답니다.

* 『소학생』 46호, 1947. 5.

꽃모종

비가 촉촉 오네요.
꽃모중들 합시다.

삿갓 쓰고 아기들
집집마다 다녀요.

장독 옆에 뜰 앞에
알록달록 각색 꽃

곱게 곱게 피면은
온 집 안이 환해요.

앵두

빨강 빨강 앵두가
오볼조볼 온 가지.

아기들을 부른다.
정다웁게 모여라.

동골동골 앵두는,
예쁜 예쁜 열매는,

아기들의 차질세.
달궁달궁 먹어라.

* 오볼조볼: 조랑조랑.

도토리들

오롱종 매달린 도토리들,
바람에 우루루 떨어진다.

머리가 깨지면 어쩔라고
모자를 벗고서 내려오나.

날마다 우루루 도토리들,
눈을 꼭 감고서 떨어진다.

아기네 동무와 놀고 싶어
무섭도 안 타고 내려온다.

율무

율무를 떱니다.
오돌돌돌.
동네 아기 모입니다.
마당 그득.

율무가 튑니다.
오돌돌돌.
아기들은 줍습니다.
서로 먼점.

율무를 주워다가
무엇 하나.
실에 꿰어 매달아
염주 놀지.

* 『소학생』 62호, 1948. 11.

박 농사 호박 농사

지붕엔 성기성기
박 덩굴 퍼지고.
　　하양 꽃이 만발.
　　애기 박이 동글.

울타리엔 엉기엉기
호박 덩굴 퍼지고.
　　노랑 꽃이 만발.
　　애기 호박 동글.

우리 집도 옆집도
오곤자근 똑같이.
　　지붕엔 박 농사.
　　울타리엔 호박 농사.

감자꽃

자주 꽃 핀 건 자주 감자,
파보나 마나 자주 감자.

하얀 꽃 핀 건 하얀 감자,
파보나 마나 하얀 감자.

* 『소학생』 55호, 1948. 3.

산골 물

저기 저 산에
반짝반짝 빛나는 게
무엇일까요?
(졸졸졸 흐르는 고랑물이죠.)

자꾸자꾸 흐르는
맑은 산골 물
날름날름 마시는 건
누구일까요?
(뜀뛰기에 숨이 찬 어린 노루와
양지에서 졸고 난 토끼 동무죠.)

* 『소학생』 72호, 1949. 11.

어린 고기들

꽁꽁 얼음 밑
어린 고기들.

햇님도 달님도
한 번 못 보고,
겨울 동안 얼마나
갑갑스럴까?

꽁꽁 얼음 밑
어린 고기들.

뭣들 하고 노는지
보고 싶구나.
빨리빨리 따순 봄
찾아오너라.

* 『주간 소학생』 45호, 1947. 4. 21. 권태응이 발표한 첫 작품임.

별님 동무 고기 동무

푸른 푸른 하늘엔
별님 동무 살고,
반짝반짝 밤마다
얘기하고 놀고.

푸른 푸른 바다엔
고기 동무 살고,
철석철석 날마다
헤엄치고 놀고.

별님 동문 바다까지
내려오고 싶고,
고기 동문 하늘까지
올라가고 싶고.

까치집 3

미루나무 파랑 잎 우거진 속에
살그머니 숨어버린 까치집 하나.
까치 둘이 즐거웁게 드나듭니다.

까치 애기 몇 남매나 나놓았을까.
번갈아 들락날락 모이를 물고
엄마 아빠 까치가 드나듭니다.

고추잠자리

혼자서 떠 헤매는
고추잠자리,
어디서 서리 찬 밤
잠을 잤느냐?

빨갛게 익어버린
구기자 열매,
한 개만 따 먹고서
동무 찾아라.

* 『소학생』 51호, 1947. 10.

송아지 2

껑충껑충 송아지
엄마 뒤 따라,
벼 실러 들 가는데
뛰어가고.

엄매엄매 송아지
엄마가 쉬면,
선 채로 젖꼭지를
물고 빨고.

송아지 낮잠

젖 한 통 먹고는 콜콜.
송아지 낮잠이 폭 들었지.

뽈록 뿔 위에 잠자리가 앉아도,
몰라요, 몰라요, 잠이 들었지.

엄마 소 핥아도 콜콜.
송아지 낮잠이 폭 들었지.

따끈따끈 햇볕은 내려쪼이고,
곤해요, 곤해요, 잠이 들었지.

산 샘물

바위 틈새 속에서
쉬지 않고 송송송.

맑은 물이 고여선
넘쳐흘러 졸졸졸.

푸고 푸고 다 퍼도,
끊임없이 송송송.

푸다 말고 놔두면,
다시 고여 졸졸졸.

서울 구경

아기가 아저씨 얘길 듣고서,
서울 구경 시키라고 떼를 썼지요.
요담에 크거든 시켜준대도,
자꾸만 매달리며 떼를 썼지요.

아저씨가 그만 할 수 없어서,
그래 구경 시켜주마 대답했지요.
아기 두 귀에다 손을 대고
번쩍 들면서
"보이니? 보이니?"

* 『소학생』 48호, 1947. 7.

오곤자근

꿀벌들은 통 속에서 오곤자근.
동무 동무 정다웁게 뫄온 양식,
서로서로 노나 먹곤 오곤자근.

생쥐들은 굴속에서 오곤자근.
동무 동무 정다웁게 뫄온 곡식,
소곤소곤 노나 먹곤 오곤자근.

아기들은 방 안에서 오곤자근.
동무 동무 정다웁게 얻은 밤톨,
화롯불에 묻어놓곤 오곤자근.

* 뫄온: 모아온.

강물과 떼배

푸른 강물 이 강물
어디로 가아나?
(구비구비 흘러서
서울로 가아지.)

떼배가 내려온다.
어디로 가아나?
(강물 줄기 따라서
서울로 가아지.)

코록코록 밤새도록

참새는 참새 애기
제일 귀엽고,
참새는 참새 새끼
품에 안고,
코록코록 밤새도록
자고 지고.

암탉은 암탉 애기
제일 귀엽고,
암탉은 병아리들
품에 안고,
코록코록 밤새도록
자고 지고.

엄마는 얼뚱애기
제일 귀엽고,
엄마는 얼뚱애기
품에 안고,
코록코록 밤새도록
자고 지고.

* 『소학생』 52호, 1947. 1.

달맞이

망월날 밤,
아기가 엄마 등에 업히어
달맞이 나왔지요.

들에도, 언덕에도, 산에도
쥐불이 꽃밭 같았지요.

달은 이내 안 떠오르고,
"망월여" "망월여" 소릴 들으며,
아기는 그만 폭 잠들었지요.

* 망월날: 보름날. 망월은 보름달을 말함.

오리

둥둥 엄마 오리,
못물 위에 둥둥.

동동 아기 오리,
엄마 따라 동동.

풍덩 엄마 오리,
못물 속에 풍덩.

퐁당 아기 오리,
엄마 따라 퐁당.

* 『소학생』 47호, 1947. 6.

또랑물

고추밭에 갈 적에
건너는 또랑물.

찰방찰방 맨발로
건너는 또랑물.

목화밭에 갈 때도
건너는 또랑물.

찰방찰방 고기 새끼
붙잡는 또랑물.

막대기 들고는

막대기 들고는
무엇 하나?
　　벼 멍석에 덤벼드는
　　닭을 쫓고.

막대기 들고는
무엇 하나?
　　양지쪽에 묶어 세운
　　참깨 털고.

막대기 들고는
무엇 하나?
　　뒤꼍에 오볼 달린
　　대춧 따고.

* 오볼: '오볼조볼'(189면 참조)을 줄여 쓴 말로 짐작됨. 조랑조랑.

장마비 개인 날

활짝 장마비
개었습니다.
샛빨간 봉숭아
눈부십니다.
맴 맴 매미들
울어댑니다.

인젠 장마비
개었습니다.
잠자리도 좋아서
날라댑니다.
우리들은 고기잡이
개울 갑니다.

* 『소학생』 59호, 1948. 7.

우리 동무 2

다 같이, 다 같이, 다 같이,
빛나는 새 나라 어린 동무.

산 너머 있어도 우리 동무.
강 건너 있어도 우리 동무.

라라라 손을 잡고 발 맞추어
우리 동무 나란히 닷닷닷.

다 같이, 다 같이, 다 같이,
삼천리 꽃동산 어린 동무.

영남에 살아도 우리 동무.
평안도 살아도 우리 동무.

다다다 맘을 모아 힘을 모아
우리 동무 힘차게 뗏뗏뗏.

맨발 동무

우리 동무 모두 모두 맨발 동무.
풀밭에 모래밭에 맨발 동무.
손을 잡고 나란히 맨발 동무.

우리 동무 모두 모두 맨발 동무.
강아지도 송아지도 맨발 동무.
걷고 뛰고 노래하고 맨발 동무.

책 자랑

할아버지 책 자랑은 어려운 한문 책,
그렇지만 그것은 중국의 글이고.

아버지 책 자랑은 두꺼운 일본 책,
그렇지만 그것은 일본의 글이고.

언니의 책 자랑은 꼬부랑 영어 책,
그렇지만 그것은 서양의 글이고.

우리 우리 책 자랑은 우리나라 한글 책,
온 세계에 빛내일 조선의 글이고.

동무 동무

동무 동무 들동무
들판으로 다니고,
아지랑이 물결 속
나물 캐러 다니고.

동무 동무 놀동무
노래하고 다니고,
솔솔 바람 품 가슴
손목 잡고 다니고.

동무 동무 글동무
글 배우러 다니고,
동네 앞길 환한 길
"가갸 거겨" 다니고.

논밭으로

우리 식구 모두 다
논밭으로.
춥기 전에 곡식 걷기
논밭으로.
날만 새면 바빠요
논밭으로.

우리 식구 모두 다
논밭으로.
삽작문만 닫아놓고
논밭으로.
송아지도 어미 따라
논밭으로.

* 『소학생』 70호, 1949. 9.

북쪽 동무들

북쪽 동무들아
어찌 지내니?
겨울도 한발 먼점
찾아왔겠지.

먹고 입는 걱정들은
하지 않니?
즐겁게 공부하고
잘들 노니?

너희들도 우리가
궁금할 테지.
삼팔선 그놈 땜에
갑갑하구나.

나는 여러 해째 요양 중에 있습니다. 그래 좋은 일을 많이 하고는 싶으면서도 마음뿐입니다.

이번 처음으로 내놓는 동요집 『감자꽃』이 서투르고 변변치는 못하나마, 여러 어린 동무들에게 보내드리는 조그만 선물이 되고자 하지만, 몇 개나 즐겁게 노래 부를 수 있을는지요?

조마스러운 마음에서도 새 나라 여러 어린 동무들이 언제나 씩씩하게 무럭무럭 자라나기를 나는 정성껏 빌겠습니다.

끝으로 이 책이 나오기까지에, 갖은 힘을 베풀어주신 윤석중 선생님께 감사의 뜻을 드리옵니다.

1948. 10.
충주에서 권태응

작품(作品)

* 1949년 7월에 엮기 시작하여 1950년 2월에 완성된 것으로 추정되는 미간
행 육필 동요·동시집이다.

병은 자꾸 늘어가구

셈은 자꾸 줄어들고

각오는 한 바이지만 한심(寒心)타 않을 수 없다. 내 자신보담도 주위에서 맘 졸이는 식구들이 딱들 해서 말이다.

늑골 절마면(切磨面)의 간격은 점점 멀어지고 악화일로이지만 '마이신'의 효력이 과연 얼마나 한 성과를 나타낼는지?

궁둥이가 아퍼 그런지 공연히 짜증이 나고, 되구 말구 아내를 상대로 욕설을 퍼붓고 하는 어리석음을 깨달으면서도 뉘우칠 줄 모르는 내 신경은 병적임에 틀림없으리라.

가을은 왔는데 밤낮 병구실!

다 귀찮다. 그러나 어찌하리!

자연계(自然界), 축심계(畜心界)를 억지로라도 헤매서 위안을 삼고 힘을 얻을 수밖에 없겠다.

1949. 7. 25.

밤 줍기

밤 주우러 가자
뒷산으로 가자

다람쥐가 먼점 와
모두 주워 갈라

아가들아 어서 가자
밤 주우러 가자

풀폭 속에 촉촉이
졸고 있는 알밤을

하나 둘 셋 넷
누가 먼점 줍나

아가들아 어서 가자
다람쥐는 "젝기 놈."

1949. 9. 4.

새 보기

따악딱 채찍을 휘둘다 말고
나는야 노래를 불러댑니다.
드높은 하늘엔 구름 가볍고
바람은 산들산들 시원합니다.

조 이삭 수수 이삭 늘어진 들판
나는야 새 떼를 쫓아댑니다.
멀리엔 저녁 기차 연기 보이고
석양에 허수아빈 춤을 춥니다.

1949. 9. 29.

녹두 1

녹두가 익네요, 새까맣게
다래기 메고서 따러 가세.

낼모레 할머니 제삿날엔
청포에 부치기 고여놓세.

1949. 9. 13.

* 다래기: 다래끼. 아가리가 좁고 바닥이 넓은 바구니.
* 청포: 녹두묵.
* 부치기: '부침개'의 방언.

녹두 2

까맣게 익어진 녹두 타래
파랑새 먹을라 어서 따자.

볕바른 멍석에 널어놓면
혼자서 호도독 벌어진다.

타래는 까매도 파랑 녹두.
몸집은 작아도 파랑 녹두.

청포에 부치기 숙주나물
잔치 때 제사 때 소중하지.

1949. 9. 13.

* 타래: '꼬투리'를 말하는 것으로 짐작됨.

벌어졌다

벌어졌다 벌어졌다
무엇이 벌어졌나?

　목화밭에 목화다래
　활짝활짝 벌어지고

벌어졌다 벌어졌다
무엇이 벌어졌나?

　밤나무에 밤송이가
　갸웃갸웃 벌어지고

벌어졌다 벌어졌다
무엇이 벌어졌나?

　젖 먹고 난 아기 입이
　방긋방긋 벌어지고

1949. 9. 10.

* 목화다래: 아직 피지 아니한 목화의 열매.

가을 지붕

사다리를 타고서 한 층 두 층
언니 따라 지붕에 올라갑니다.
박덩이 딩굴대는 한옆에다
빨강 고추 흰 박고지 널어놓아요.

집집마다 지붕에도 울긋불긋
여기저기 그림같이 아름다워요.
나려갈 줄 모르고 나는 자꾸만
멀리 멀리 사방 경치 바라봅니다.

1949. 9. 15.

하늘

왼종일 아파 누워
내다보는 하늘은

몹시도 파랗구나
몹시도 드높구나.

구름이 흘러가고
새 떼들이 날라가고

시름없이 보다가는
꿈을 맺는 나.

1949. 9. 14.

우리 박

꼬꼬닭 지붕에도
박이 딩굴,

꿀꿀돼지 지붕에도
박이 딩굴,

쿵쿵 방아 지붕에도
박이 딩굴,

둥글둥글 우리 박
많이 열렸다.

우룽주룽 우리 박
몇 개나 될까.

1949. 8. 22.

아기 산술

돼지울에 달린 박은 두 개
닭이장에 달린 박은 세 개
모두 모두 몇 갤까?

아기는 손구락을 곱다 펼쳤다
하나 둘 세다가는 다시 또 세고
조고만 손구락을 꼭꼭 누르곤
'다섯 개―' 맞췄습니다.

재밌고도 힘이 든 아기 산술.

1949. 9. 19.

* 맞췄습니다: 맞혔습니다. '맞추다'는 '맞히다'의 방언.

돗자리

돗자리 한 닢만
들고 나서면
어디든지 펴놓는 곳
방이 됩니다.
담모롱이 나무 그늘
시원한 고장,
우리 동무 모여드는
방이 됩니다.

공깃돌도 받다가
소꿉 놀다가
동생 애기 재워놓고,
책 읽다가
돗자리 깔아놓은
우리들 방은
언제든지 오골오골
재미납니다.

1949. 8. 4.

능금 장수

신작로 나무 밑에 자릴 깔고
궤짝 위에 능금을 차려놓고
오고 가는 손님을 기다립니다.
날마다 나는 겨우 능금 장수.

아침때 저녁때면 길에 가득이
학생들 즐겁게 지나가는데
우리 집은 가난해서 할 수 없어요.
날마다 나는 겨우 능금 장수.

1949. 8. 29.

꼬아리

꼬아리 둥글 꼬아리
하나씩 들고
아기들 생글생글
부르는 노래

앙아리 장아리 빠져라
어서 씨도 나와라
째개지면 안 된다
살금살금 나와라

봉그란 꼬아리를 불고 싶어서
삐액 삐액 노랫소리 듣고 싶어서
모두들 아기들 바쁩니다
손등에 팔뚝에 문지릅니다
누가 먼점 만드나
어서 씨야 나와라

1949. 8. 29.

* 꼬아리: '꽈리'의 방언.
* 째개지면: 짜개지면. '째개지다'는 '짜개지다'의 방언.

돌아간다

돌아간다 돌아간다
머가 머가 돌아가나?
　　물방아가 쉬지 않고
　　둥글렁 돌아가고

돌아간다 돌아간다
머가 머가 돌아가나?
　　지구뎅이 땅덩이가
　　밤낮없이 돌아가고

돌아간다 돌아간다
머가 머가 돌아가나?
　　세상살이 형세들도
　　슬금슬 돌아가고

1949. 7. 7.

코스모스

코스모스꽃 피면
누나 생각 납니다.

시집간 누나 별명
코스모스였어요.

1949. 9. 26.

떡풍뎅이

난데없이 붕 붕
왕텡인가 했더니

풍뎅이 왕풍뎅이
네가 날라왔구나

벌써부팀 떡 하라고
붕 붕 춤을 추느냐

논밭 곡식 익거들랑
그래 그래 해 먹자

1949. 9. 26.

* 왕텡이: 말벌.
* 부팀: '부터'의 방언. 이 시에만 '부팀'으로 되어 있고 다른 시에는 모두 '부터'로 쓰여 있음.

병정 아저씨

병정으로 뽑혀 갔던 아저씨가
병정 옷에 병정 모자 병정 신발로
인사하러 하루 잠깐 집엘 왔어요.
식구들은 서로 보고 깜짝 놀라고
아기 남맨 왔다 갔다 야단이군요.

낼모레면 ××산엘 들어간대요.
××군과 쌈싸우러 떠나간대요.
멋 때문에 같은 형제 싸워야 하나?
멋 때문에 동포끼리 피를 흘리나?
아저씨는 답답한지 담배만 피워요.

1949. 9. 27.

* ×× 표시는 원문 그대로임.

원족 가는 날

새벽부터 일어나서 수선 피며
점심 반찬 걱정을 자꾸 하는 날.
아기 남매 즐거운 원족 가는 날.

새벽부터 일어나서 떠들대며
몇 번이고 하늘을 쳐다보는 날
아기 남매 신나는 운동횟날.

새벽부터 일어나서 소근대며
옷을 갈아입고는 맵시 보는 날
아기 남매 정다운 학예횟날.

1949. 9. 27.

* 원족: 소풍.

가을 제비 2

아침저녁 자꾸만 선선해가니
지붕 위에 빨랫줄에 옹기종기
　　제비들의 공론
　　지줄재줄 공론
머나먼 길 강남 갈 게 걱정이지요.

어른 제빈 아는 길 염려 없지만
애들 제빈 첫나들이 근심이지요
　　아픈 놈은 없느냐
　　식구들은 맞느냐
제비들은 오늘도 공론이지요.

1949. 9. 28.

안테나

지즛집 지붕에
높단 안테나.

멀리서도 잘 뵈는
길단 대나무.

오늘은 무슨 방송
들어오는지

까치가 한 마리
듣고 앉았다.

1949. 10. 3.

추석날

하낫 둘 셋 넷
다섯 밤만 자면은

즐거운 추석날
우리 명절날.

고까옷을 입고는
차사 지내고,

송편에 밤 대추
맛있게 먹고,

동무 찾아다니며
재미나지요.

어서 빨리 추석날
돌아왔으면.

1949. 10. 3.

* 차사(茶祀): 차례.

국화꽃

향그런 꽃 국화꽃 나는 좋아
정다웁게 풍기는 은은한 향기
언제든지 맑은 마음 솟게 하구

그윽한 꽃 국화꽃 나는 좋아
서리 찬 아침이면 더욱이 방긋
언제든지 높은 마음 품게 하구

1949. 11. 5.

벼템이

마당에 높이 쌓인
벼템이는
우리 식구 일 년 지은
논농살세.
 넬모레는 타작날
 몇 섬 날는지.
 "양석이야 넘겠지."
 셈판일세.

1949. 11. 5.

---

* 벼템이: 볏단을 쌓아놓은 더미.
* 양석(兩石): 한 마지기 논에서 나는 벼 두 섬을 이르는 말.

빈 정자

동네 한구석지
빈 정자엔
가을 되며 아무도
찾지 않는데
　단풍 들어 떨어진
　나뭇잎들이
　갈퀴꾼 아이를
　기다립니다.

1949. 11. 5.

논보리

논에다가 심는 건 논보리
빨리 자라 비게 되는 올보리.

밭뙈기가 즉으니 논에 심지요
양식 보탬 하려고 논에 심지요.

1949. 11. 5.

* 비게: 베게. '비다'는 '베다'의 방언.

김장밭

김장밭으로 우리 식구들
모두 모두 나왔지요 바둑이까지

배추 밑동 자르기 겉대 발리기
아기들은 삼태미로 "영차 영치기"

　배추밭 옆에는
　무도 싱싱
　씨레기 자르기 무 나르기
　짤막한 가을 해 바로 지는 해
　이삭꾼도 다 같이 바쁩니다.

1949. 11. 5.

* 씨레기 자르기: 무와 무청을 분리하는 작업을 말함.

어린 보리싹

곡식을 다 걷어
텅 빈 들판에
찬바람 우수수수
쓸쓸도 한데

뾰족뾰족 샛파란
어린 보리싹
햇볕 쬐며 소곤소곤
의논이지요.

닥쳐오는 겨울을
치운 겨울을
그 어떻게 견딜까
이겨나갈까?

까마귀도 밭고랑에
모여 앉아선
서로 같이 근심스레
의논이지요.

* 『소학생』 74호, 1950. 1.

왕골자리

삼씨는 밭에 갈고
왕골은 논에 심고

커닿게 길르자
길닿게 가꾸자.

삼대는 자라면 노를 꼬고
왕골은 자라면 초를 베끼고

돗자리 엮자
초석도 치자.

할아버지 담뱃값
할머니 고깃값

돗자리 팔아 사자
초석 팔아 사자.

＊ 초석(草席): 왕골, 부들 등으로 만든 자리.

목화

목화는 일 년에
두 번 꽃 펴요

봄에는 노랑 꽃 향그런 꽃
가을엔 하양 꽃 솜송이 꽃

노랑 꽃엔 벌 나비가 찾아들고
하양 꽃엔 사람들이 찾아오고

목화꽃은 모두들
좋아하는 꽃

1949. 10. 10.

호박국

서리 온 아침
쌀랑한 아침

호박국 끓여요
노랑 호박국

둥글 넙적 길다란
커단 호박은

왼 식구가 한 그릇씩
먹고도 남지

달콤달콤 호-호
설설 호박국

1949. 10. 10.

호박씨

호박국 끓이는 날
호박 배 가르는 날

아기 남매 엄마 옆에
보고 앉았지

늙은 호박 배 속엔
머가 들었나?

소꿉 양식 호박씨가
가뜩 들었지.

1949. 10. 10.

할아버지 생각

겨울철이 되면은
할아버지 생각
보글보글 담북장
잘도 자셨지
날마다 잡수셔도
좋다 하셨지.

김장 타작 다 해노니
할아버지 생각
사박사박 배추김치
잘도 자셨지
김이 무럭 고사떡도
즐기시었지.

1949. 10. 25.

* 담북장: 장의 한 종류로, 삶은 콩을 더운 방에 띄워 반쯤 찧다가 소금과 고춧가루를
넣어 만듦. 혹은 '청국장'을 말하기도 함.

겨울 걱정

치운 겨울 닥쳐오니
걱정이지요.

양식 걱정 말고도
나무 걱정.

솜옷 걱정 말고도
김장 걱정.

없는 살림 군색하고
큰 탈이지요.

날만 새면 우리 식구
몸이 달아서

하루 종일 삼지사방
벌기 바빠요.

칩고 치운 겨울 동안
살아가려니

어른들도 애들도
야단이지요.

1949. 10. 2□.

구름을 보고

몽실몽실 피어나는
구름을 보고
할머니는 "저것이 모두 다 목화였으면"

포실포실 일어나는
구름을 보고
아기는 "저것이 모두 다 솜사탕였으면"

　할머니와 아기가
　양지에 앉아
　구름 보고 서로 각각 생각합니다.

1949. 10. 14.

약국쟁이 할아버지

약국쟁이 할아버진 점잔도 하지.
책상다리 꼬고 앉아 길단 담뱃대.
얠얠 건기침 노를 꼬지요.

약국쟁이 할아버진 마음 후하지.
누구든지 아프다면 약을 져주곤
약값은 되는 대로 가져오래요.

1949. 11. 6.

선왕나무

허허벌판 밭둑에
선왕나무는
하루 이틀 자꾸만
낙엽이 지네

치운 겨울 발가벗고
어찌 견디나?
석양에 까치들도
모여 앉았네

1949. 11. 6.

동네 길

고리 고리 가면은
신작로가 나서고,
읍내 가는 넓은 길
언니 학교 가는 길.

    조리 조리 가면은
    공회당이 나서고,
    자꾸 곧장 가면은
    이웃 마을 밤 고장.

    요리 요리 가면은
    삼거리가 나서고,
    왼쪽으로 돌으면
    밤낮 가는 동무 집.

1949. 11. 6.

잘도 뵈네

읍내도 정거장도
빤히 뵈네

나뭇잎이 떨어져
잘도 뵈네

   겨울철 되면은
   텅 비는 들판

   막혔던 경치가
   모두 뵈네

1949. 11. 6.

기러기

북쪽에서 기러기 떼 날라옵니다.
아저씨 잘 계신지 궁금하군요.

기러기는 삼팔선을 날라왔건만
아저씨 소식이야 즈가 알까요.

그렇지만 기러기 떼 소릴 들으면
자꾸자꾸 하늘이 쳐다뵙니다.

1949. 11. 7.

* 즈가: 자기가.

누나 시집

누나가 시집을 가―요.
곱게 곱게 단장을 하―곤
가말 타고 얌전히 가―요.
눈물은 쩰곰 똑 한 방울
방긋이 웃고는 가―요.

　누나는 시집이 존―가.
　이제 이제 누나는 남 식구.
　신랑 가마 따라서 가―요.
　사람들은 모두 보고 섰고
　가마들은 멀리 가―요.

1949. 11. 9.

언니와 신랑

시집가는 언니는 예쁘고
곱게 단장 꽃같이 예쁘고

장가오는 신랑은 밉고
우락부락 커단 게 밉고

언니가 □□□□ 잘났지
신랑이 □□□□ 못났지

1949. 11. 9.

* 3연은 "언니가 신랑보담 잘났지/신랑이 언니보담 못났지"로 짐작됨.

나어린 새댁

가마 속에 앉아서 우는 새댁은
등 넘에로 시집가는 나어린 새댁.

고운 얼굴 얼룩지면 어찌하려고
홀작홀작 자꾸만 울고 있네.

　새댁 가마 따라서 가는 신랑은
　"일라 가라 절라 가라" 벙글대는데

　엄마 동생 떨어져서 가는 새댁은
　홀짝홀짝 자꾸만 고갤 못 드네.

1949. 10. 11.

아기들은 장사

아기들은 바람 동무
밖에 나가 놉니다.

볼때기가 샛빨개도
울지 않고
손이 꽁꽁 얼으면 호호 불고

깡충깡충 바람 동무
아기들은 장사.

　아기들은 햇님 동무
　밖에 나가 놉니다.

　콧물이 흐르면
　씨쳐버리고
　귀가 빳빳 얼면 싹싹 문질고

　영차영차 햇님 동무
　아기들은 장사.

1949. 11. 22.

겨울날 구름 1

구름장이 왼 하늘을 덮어버려서
하루 종일 햇님 얼굴 볼 수 없네

쌀랑 바람 불어대도 꼼짝 않는
궂은 구름 저 속엔 머가 들었나

눈이 눈이 들었지 빨리 오거라
비는 오면 싫어 눈아 오거라

1949. 11. 23.

새봄까지

자꾸 날이 칩구나 바람 부누나
벌통도 꾸려야지 닭이장도 두르고

치운 겨울 까딱없이 잘 지내야지
새봄까지 모두들 이겨가야지.

1949. 11. 23.

스숙 씨와 참새

처마 밑에 매달린
스숙 씨를

참새들이 용하게
알아맞췄네.

집주인은 치워서
방에 처박혀

스숙 씨 먹는 것도
모르고 있지.

1949. 11. 23.

* 스숙: 서숙. '조'의 방언.

제주도 말

짐을 가뜩 신고서 제주도 말
허덕허덕 마차를 끌고 가네.

눈 얼음이 얼붙은 돌자갈길
한참 가단 못 가고 서서 있네.

마차 임잔 성이 나 때리고
소리소리 질러도 끌지 못하네.

짐이 원체 벅찬 걸 힘 부치는 걸
때리기만 한다고 간단 말인가?

함박눈

함박눈이 퍼붓니다
펑펑펑.
하늘 가득 쉴 새 없이
펄펄펄.
산도 들도 안 뵈게
펄펄펄.

함박눈이 쌓입니다
푹푹푹.
지붕에도 마당에도
푹푹푹.
잠깐 새에 한두 치
푹푹푹.

1949. 12. 20.

눈 오는 밤

살폰살폰 함박눈
퍼붓는데

아기 남맨 노그러져
잠이 꼬빡.

　포근포근 함박눈
　쌓이는데

　아기 남맨 모르고서
　잠이 콜콜.

　　아침이면 둘이서
　　깜짝 놀라

　　좋아라고 떠들고
　　뛰나갈 텐데.

1949. 12. 20.

우리가 어른 되면

우리가 어서 자라
어른 되면은
지금 어른 부끄럽게
만들 터야요.

같은 형제 동포끼리
총칼질커녕
서로 모두 정다웁게
살아갈래요.

우리가 어서 자라
어른 되면은
지금 어른 부러웁게
해놀 터야요.

38선 없애 치고
삼천만 겨레
세계 각국 겨누며
뻗어갈래요.

1949. 12. 20.

아기와 아빠

아기는 아빠의 가방이 싫어요
가방만 들으면 밖에를 가니까
　　아침마다 아기는 가방 미워

아기는 아빠의 주머니가 좋아요
번번이 손을 넣으면 과자가 있지
　　저녁때면 아기는 아빠 마중

　　　　　　　　　　　　1949. 12. 26.

토끼 발자욱

토끼들아 눈 온 날은
꼼짝 말아라.
마실 가고 싶어도
참고 있어라.

눈 위에다 옴폭옴폭
발자욱 내면
장난구레 머슴들이
느를 잡는다.

1949. 12. 24.

아기 발자욱

눈 위에 찍혀진
발자욱 보면
누구의 것인지
알아냅니다.

식전에 말도 없이
마실 간 아기
바둑이와 둘이서
어딜 갔나?

대문 밖에 찍혀진
꼬마 발자욱
옴폭옴폭 따라가자
찾아가자.

1949. 12. 24.

누구 발자욱

소북이 눈이 덮인 동네 앞길을
발자욱 옴폭옴폭 누가 갔나?

아무도 안 걸어간 하얀 눈길을
혼자서 다박다박 누가 갔나?

실 공장에 다니는 이웃집 누나
아마도 새벽길을 갔나 보다.

꽁꽁 얼은 하늘의 별을 보면서
고요한 새벽길을 갔나 보다.

1949. 12. 2□

늑대 발자욱

눈 위에 발자욱
무슨 발자욱.
터벅터벅 짐승의
발자욱인데
들을 건너 저 멀리
찍혀졌구나.

눈 위에 발자욱
나는 알았다.
배가 고파 간밤에
늑대란 놈이
먹을 것 찾으러
다녀갔구나.

1949. 12. 24.

겨울날 구름 2

겨울날 구름은
요술쟁이다.
눈도 오게 하고
싸래기도 오게 하고
진눈깨비도 오게 하고

오늘도 왼종일
구름 끼인 채
□□이 올래나
□□□□ 없다

왼 세상이 잠들은 밤중에나
요술을 피려는지?
펑펑 눈이나 퍼뷌으면
푹푹 눈이나 쌓였으면

1949. 12. 25.

밤낮없이

밤낮없이 안 쉬고
강물 줄기는
출렁출렁 바다로 흘러갑니다.

밤낮없이 안 쉬고
시곗바늘은
똑딱똑딱 시간을 지켜갑니다.

밤낮없이 안 쉬고
우리도 같이
나라 위해 좋은 일 해나갑시다.

1949. 12. 24.

엄마 손

엄마 손은 잠손
잠이 오는 손.

토닥토닥 아기 이불
두드리면은
솔 솔 눈이 감기며
잠이 들고.

엄마 손은 약손
병이 낫는 손.

살근살근 아기 배를
문지르면은
아픈 배가 쑥 쑥
이내 낫고.

1950. 1. 3.

눈 많이 오면은

눈이 많이 오면은
좋은 건 누구?

　　하얀 이불 얻어 덮는
　　보리싹들과
　　동네마다 눈을 뜨는
　　눈사람들.

눈이 많이 오면은
나쁜 건 누구?

　　굴에 갇혀 굶주리는
　　산짐승들과
　　나뭇길이 막혀지는
　　나무장수.

1950. 1. 8.

학교 가고파

아기는 학교에 가고파요,
나도 글씨 쓴다고 흉낼 내다
연필 촉을 그만 뚝 분지르고

아기는 학교에 가고파요,
나도 노래한다고 고갯짓
맞지 않는 곡조로 소릴 지르고

아기는 학교에 가고파요,
나도 읍내 간다고 먼저 나서
누나 가방 둘러메고 달아를 나고

1949. 1. 8.

교현교가(校峴校歌)

1. 어둠은 사라지고 밝은 터전에
   굳세게 솟아 있는 배움의 집은
   긴 내력 지키며 뻗어나가는
   향토의 자랑, 교현이로다.

2. 정성껏 배우자 한뜻 한마음
   의좋게 뛰놀자 모두 다 같이
   씩씩하게 자라는 우리 동무는
   이 강산 떠메고 갈 용사들일세.

3. 온 세상 밝히는 횃불 쳐들고
   자유와 평화의 사명은 크다.
   높다란 희망과 빛나는 이상
   우리의 교현, 영원 무궁히.

1950. 1. 13.

* 교현교: 시인의 모교인 충주 교현초등학교.

글공부

난생에 첨으로
배우는 글공부.

"ㄱㄴㄷㄹ" 힘도 듭니다.

커다란 소리로
아버지와 영진이.

학교에 들기 전에
미리 배는 글공부.

"가가거겨" 재밌습니다.

잠자리 속에서도
읽어보고 외보고.

1949. 1. 14.

불 밝은 밤

이틀 만에 한 번씩
조끔 주는 전등불,
화가 슬금 나면서도
기다려져요.

불이 밝은 밤이면
신기로운듯
식구 모두 늦도록
먼가 합니다.

언제 되면 밤마다
불 켤 수 있나?
어느 때나 환한 세상
즐길 수 있나?

1949. 1. 17.

아기는 무섬쟁이

아기는 무섬쟁이 바보,
해만 꼴깍 넘어가고
깜깜해지면
문밖에를 한 발짝도
못 나갑니다.

아기는 겁쟁이 바보,
뜨락에서 강아지는
혼자 자는데
아긴 글쎄 마루에도
못 나갑니다.

1949. 11. 18.

대문을 덜걱덜걱

대문을 덜걱덜걱
"여보시오 여보시오"

세금쟁이의 무서운 얼굴
엄마가 한참 이러구 저러구……

　　대문을 덜걱덜걱
　　"계신가요 계신가요"

　　두부장수 할머니
　　엄마 따라 뷕으로 들어오고

　　　대문을 덜걱덜걱
　　　"여보세요 여보세요"

　　　우편배달의 커단 가방
　　　서울서 아저씨 편지가 오고

1950. 2. 8.

배고픈 참새들

뜰 나무에 날마다
오는 참새들.

꽁꽁 치운 겨울에
뭘 먹고 사나.

검둥이 먹다 흘린
누룽지 생각.
꼬꼬들 먹다 빠친
수수 톨 생각.

오늘도 식전부터
찾아왔구나.

뜰 나무에 날마다
노는 참새들.

조고만 창자 속을
뭘로 채우나.

북데기를 뒤져야

나락 한 톨.
여물 광을 헤쳐야
녹두 한 톨.

오늘도 배가 고파
큰 탈 났구나.

1950. 2. 6.

왕겨와 비지

해마다 더해가는 나무 걱정
나무야 있지만 돈이 없지.
그러나 불 안 때고 살 수 없고……

왕겨와 톱밥이 동이 나지요.
풀무 소리 붕붕 얄궂은 노래.

　해마다 심해가는 살림 걱정
　물건이야 없나 값이 비싸지.
　그렇다고 들어앉아 굶을 수도 없고……

돼지먹이 비지도 세가 나지요.
두붓집 문 앞에 늘어선 사람.

1950. 2. 8.

＊ 세가 나지요: 세나지요(세나다). 찾는 사람이 많아서 잘 팔리다.

없는 살림일수록

뭣이든지 일을 하곤 밥 먹기.
많이 벌기보담은 아껴 쓰기.
언제나 식구들 몸을 튼튼히.

굶주려도 기를 쓰고 애들 공부.
괴로움 속에서도 별 쳐다보기.
언제나 식구들 뭉친 한마음.

1950. 2. 8.

모두 추위 이긴다

얼음 꽁꽁 얼어도
늪 물 속의 고기들
갑갑한 것 참고서
모두 추위 이긴다.

눈이 푹푹 쌓여도
들판의 보리싹
군말 없이 참고서
모두 추위 이긴다.

바람 윙윙 불어도
발가숭이 나무들
기운 불끈 참고서
모두 추위 이긴다.

1949. 12. □

고추

고추는 빨개야만
고추다웁고

고추는 매워야만
고추다웁다.

예로부터
아조 아득한 예로부터

사뭇 즐겨온
우리의 고추.

1949. 12. 13.

탱자 1

탱자를 갖다 주던 그 동무 애는
시오리 저 산 넘에 살았었지요.

가을 되면 동그란 노랑 탱자를
애들 몰래 손에다 쥐켜 줬지요.

향그러운 그 냄새 그리운 탱자
눈 감으면 지난날이 아롱대지.

탱자를 갖다 주던 그 동무 애는
지금 어디 살을까 무엇을 할까.

1950. 2. 10.

동요와 또

* 1950년 2월에 엮은 미간행 육필 동요·동시집이다.

머리말

음력으로 12월 30일, 대그믐날.

양력 과세(過歲)는 했지만 어찌 감회가 없을까 보냐?

이제야 기축(己丑)은 다 가고 내일부터 새로운 경인년(庚寅年), 완전히 32세는 생존한 셈이고, 내일부터 33세가 아닌가.

와병(臥病) 11년째, 어떠한 해일런고?

지금 새로운 '카리에스' 침윤(浸潤)으로 '마이신'으로 시간적 위안은 받고 있다마는……

딴엔 예술을 살리기에 생의 의의를 느껴보고자 오래간만에 분출(噴出)한 작품들 되나 마나 적어간다.

공책이나마도 연필이나마도 맘에 든 것을 구(求)치 못할 세상, 정신적으로 어디까지나 지고 싶진 않은바, 그러나 꼭 이기리라고는 장담도 못 하겠고, 바람 부는 대로 귀를 기울이고 살아가리라.

내 작품에 대한 비평은 대개 일치되는바, 결점도 알겠거니와 보담 향상 발전을 위한 고행(苦行)을 꿈꾸지 않을 수 없다.

1950. 2. 16.

은행나무

우리 동네 은행나문 굵고 큰데도
어쩌면 열매 한 톨 안 달리고

건너마을 은행나문 그리 안 큰데
해마다 우룽주룽 열매 달리나?

우리 동네 은행나문 숫나무구요
건너마을 은행나문 암나무래요

아하하하 우습다 나무 내외가
몇백 년을 마주 보고 살아온다네.

1950. 2. 12.

제비집 참새집

제비는 어디다가 집을 짓나?
좋은 일 하니까 마음 탁 놓고
처마 밑에 멋지게 집을 짓고.

참새는 어디다가 집을 짓나?
나쁜 짓을 하니까 몰래 숨어서
뒤꼍에 지붕 속에 집을 짓지.

제비는 어떠한 존 일을 하고
참새는 어떠한 나쁜 일 했나?

제비는 나쁜 벌레 잡아먹고
참새는 곡식 톨을 훔쳐 먹었지.

1950. 2. 12.

씨

꽃들이 아름답고 향그러운 건
벌 나비를 오라고 부르는 거래.

벌 나비는 불러서 무엇 하나?
꿀물을 주고서는 씨를 만든대.

과일들이 달콤하게 무르익는 건
누구든지 먹으라고 부르는 거래.

몸뚱이 먹히면 무엇 하나?
속에 들은 씨들을 사방 퍼친대.

1950. 2. 12.

봄은 가까워

먼 산 골짜기엔 눈이 하얘도
까치들이 집을 지면 봄은 가까워.

아침에 살얼음이 자작대도
기러기 날라가면 봄은 가까워.

부는 바람 쌀랑 뺨을 스쳐도
암탉이 안으면은 봄은 가까워.

1950. 2. 12.

새벽밥

멋 하러 첫새벽 밥을 짓나?
먼 산 나무 소바리 실고 오려고.

멋 하러 첫새벽 밥을 짓나?
사래 긴 밭 부지런히 모두 갈려고.

새벽밥 짓는 날은 소도 새벽죽
언제든지 주인보담 먼저 퍼먹고.

1950. 2. 12.

흙무덤이

흙무덤이 파헤친다
머이 나올까?

노랑 싹 돋아난
커단 무가 나오고.

흙무덤이 파헤친다
머이 나올까?

겨우내 잠자던
석류나무 나오고.

흙무덤이 파헤친다
머이 나올까?

철 만난 씨감자가
오골박작 나오고.

1950. 2. 13.

* 오골박작: 오골오골, 오글오글. 작은 것들이 한곳에 빽빽하게 많이 모여 자꾸 움직이는 모양을 나타내는 말.

아침놀 저녁놀

아침놀이 서면은 저녁 비.
언니야, 우산 갖고 학교 가라.
이래 봬도 나는 나는 천문학자.

저녁놀은 틀림없는 낼 아침 비.
꼬꼬들아 실컨 모이 주워 먹어라.
꿀벌들도 어둡도록 꿀 날러라.

1950. 2. 13.

꼭감과 달걀

꼭감 꼭감 한 꼬지는 열 개.
한 개 두 개 세 개 네 개······ 열 개.

달콤달콤 꼭감은 아기 용앵이.
한 개 두 개 나중엔 꼬지만 남고.

달걀 달걀 한 꾸레도 열 개.
한 개 두 개 세 개 네 개······ 열 개.

몰랑몰랑 달걀찌갠 할아버지 찬.
한 개 두 개 나중엔 빈 짚만 남고.

1950. 2. 13.

* 꼭감: 표준어는 '곶감'이지만, '꼭감'과 '곶감'은 어감이 많이 다르고, 시인이 표준
  말보다는 실생활에서 쓰이는 말(꼭감, 꼬깜)로 표기했다고 판단되어 원문대로 두
  었음.
* 꼬지: 꼬치.
* 용앵이: 군것질거리.
* 꾸레: 꾸러미.

담배 모판

동네 앞 볕 따순 밭 비알에
삥삥 둘러 울 친 것 저게 뭐까?

담배씨 뿌려논 담배 모판,
비바람에 얼까 봐 막아논 거지.

동네 집은 모두 얕으막한데
키 커다리 높은 집 저건 뭐까?

담배가 커 자라면 잎을 따서
노랗게 쪄내는 건조실이지.

1950. 2. 14.

* 모판: 씨를 뿌려 모를 키우기 위하여 만들어놓은 곳.

고구마 싹

궤짝에다 만든 고구마 모판
방 안에다 너놓고 물을 주지요.

며칠 후에 돋아난 고구마 싹들
볕살 따슨 낮에는 밖에 놓지요.

남들보담 일찍이 기르는 덩굴
밤새에 옴석 자랐습니다.

1950. 2. 14.

* 원문에는 마지막 행 "밤새에 옴석 자랐습니다" 밑에 "(날마다 언니는 열심입니다)"
라고 적혀 있음. 시인이 마지막 행을 수정하려 한 것으로 추측됨.

잉어

장마 물에 치올라온 잉어들이
논두렁 수멍배미 들어가다가
활지에 잡혔대요 다섯 마리나

생선 중엔 젤 치는 잉어들이
슬기를 부리다가 잽혔구나
활지 임잔 두 말 쌀 받었대지.

1950. 2. 14.

* 수멍배미: 하천에서 논으로 수로가 나 있는 논.
* 활지: '삼태그물'의 옛말.
* 1연에는 "잡혔대요"로, 2연에는 "잽혔대요"로 쓰여 있는데 1, 2연의 화자가 다른 것
  으로 보아 시인이 의도적으로 표준말과 사투리를 섞어 쓴 것으로 짐작됨. 고치지
  않고 원문대로 두었음.

꽃시계

시계 시계
꽃시계.

똑딱 소린 못 내도
척척 시간 맞추고.

나팔꽃이 피면은
언니 학교 갈 시간.

해바라기 고개 들면
소죽 퍼서 줄 시간.

분꽃이 웃으면
엄마 저녁 할 시간.

시계 시계
꽃시계.

바늘은 없어도
척척 시간 잘 맞고.

1950. 2. 14.

동네가 있는 곳엔

동네가 있는 곳엔
공동 샘이 파 있고,
물 이는 색시 뒤엔
흰둥이도 딸지요.

　동네가 있는 곳엔
　미루나무 서 있고,
　커다란 나무 위엔
　까치집도 있지요.

　　동네가 있는 곳엔
　　조모래기 있구요,
　　조모래기 노는 곳엔
　　노래가 있지요.

1950. 2. 14.

디딤돌 다리

다리 다리
무슨 다리
　　디딤돌 다리.

하나 둘 셋 넷
돌을 밟으며
　　졸졸졸 물을 보며
　　건너를 가고.

다리 다리
무슨 다리
　　외나무다리.

하나 둘 셋 넷
나무 디디며
　　종종종 발을 보며
　　건너를 가고.

다리 다리
무슨 다리
　　널판쪽 다리.

하나 둘 셋 넷
마음 탁 놓고
　　탕탕탕 발 구르며
　　건너를 가고.

1950. 2. 14.

인생

삽작문에 달린 금줄
인생의 시작
　　웅애웅애 갓난아기
　　신기스럽고

커 자라서 시집 장가
인생의 즐김
　　싱글벙글 신랑 새댁
　　행복스럽고

늙어지면 상여 타기
인생의 막죽
　　애고애고 통곡 소리
　　섧기도 하고

1950. 2. 14.

* 막죽: '마지막'의 방언.

배 갈러진 참나무

참나무마다 갈러진 배
울퉁불퉁 흉하게 아물은 배

어떤 놈이 이렇게 배를 갈렀나
한 나무도 안 남기고 배를 터쳤나

도토리를 따려고 마을 사람이
커단 돌로 막 때려 터쳤단다

1950. 2. 14.

풀밭에 놀 때는

풀밭에 놀 때는
풀밭이 재밌고

　쀔비기 쏙쏙 찾아 뽑기
　네 잎 달린 클로버 찾아내기

모래밭에 놀 때는
모래밭이 재밌고

　두껍이집 짓기 고누 묻기
　맨발 벗고 씨름하기 재주넘기

돌밭에 놀 때는
돌밭이 재밌고

　공깃돌 비샷돌 골라 갖기
　장독대에 고여놀 예쁜 돌 찾기

1950. 2. 14.

---

*『소학생』 77호, 1950. 4.
* 비샷돌: 비사치기 놀이에 쓰는 돌. 비사치기는 손바닥만 한 납작한 돌을 세워 놓고
얼마쯤 떨어진 곳에서 돌을 던져 맞히거나 발로 돌을 차서 맞혀 넘어뜨리는 놀이.

재밌는 집 이름

읍내서 시집오면 읍내댁
청주서 시집오면 청주댁
서울서 시집오면 서울댁

집집마다 재밌게 붙는 이름

동네 중 제일로 가까운 건
한동네서 잔치 지낸 한말댁

동네 중 제일 먼 건 북간도댁
해방 통에 못 살고 되왔지요.

1950. 2. 14.

한동네 사람

뉘 집 논이 얼만지 모두 알고
뉘 집 밭이 어딨는지 모두 압니다.
예로부터 살아오는 한동네 사람.

저 개는 뉘 집 갠지 그것도 알고
이 소도 뉘 집 손지 모두 알지요.
식구처럼 모여 사는 한동네 사람.

1950. 2. 14.

동네엔 누가 사나

동네엔 누가 사나.
(사람들이 살지 누가 살어.)

아니 아니 사람 말곤 누가 사나.
(소에 개에 돼지 닭 모두 살지.)

그럼 그럼 그 밖엔 또 없나.
(가만있자 옳지 새도 쥐도 살지.)

그러면 언제부터 동네 생겼나.
그리고 사람 짐승 같이 사나.

1950. 2. 14.

지구

지구는 해를 돌고
달은 지굴 돈다지
잠시도 쉬지 않고 돈다지

그런데 그런데 해도 달도
날마다 동에 떴다 서에 지고

지구는 모양이 둥글고
날마다 한 번씩 구른다지
그리고 별과 같이 땅덩이라지

그런데 그런데 사방 경치는
언제나 한 모양 다름이 없고

1950. 2. 15.

제일로 소중한 것

아픈 사람에게
제일로 소중한 것,
　　그건 그건 건강 회복.

없는 사람에게
제일로 소중한 것,
　　그건 그건 쌀과 돈.

어린 아기에게
제일로 소중한 것,
　　그건 그건 엄마 사랑.

1950. 2. 15.

목장 송아지

목장 송아지가 맹 맹
동우만 한 젖 달린 어미젖을
실컨 한번 맘대로 못 먹고는
도무지도 야속해서 맹 맹.

목장 송아지가 맹 맹
어미에게 덤빌까 봐 목을 매달려
어디든지 따라가는 동네 송아지
자꾸만 부러워서 맹 맹.

1950. 2. 16.

탱자 2

탱자 탱자
노랑 탱자.

애들 몰래 동무가
갖다 준 탱자.

주머니에 넣다가
꺼내 봤다가.

탱자 탱자
동글 탱자.

몇 번이고 만져도
즐거운 탱자.

책상 위에 놨다가
코에 댔다가.

1950. 2. 16.

어젯밤 손님

사랑방 문 앞에
낯선 구두.

엄마 엄마 어젯밤
누가 왔수.

밤늦도록 떠들썩
웃음소리가

잠결에 자꾸만
들려오데.

어젯밤 꿈같이
오신 손님.

너는 너는 누군지
모를 거야.

너 낳던 해 똑 한 번
다녀가신

아빠의 젤 친한
동무란다.

1950. 2. 16.

할아버지 동무는

할아버지 동무는
모두 노인
할아버지 비슷한
그런 노인

　머리가 하얗고
　주름 잽히고
　모이시면 쉴 새 없이
　담배 피시고.

아버지 동무는
모두 어른
아버지 비슷한
그런 분들

　언제든지 보면은
　바쁘신 것 같고
　이따금 밤을 새워
　술을 잡숫고.

나의 나의 동무는

모두 애들
나와 같이 학교에
다니는 애들

무럭무럭 다 같이
자꾸 자라나가고
공일날에 모이면
노래하고 뛰놀고.

1950. 2. 16.

인력거

인력거 탄 사람은
젊은 청년.
휘장을 탁 열곤
담배 피고.

인력거 끄는 이는
늙은 영감.
땀을 철철 흘리며
끌고 가네.

청년은 아픈 이는
아닌가 본데
어디까지 가는지
못 걸어가나.

영감은 힘 부쳐
헉헉하면서
딴 벌이는 없는지
아들 없는지.

1950. 2. □□

아침 참새

참새 놈들 새벽잠도 없나 봐
식전마다 왜 그리 재깔대는지
남 잠도 못 자게 고놈들

영창이 환할 뿐
햇님도 아직 잠을 자는데
그여이 내 잠을 깨고야 마네

1950. 4. 23.

아기 잠 1

아기 잠은 줄달음 잠.
햇님만 산 너머로 잠자러 가면
아믈아믈 달음질 졸음이 오고

아기 잠은 외줄기 잠.
왼종일 뛰다녀 곤한 팔다리
코록코록 아침까지 한 번 안 깨고

아기 잠은 꿀단지 잠.
자고 나면 날마다 즐거운 새날
불근불근 기운이 샘솟아 나고.

1950. 4. 25.

병아리 2

까치 소리 깍 깍
어미닭 불러라.

병아리 헤보자,
하나 둘 셋 넷……
모두모두 있구나, 열다섯 마리.

솔개미가 빙빙
어미닭 찾아라.

병아리 헤보자,
하나 둘 셋 넷……
옳지 옳지 맞구나, 열다섯 마리.

1950. 4. 30.

공일날 1

요번 요번 공일날엔
무엇을 할까?
엄마 따라 큰 강으로
빨래 마전 가고

다음 다음 공일날엔
무엇을 할까?
언니하고 저 산 넘어
절 구경을 가고

또 다음 번 공일날엔
무엇을 할까?
생각만 해봐도
즐거운 공일날

1950. 5. 10.

* 마전: 베, 무명 따위를 삶거나 빨아서 볕에 바래는 일.

공일날 2

나는 공일날을 기다립니다.
왜 그런지 아십니까?

놀러 간다고요? 아닙니다.
나는 몇 동무와 품팔이 갑니다.

어디로 가느냐구요?
동네 앞 과수원으로 갑니다.

몇 푼이나 받느냐구요?
제 밥 먹고 백 원짜리 둘

나는 공일날을 기다립니다.
한 푼이나마 벌어야겠어요.

1950. 5. 27.

알고만 싶어요

나는 나는 알고만 싶어요.
저 하늘에 별이 대체
몇 개나 되는지.

나는 나는 알고만 싶어요.
이 우주의 끝의 끝은
어디까지인지.

그리고 또 나는
알고만 싶어요.
우리는 왜 밤낮
못살기만 하는지.

1950. 4. □

달팽이 1

나물밭에 달팽이
대롱대롱 달팽이

상치쌈이 먹고파
상치 잎에 붙고

아욱국이 먹고파
아욱 잎에 붙고

1950. 5. 15.

달팽이 2

달 달 달팽이
뿔 넷 달린 달팽이

건드리면 옴추락
가만두면 내밀고.

달 달 달팽이
느림뱅이 달팽이

멀린 한 번 못 가고
밭에서만 놀고.

1950. 5. 15.

누에

누에는 누에는
멀 먹고 사ー나.

샛파란 뽕잎만
먹고서 살ー지.

누에는 누에는
몇 번이나 자ー나.

다 커 늙도록
꼭 네 번 자ー지.

누에는 누에는
무엇이 되ー나.

동고란 고치 짓고
번데기 되ー지.

1950. 5. 15.

물어봤어요

나는 자꾸만 물어봤어요
옛 살던 마을 사람 찾아왔기에

인젠 따가새도 울겠지
까치 새끼도 다 컸겠지
모심기할 때도 가까웠겠지

나는 가만히 눈 감았어요
야릇한 그리움을 재워보려고
그러나 도무지도 시원치 못해
다시 새로 하나 둘 물어봤어요

1950. 5. 22.

어느 날 눈을 감아보고는

눈을 한참 감아보고는
갑갑한 장님을 생각해보고.

귀를 한참 막아보고는
답답한 귀머거릴 생각해보고.

입을 한참 다물어보고는
가엾은 벙어리를 생각해보고.

1950. 5. 22.

퍼진다 퍼진다

퍼진다 퍼진다
씨갑으로 퍼진다
채송화 백일홍 얼마든지 있구

퍼진다 퍼진다
열매로 퍼진다
살구에 복숭아 얼마든지 있구

퍼진다 퍼진다
뿌리로 퍼진다
함박꽃 국화꽃 얼마든지 있구

1950. 5. 22.

* 씨갑: '씨앗'의 방언.
* 함박꽃: 작약.

벌통 속엔

벌통 속엔 벌통 식구
오골오골 살고
애기 낳고 맘마 먹고
자장하고 일하고

개미굴엔 개미 식구
오골오골 살고
애기 낳고 맘마 먹고
자장하고 일하고

쥐굴 속엔 생쥐들이
오골오골 살고
애기 낳고 맘마 먹고
자장하고 일하고

1950. 5. 22.

새매와 참새

참새 떼가 요란스리 재쟀거리어
창문을 열었더니 새매 한 마리
담 위에 앉아서 노랑 눙까리
참새들은 장미나무에 뭉쳐 들었네.

한 마리 잡으려고 닥친 새매는
장미나무 밖에를 빵빵질 치고,
몸이 작은 참새들은 나뭇가지 속
요리조리 날쌔게 피해 다니고.

죽기 살기 빵빵질 몇 번 치더니
그만 소용없는지 새매는 가고,
참새들은 겁낸 눈을 말똥거리며
"제깟 놈이 누굴 잡아?" 재깔거리네.

1950. 5. 15.

* 눙까리: 눈깔. 눈알.

살구씨

살구를 먹고는
살구씨 묻고

복숭아를 먹고는
복숭아씨 묻고

울안에 울 밖에
토닥닥 묻고

날마다 싹 났나
찾아가 보고

1950. 6. 15.

어머니 약

오월 오일 단옷날엔
약쑥을 뜯고

유월 육일 되거들랑
육모초를 뜯고

구월 구일 기다렸다
구절초도 뜯고

　세 가지 정성껏
　말리고 뒤섞어

　조청을 고아서
　수수조청 고아서

　밤낮없이 속병 앓는
　어머니 약하자

1950. 6. 16.

약병아리

장군이 메고 가는
다래기 속에
길쭉 내밀은
닭이 목아지.

어디를 가나 하고
궁금한 게지.
가끔 있다 한 놈씩
불쑥 내미네.

1950. 6. 10.

빨강 앵도

뒤껼에 빨강 앵도
동골 동골 동골

아기가 들락날락
따서 먹구.

뒤껼에 빨강 앵도
조롱 조롱 조롱

손님이 찾아오면
따서 내구.

1950. 6. 10.

참새 굴

기왓장 밑에다 뚤분 참새 굴
맘대루 제멋대루 뚤분 참새 굴

밉괭머리스러워 틀어막았네
진흙으로 꼬옥꼭 틀어막았네

참새 놈들 와보니 굴이 없네
아무리 다시 봐도 집이 없네

도모지 웬일일까 짹짹짹
자꾸만 참새 놈들 흙을 쑤시네

1950. 6. 17.

* 뚤분: 뚫은. '뚤부다'는 '뚫다'의 방언.
* 밉괭머리스러워: 보기에 매우 밉살스러워.

집비둘기

비둘기다 집비둘기
일곱 마리.

뉘 집에 사는지
어딜 가는지.

비 오는 하늘을
홱 지나가네.

1950. 6. 17.

산딸기

딸기가
산딸기가
오롱조롱 달렸네.

가시덩굴
가지마다
새빨갛게 익었네.

딸기는
산딸기는
누가 누가 따 먹나.

산새들과
다람쥐
서로서로 따 먹지.

1950. 5. 31.

아기 잠 2

아기 잠을 소롯이 재워놓아야
엄마는 맘을 놓고 일하십니다.

아무리 바쁘셔도 아기가 울 땐
엄마는 아무 일도 못 하십니다.

1950. 6. 18.

할아버지 친구

할아버지 친구는
모두 늙은이
그런데 한 분 두 분
돌아가시고
인제는 똑 한 분
남아 계시네.

어쩌다 길가에서
만나 뵈오면
돌아가신 할아버지
만나 뵈온 줄
반갑고도 슬프고
쓸쓸합니다.

1950. 5. 2□

언제나 살 수 있나

언제나 될는지
남북통일
삼팔선 없어진
삼천리강산
맘 놓고 오고 가고
살 수 있나?

언제나 설는지
온전한 나라
서로들 손잡고
삼천만 겨레
세계와 어깨 겨눠
살 수 있나?

1950. 6. 22.

호도 첫 열매

달렸다 달렸다
호도 첫 열매.

몇 개나 되나
헤어보자.

나무를 뺑뺑 돌며
찾고 또 찾고,

모두 다 아홉 개
호도 첫 열매.

1950. 6. □□

옥수수 3

내가 심은 옥수수
내 키보담 더 컸네.

봄에 옥수수를 심은 것이
벌써 커 자라 열매 열렸네.

내가 가꾼 옥수수
내가 따 먹네.

밭가에 쭉 쭉 달린 옥수수
휘파람 불며 불며 골라 땁니다.

1950. 6. 23.

자꾸자꾸 퍼진다

퍼진다 꽃들은
씨갑으로 퍼진다
　　해마다 해마다 자꾸자꾸

퍼진다 물고기는
알을 낳고 퍼진다
　　해마다 해마다 자꾸자꾸

퍼진다 짐승들은
새낄 쳐서 퍼진다
　　해마다 해마다 자꾸자꾸

1950. 6. 23.

* 원문에는 제목 '자꾸자꾸 퍼진다' 밑에 '(씨갑으로 퍼진다)'라고 쓰여 있는데, 시
인이 제목을 바꾸려 한 것으로 짐작됨. 이 전집에서는 시의 내용에 더 어울리는 '자
꾸자꾸 퍼진다'를 제목으로 삼았음.

서울 가는 뻐스

아침 햇살 등지고 넓단 신작로
신나게 달아나는 하얀 은뻐스
아저씨도 서울로 저 차 타고 가셨지.

나도 어서 자라서 서울 가야지.
기차도 말고 은뻐스를 타고는
손을 휙휙 두르며 공부하러 가야지.

1950. 6. 26.

맹꽁이

장마비만 오면은
즈 세상만 싶은지

왕골논에 웅덩에
노래하는 맹꽁이.

　　낮에도 맹꽁
　　밤에도 맹꽁.

아이들이 흉낼 내도
시침을 떼고는

소리 높여 신나게
노래하는 맹꽁이.

　　낮에도 맹꽁
　　밤에도 맹꽁.

1950. 6. 25.

햇보리밥

강낭콩 따다가 보리밥에 놓고
감자를 휘벼다가 지지고 볶고
오이 호박 따다가 맛나게 무치고

병원에 아파 누신 일갓집 할머니
한상 차려 이고서 찾아뵈러 가자.
모두 햇것 햇농사 달게달게 잡숫게.

1950. 6. 26.

함박꽃

어스름 달밤
마루에 앉아
꽃밭을 바라봅니다.

하얀 함박꽃 송이
바람에 한들한들

누나와 둘이서 헤어봅니다.
공만큼 한 허연 꽃송이들.

1950. 6. 25.

산골 마을

(7월 4일 피란↔7월 23일 귀가)

수양골

---

* 1950년 7월에 엮은 미간행 육필 동요·동시집으로, 시인이 피란길을 떠났
던 1950년 7월 4일부터 7월 23일 사이에 창작된 것으로 보인다.

머리말

뜻하지 않은 20일 동안의 산중(山中) 피란 생활에서 얻은 작품들을, 서투른 채 기념하기 위하여, 지은 순서대로 한 권에 적어보기로 한다.

약 40편 작품 가운데는 설익은 것뿐만 아니라 기형적(畸形的)인 것도 적지 않을 것이다. 또 한편 제법 모양과 내용을 갖춘 것도 있을 것이다.

우선은 적어놓고서, 곰곰이 다시 생각해보고 고치어보면서, 완전한 것을 다만 두세 편이라도 만들 수 있다면 다행이겠다.

이번 '피란'에서 잃은 것도 얻은 것도 많았다. 차차 정리해가야겠지만, □□□□□□다. 나의 '제2작품집'을 버젓이 내놓을 수 있는 날이 속히 오기만 열원(熱願)하겠다.

1950. 7. 25. 옷갓*서

---

* 옷갓: '옻갓'이라고도 함. 시인이 태어난 마을로, 지금의 충주시 칠금동.

귀머거리 할머니   △ 귀머거리

비행기가 앝이 떠
총을 쏜다 땅땅땅

동네 사람 겁이 나
모두 피란 가는데

귀머거리 할머니는
밭에 혼자 일하네

아무 소리 안 들리니
겁날 것이 없구려

1950. 7. 14.

비행기도 총소리도
겁 안 난다.
모두들 피란 가라
나는 일한다.
어떤 놈이 내 귀를
뚤불까보냐?

1950. 7. 22.

* 피란지에서 쓴 작품(왼쪽)을 귀가하기 전날인 7월 22일 개작(오른쪽)한 것으로 보여 두 작품을 비교해볼 수 있게 한 면에 실었음(원문에도 두 작품이 같은 면에 적혀 있음). △ 표시는 모두 시인이 개고작에 붙인 것임. 이하 동일.

서쪽새 (A)

피란꾼 잠들은
산골 마을에,

서쪽새 우는 소리
처량도 하다.

너는 왜 밤만 되면
자꾸 우니?

떠나온 집 생각에
잠 안 온다.

1950. 7. 15.

△ 서쪽새 (B)

밤만 되면은
서쪽새 운다.

집 생각에
잠 안 오네.

1950. 7. 22.

---

* 초고의 제목과 개작의 제목이 같을 경우에 '(A)' '(B)'로 구분함. 이하 동일.
* 서쪽새: 소쩍새.

산골길

두멧길 오솔길
가락배기

외로 갈까?
바로 갈까?

어떤 길이 어디멘지
알진 못해도

자꾸 따라가면은
집 있겠지요

바위 밑에 짐을 놓고
피란꾼들이

어린 애기 달래면서
물을 마시네.

1950. 7. 15.

△ 피란길

산속으로 산속으로
찾아드는 길.

어린 아기 데리고
짐을 지고……

어딘지도 모르고
따라가는 길.

1950. 7. 22.

이 산골까지

일가친척 따라서
이 산골까지
난리 피란 한다고
찾아왔어요
집에는 닭이들과
돼지 한 마리
주인 없는 텅 빈 집에
정말 딱해요.

이부자리 한 짐 실은
우차에 앉아
들 지나고 강을 건너
실려왔어요
처음으로 보는 꽃
듣는 새소리
모든 것이 도무지도
이상했어요.

1950. 7. 15.

△ 피란 와서

삼십 리 깊숙한
이 산골까지
허둥지둥 식구들
피란 왔다.

숨 돌리고 생각하니
텅 빈 집엔
도야지와 닭이들
가여웁다.

1950. 7. 22

잠깐 사귄 동무   △ 피란 곳 동무

피란 곳에서 사귄 동무   피란 곳에서 사귄 동무
첨으로 서로 만나 사귄 동무   정들다가 그만 헤져버렸다.
                                언제 다시 만나게 될지.
산 또랑물 가재 잡기 같이 가고   1950. 7. 22.
뻐꾹 소리 꽃 꺾기 같이 놀고

피란 곳에서 사귄 동무
잠깐 동안 놀다가 헤진 동무

다시 서로 만나는 날 있을는지
쌈 끝나고 조용하면 편지하자.
                1950. 7. 17.

산 샘물 (A)

산 샘물이 넘쳐흘러
산 또랑물.

산 또랑물 모여 흘러
산 개울물.

산 개울물 나려 흘러
들판 강물.

들판 강물 구비 흘러
넓은 바다.

1950. 7. 17.

△산 샘물 (B)

산 샘물이
흘러흘러
바다까지
가는 것을

몇 번이고
생각다가
잠이 소롯
들었다.

1950. 7. 22.

밤마실

두멧골 사람들은
겁도 없지.

등 넘어 험한 길을
밤마실.

불도 없이 혼자서도
밤마실.

1950. 7. 17.

△ 산길

산골짜기 따라서
또랑물 따라서,

꼬부랑 나려가는
돌박길, 산길.

고개 고개 넘어서
이웃 마을 지나서,

가도 가도 끝없는
오솔길, 산길.

1950. 7. 25.

왜 싸우나 (A)　　　　　　△ 왜 싸우나 (B)

싸움이 벌어졌다 더운 여름철
누구하고 누구가 싸우는 걸까
같은 조선 사람끼리 싸운단다

싸움이 벌어졌다 곳곳마다
멋 때문에 싸울까 왜 싸울까
(2연 3행과 3연 삭제됨)

　　　　　　　　　　1950. 7. 17.　　　　　　1950. 7. 22.

* 7월 22일 개고한 「왜 싸우나 (B)」는 본문이 삭제됨.

꾀병

꾀병은 병이래도
아프잖은 병.

비위가 틀어지면
가끔 나는 병.

　꾀병은 약 안 써도
　바로 낫는 병.

　눈치 보아 사알짝
　고쳐내는 병.

1950. 7. 17.

저놈 비행기   △ 하늘만 보지요

비행기 왱왱
한 채만 날아도
모두들 정신없이
하늘을 보지요.

비행기 왱왱
자꾸 빙빙 돌면은
웬일인가 겁이 나
하늘만 보지요.

1950. 7. 17.   1950. 7. 26.

* 「저놈 비행기」는 차례에는 있으나 본문이 삭제됨.

영 너머로 (A)　　　　△영 너머로 (B)

넘어간다 영 너머로　　　　영 너머로
소낙비 구름　　　　　　　넘어가는 것.

넘어간다 영 너머로　　　　소낙비 구름
폭격 비행기　　　　　　　폭격 비행기
　　　　　　　　　　　　짐 진 피란꾼.

넘어간다 영 너머로
짐 진 피란꾼　　　　　　　　　　　　1950. 7. 22.

　　　　　　　1950. 7. 17.

산골 마을 (A)

다시 또 올지 말지
산골 마을.

길이 두고 생각나게
단장 하나.

짚었다가 휘두르다
정든 고개.

되돌아서 가는 길에
뻐꾹 소리.

1950. 7. 18.

△산골 마을 (B)

언제 또 올지
알 수 없네.
단장 하나 만들어
짚고 감세.

고갯길 한참 가다
돌아보니
뻐꾹 소리 가슴에
스며드네.

1950. 7. 22.

산에는

산에는 나무가
우거져야 좋고

개울에는 물이
가득해야 좋고

1950. 7. 18.

두멧골에서   △ 두멧골

어디든지 정 붙이면   어디든지 정붙이면
살 수 있나 봐.   살 수 있다.
갑갑하고 답답함도   배부르고 등 뜨시면
사라지나 봐.   살 수 있다.

                                          1950. 7. 22.

어디든지 배부르면
살 수 있나 봐.
시절 따라 즐거움이
숨어 있나 봐.

                1950. 7. 18.

조용도 하다

바람 없는 산 수풀
　　조용도 하다.

잠이 들은 밤 마을
　　조용도 하다.

1950. 7. 18.

소 뜯기기 (A)

소 뜯기러 가자
풀 뜯기러 가자

구름이 붉게 물든 여름 저녁
언덕으로 또랑으로 몰고 가자.

소 뜯기러 가자
송아지도 가자

매미 소리 잠잠한 서늘할 때
 맑은 물에 세수하고 목욕도 하
자.

1950. 7. 18.

△소 뜯기기 (B)

쓰르라미 운다
소 뜯기러 가자.

돌아오는 길엔
목욕도 하자.

1950. 7. 22.

외딴집 (A)

두멧골 산속에
외딴집 하나.

몇 식구나 되는지
외롭잖은지.

　길손 드문 산속에
　외딴집 하나.

　방문 활짝 열린 채
　아무도 없네.

　　　　1950. 7. 19.

△ 외딴집 (B)

길손 드문 산속에
외딴집 하나.
더벅머리 두 아이가
놀고 있다.

　　　　1950. 7. 22.

모두 일갓집

고개 넘고 또 넘어
깊은 산속에
올망졸망 초가집이
열아홉 집.

가지각색 과일나무
우거진 속에
한 조상님 자손들이
퍼져 사는 곳.

1950. 7. 19.

* 차례에는 제목이 '수양골 1'로 되어 있고, 본문에는 제목이 '수양골(모두 일갓집)'
으로 나와 있음. 뒤에 '수양골'이라는 제목의 작품이 또 나오는 것으로 보아 시인
이 이 시의 제목을 '모두 일갓집'으로 바꾼 것으로 추측됨. 이 전집에서는 '모두 일
갓집'을 제목으로 삼았음.

꽃밭   △ 꽃

꽃나무만 보면은   꽃나무만 보면 안다
알아냅니다.   무슨 꽃 필지 안다.
키가 클지 작을지
무슨 꽃인지.   두고 봐라 하나도 틀리잖지
                                     꽃이 피면 쏙쏙 들어맞는다.
　채송화에 봉숭아   1950. 7. 22.
　분꽃 백일홍
　맵시 있게 꽃밭을
　꾸며봅시다.
                    1950. 7. 19.

씽씽 나란히

논에는 골골이
벼폭들이
줄을 맞춰 앞으로
씽씽 나란히.

밭에는 줄줄이
담배나무
줄을 맞춰 앞으로
쭉쭉 나란히.

간이학교 마당엔
어린 동무들
줄을 맞춰 앞으로
척척 나란히.

1950. 7. 19.

* 벼폭: 벼 포기.

푸근한 나무

나뭇잎 긁으러
뒷산으로 갈까나.

삭다리 꺾으러
앞산으로 갈까나.

어디를 가든지
푸근한 땔나무

두멧골 사람들은
나무 근심 없어요.

1950. 7. 19.

△ 나무 걱정

두멧골 사람은
나무 걱정 없지.

하루에도 몇 짐
나무 걱정 없지.

1950. 7. 22.

* 삭다리: '삭정이'의 방언. 살아 있는 나무에 붙어 있는, 말라 죽은 가지.

세 가지 빛깔

들판에 벼논이 세 가지 빛깔
어째서 그런가 알아볼까.

제일 먼저 심은 건 검은 빛깔
다음으로 심은 건 퍼렁 빛깔
맨 꼴찌로 심은 건 노랑 빛깔.

1950. 7. 19.

△ 약풀 뜯으러

약풀 뜯으러 언니와 같이
강 건너 마을에 한번 갔어요.

엄마 약 하려고 늦은 봄날
나룻배를 타고서 갔다 왔어요.

1950. 7. 22.

억울한 농민들   △쌍놈 비행기

1950. 7. 19.   1950. 7. 22.

* 차례에는 '억울한 농민들(쌍놈 비행기)'로 나와 있으나 본문이 삭제됨.

나쁜 놈들

피란이라 며칠 동안
집 빈 새에
자물통이 부서지고
문이 열리고
세간살이 알짜들만
모두 빼 갔네.

어떤 놈들 짓일까
뉘 탓일까

남김없이
나쁜 놈들 샅샅이
뒤져내자.

1950. 7. 19.

쓰르라미   △ 꿀벌

거스름한 저녁때   피란들 가건 말건
소 풀 뜯길 때   총소리 나건 말건
쓰르라미 울으면은   도둑놈 오건 말건
야릇하여요

                         아무치도 않은 꿀벌들
(4행 정도 삭제됨)   저 할 일만 하는 꿀벌들

                1950. 7. 19.   1950. 7. 26.

들밥 2

들밥 이고 가는데
따라나선 아기는

걸음도 잘 걷지
앞장서서 가네.

오르막 돌박길도
넘어지지 않고

숨 가쁘면 조곰 섰다
다시 걸어가고.

엄마는 아직도
뒤떨어져 오는데

걸음도 잘 걷지
아기는 장사.

밭 매는 아빠에게
누가 먼저 가나

저기 저기 보인다
소리치며 뛰가네.

1950. 7. 20.

수양골

이 동네는 몇 집
모두 쳐서 열아홉.

제비집은 몇 집
겨우서 다섯 개.

언제부터 사람 사나
이백 년 전 먼 옛날.

무얼 하고 사나
농사짓고 살지.

1950. 7. 19.

* 차례에는 '수양골 2'로 되어 있음.

암탉 소리

피란민 물러간
산골 마을에

알을 난 암탉 소리
요란도 하다.

1950. 7. 21.

책 읽는 소리

오막살이집에서 책 읽는 소리
학교에 다니는 놈 있나 보다.

책을 읽는 그 소리 씩씩도 하다
달밤에 자꾸만 울려 퍼지네.

1950. 7. 2.

산속 마을

산속 마을은
삥삥 둘러 산산.

하늘도 좁고
별도 즉고

동무들아 나오너라
갑갑하지 않으냐?

사방 경치 탁 트인
산꼭대로 가자.

1950. 7. 21.

산속 아이들

산속 아이들은
누구하고 사나?

　산짐승 산새들과
　같은 산속 살고.

산속 아이들은
누구하고 노나.

　열두 집 동무들과
　밤낮 같이 놀고.

1950. 7. 22.

없어진 도야지

피란 갔다 왔더니
남의 집같이 서먹서먹

풀이 우거지고
도야지가 없어지고
닭은 두 마리뿐.

열어재킨 방에는
그릇 옷 세간 이것저것

부시어놓고
훔쳐가고

이 모두가 뉘 놈 짓일까?
이 모두가 뉘 놈 탓일까?

1950. 7. 22.

산골 제비

몇 집도 살지 않는
이 산골에
제비들아 찾아주니
고마웁다.

맘대로 가을까지
먹고 놀다가
새끼하고 정답게
강남 가라.

1950. 7. 22.

밤만 되면

밤만 되면 반딧불
왜 자꾸 켤까?

밤만 되면 서쪽새
왜 자꾸 울까?

1950. 7. 23.

반딧불

반딧불 홀홀
풀밭으로 가고

누구를 찾느냐?
나도 같이 찾자.

반딧불 홀홀
언덕으로 산골로

누구 길 밝히냐?
나도 따라가자.

1950. 7. 23.

거미줄

덩그러니 거미줄
얽어놨건만
아무것도 한 마리
안 걸린다.

어저께도 오늘도
왕거미 놈은
처마 밑에 숨어서
배를 주린다.

1950. 7. 23.

매미

쌀매미는 잡아다
쌀밥 주고

보리매민 잡아다
보리밥 주고

누가 노래 더 잘하나
내기시키자.

1950. 7. 23.

자장노래

자장 자장 아기는
재우잖아도
투실투실 혼자서
잘도 잡니다.

　산 위에서 똘박이는
　별을 보다가
　아름다운 꿈나라를
　찾아갑니다.

자장 자장 아기는
눈만 감으면
단숨에 아침까지
잘도 잡니다.

　날만 새면 맑고 고운
　산새들 노래
　즐거운 새 하루가
　시작됩니다.

　　　　　　　　　　　1950. 7. 23.

홈통물

도랑은 깊고
양 둔덕은 높고

이쪽저쪽 걸치어
다리를 놓았네.

다리는 홈통
돌돌돌 맑은 물

달밤에도 쉬잖고
노래하고 있네.

1950. 7. 25.

무궁화

피었다 무궁화
활짝 활짝 맘 놓고.

하양빛 보랏빛
모두 모두 곱구나.

　넬모레면 8·15
　　(한 행이 삭제된 듯함)

　피어라 무궁화
　더욱 더욱 빛나라.

1950. 7. 26.

뒷말

며칠 걸려 적어놓고 보니 역(亦) 부족감을 느낀다.
무엇 때문에 무엇 하려고
이따위 대단치도 않은 작품을
나는 쓰고 있는 것일까?

나도 잘 모르지만
한 가지 병(病)과도 같을 것이다.

보담 값있는 것
보담 높다란 것
보담 아름다운 것
보담 빛나는 것
......

이번 피란으로 인하여
내 병체(病體)는 엉망진창이다.
그 무리 무리 해가며 맞은 '마이신'
80병의 효용(效用)도 헛놀음이 되었을뿐더러
악화될 대로 되어버린 요즈음

나는 아무런 불평, 불만을 하지 않으리라.
다만 남은 내 생명을 응시정관(凝視靜觀)하리라.

첨부터 각오했던 바가 아니던가?
나 하나 희생하더라도 네 생명을 건져놓고 보자던 결심을…….
그러나 이것도 뜻하지 않은 '호의(好意)의 우차(牛車)에 실린 몸'이
되던 순간의 일이었다.

생(生)의 염증(厭症)에서 자살을 염원도 했고
(5행 정도 삭제됨)
비록 병상에 있어서나마래도
왜놈들이 망하는 것을 보았고
이제 또다시 □□□□하는 끝에
(4행 정도 삭제됨)
한결같이 변동 없었던 내 주관
어느 곳에서나 누구 앞에서나 양심적으로
떳떳이 가슴을 펼 수 있다 함이
나로서는 이 위에 없는 영광일 것이다.

피어리고 눈물겨운 '민족의 여명의 날'을
구가(謳歌)하면서 내 작품 생활에
좀 더 깊이 있는 그 무엇을 탐색해보자.

오늘도 수없는 기침과 담(痰)

여전히 폐골부(肺骨部)가 아프고 목까지 부었다.
될 대로 되려무나.
사는 날까지 나는 살으리라.

1950. 7. 28. 여명(黎明)

기타

무럭무럭 자라고

아기 토끼 흰 토끼
풀을 먹고 자라고,

어른 토끼 될 때까지
깡충깡충 자라고,

아기 소 황송아지
여물 먹고 자라고,

어른 소 될 때까지
경중경중 자라고,

우리 아기 세 살배기
맘마 먹고 자라고,

나라 일꾼 될 때까지
무럭무럭 자라고.

＊『소학생』68호, 1949. 6.

한 밤 자곤

박덩굴이 오늘도 길었습니다.
한 밤 자곤 조금씩 자라납니다.

조각달이 오늘도 커졌습니다.
한 밤 자곤 조금씩 자라납니다.

귀염둥이 아가야 우리 아가야.
한 밤 자곤 조금씩 너도 자라라.

* 『소학생』 69호, 1949. 7.

두멧골 애들

두멧골 산속에 사는 애들은
산나물 이름도 잘들 알지요.
봄이 오고 푸르릇 싹이 돋으면
모두들 정다웁게 나물 뜯지요.

두멧골 산속에 사는 애들은
물 맑고 꽃 많아 즐거웁지요.
강냉이에 감자밥 먹고 자라도
모두들 사슴처럼 튼튼하지요.

* 『소학생』 76호, 1950. 3.

떠나보고야

멀리 떠나보고야
알았습니다
어머니 품 가슴이
그리운 것을.

멀리 떠나보고야
알았습니다
오막살이 내 집이
그리운 것을.

멀리 떠나보고야
알았습니다
내 고향 옛 동무가
그리운 것을.

* 『아동구락부』 1950. 1.

제2부

산문

노래손님

술방울 따서는
치 하고,
호방울 따서는   순이가, 옥이집에 놀러
수 하고.   순이가, 손님, 노래손님,

악 병아리들   호박씨 한오큼 대접 받고
지요.   우스며 풀러을 노래 보따리

깨 한줌 복곡곡 옥이가, 순이집에 놀러가면
아 먹고.   옥이가, 손님, 노래손님   봄 나드
쌀 한줌 곡곡곡
아 먹고.   콩볶이 한오큼 대접 받고 우리 아기 아장
비악 병아리들 우스며 클러을 노래 보따리 봄 나드리 가
지요.   강아지도 통통
                        아기 따라 가아

빨래줄에

봄 나드리   어린이의 노래
아오
펄펄펄 제비 새끼   밤어진 새 나라.
와아오.   하나 둘 셋 산도 강도 우리것. 정답게 정
        다섯 마리. 동무야 동무야
집 빨래줄에 나라니 우리 동무야.   노래노
    아기 기저기.
까치 집   하나 둘 셋 넷 어깨동무 짝자장 노래노래
가왓니.   펄펄 다섯. 어깨동무   즐거운
                우리 산 우리 강 새 나라
일 욱어진 속에   맘껏 뛰 놀고.   언은
멋지.   쌍동이 형제게 즐겁게 즐겁게 아기들아
                            옹이종기
까치는   얼굴도 키도 꽃 피는 새 나라.   즐거운
가왓니.   꼭 같구드 해도 달도 우리 것.   서로서로
에로   모자도 신발도 동무야 동무야 봄노래를 부르자
러 가왓지꼭 같지요. 어린이의 노래 봄노래를 부르자

발강 봉선화 쌍동이 빨래 줄어 빨래줄어
                        아기 기
        달 빨래줄에 나라니   하나

소설

식모

겨우 스물세 살이니까 식모라고 부르기에는 너무나 젊은 듯하다. 그렇다고 해서 '부엌데기'니 '밥초'니 하는 칭호는 좀 가엾다. 여하튼 '밥 짓는 사람'이기에는 틀림이 없다.

봄이 짙어 녹음이 한참 어울리고 대낮에는 등골짜구니에 땀이 촉촉하게 흐르기도 할 때였다.

우리 집에는 어머니가 늘 속병환으로 편찮으시고 아내는 만삭이 가까워 몸이 무거운 터라, 농사짓는 집안에서는 조석 짓기에도 힘이 들었다. 그래 식모를 하나 구하려도 밥벌이 좋은 시대라 도무지 오는 사람이 없었다.

읍내에는 실 공장 명주 공장이 요 근래 하나둘 서게 되자, 좁은 살림에 아이나 보고 물동이나 이고 죽이나 끓이던 농촌 처녀들을 휩쓸어가게 되었다. 뽑혀 가서 좀 일이 능숙해지면, 그네들이 한 달 일하고는 여태껏 만져보지도 못한 지전(紙錢) 쪽을 몇 장씩 받아 오게 되었으니, 그네들의 아버지가 품팔이를 하여 진종일 벌어도 겨우 2원이 못 되고 한 달을 꾸준히 번다 치더라도 그네들이 벌어들이는 그 돈보담 적으니, 이 딸들을 소중히 여기게 되었음이 사실이다.

그러니 누가 남의 집 부엌 속에서 연기 먼지 마시며 밥은 넉넉히 얻어먹는다 하지마는, 월급이래야 불과 10원이니 그것 한 장 바라고는 오지 않았던 것이다.

그래 우리 집에서는 식모 두기를 아주 단념하고 있던 차에 하루는 이웃집 사람이 찾아와 서울 영등포 공장에 있다가 하도 배가 고파서 돌아온 여자가 있는데, 두어보라 권하기에 그러라고 불러오라 하였더니 같은 마을 소작인의 딸이 아니었던가!

이리하여 간단하게 식모를 구했지만 그의 이름이 무엇인지 물어보지도 않았고 그도 역(亦) 제 이름을 알려주지도 않은 채 날을 보내게 되었다.

과연 도회지에서 굶주린 터라 며칠을 두고 한정 없이 먹어댔다. 그랬기에 여태껏 남고는 하던 찬밥이 깨끗이 처리가 되고, 새끼 도야지 밥 주기에도 딴 걱정을 해야만 되었다.

그가 처음 식모로 올 적에 □□이 실컷 밥이나 먹고 옷이나 얻어 입으면 더 바랄 것이 없다고 그랬으니만치 먹기는 물론 잘하였고, 며칠 후에 새 무명으로 만들어준 몸뻬와 웃옷을 얻어 입고는 그만 만족해서 늘 웃는 낯으로 부지런히 일했음은 말할 것 없다.

아내가 재봉으로 몸뻬를 박을 적에 그 옆에서 떠나지를 못하고 꼭 붙어 앉아서는 박혀져가는 옷을 몇 번이고 만지면서 싱긋싱긋하는 것을 보았지만 새카맣게 물든 그 몸뻬가 다 되었을 적에 처음으로 입는지라 퉁퉁한 두 다리를 꿰기가 몹시도 부끄러운 듯하였다. 다 입고 나서는 고개를 푹 수그렸을 제, 좀 얼굴이 볼캉하였지마는 옆구리로 하이얀 살이 내다보였음은 모르는 듯하였다.

이리하여 우리 집 식구가 하나 늘고 집안이 번화한 듯하였다. 어머니와 아내가 좀 편해지고 일꾼도 공연히 기분이 좋은 듯하였다.

'옷이 날개고 밥이 분이라'더니, 여러 날 실컷 밥을 먹고 깨끗한 새 옷을 입고 날마다 세수를 하고 머리를 빗고 하니 제법 인물이 환하고 음전한 게 멀쩡하였고 나중에 들어 알았지만 몇 번 시집을 간 여자 같지는 보이지 않았다.

이웃집 사람이 우리 집 울안 샘으로 물을 길러 왔다가 식모의 인물이 몰라보게 좋아졌다고 치사를 하였고, 몸도 많이 불었다고 칭찬을 하였다. 그러면 그는 더 힘이 나는 듯 밥을 먹고는 두 팔을 걷어제치고 샘물 긷기를 일삼았다. 맨발로 바께쓰를 들어 나르는 것을 보면 탐탐하였고 웬만한 남자는 따르지 못할 것 같았다.

그렇지만 식모래야 조석으로 상(床) 보는 건 일절 관계치 않았고, 방 소제며 마루 소제도 참견치 않았다. 오직 부엌에서 불을 때서 밥 짓고 물 긷는 것뿐이었다.

차차 날이 더워 불 때기에는 번번이 땀을 흘리게 되자, 하루 저녁 간다 온다 말도 없이 그는 슬그머니 나가버렸다.

대문 닫힐 때까지 기다렸지만 오지 않았으니 즈집으로 간 게 틀림이 없다.

다음 날 아침에도 점심때도 들어오지 않았다. 그의 생각에는 웬만치 배가 불렀고 옷도 생기었으니 그만 일하기가 싫어진 모양이다.

처음에 와서 밤마다 몸을 쉴 새 없이 긁어대며 잠을 못 잔다 해서 읍내 보내 목간을 시키고 바르라고 사다준 그 고약도 없었음은 물론이다.

그는 그가 목적하는 바를 모두 달하였으니 우리 집만 나가면 되는 줄 생각하였던 것이다. 몇 날 기다렸으나 돌아오지 않았고 일꾼을 시켜 몸살이 났으면 약을 지어다 준다 해도 그저 가기 싫어서 못 가겠다는 것이었다.

그리고는 제멋대로 들에도 나가고 동리 앞 늪 건너 빨래터에도 가고 뻔들뻔들 낮잠도 잔다는 말이 들리어오며 시집가서도 늘 온당히 붙어 있지를 못하는 체신이 또 싫증이 났나 보다고 의례히 그러려니들 여기었다.

그가 처음 식모로 올 제도 그랬지만, 이번에도 그의 부모가 한 번도 찾아와 인사하는 법이 없었다. 다만 그를 식모로 인권해준 이웃집 사람이 이를 어쩌느냐고 맹랑하다 하며 몸이 달아 그랬지만 하는 수 없이 내버려두었다.

그 후 몇 날이 흘렀을까? 이웃집 사람을 앞장을 세우고 고개를 숙인 채 아무 말 없이 따라왔다. 단지 그것만으로 다시 있겠다는 의사였지만 이웃집 사람이 한참 야단을 치고 빈정댄 끝에 풋보리를 대껴 먹으니까 처음에는 꿀맛이더니 회가 요동을 하고 설사가 난 다음이라며 웃어댔다.

아직 좀 빨랐지만 양식들이 없어서 겨우 누릅누릅한 밀보리를 잘라다 먹을 때이기는 하였다.

어머니께서 몇 마디 타이르시고 또 같이 지내게 되었다.

이제는 차차 날이 가자 어머니에게나 아내에게 더러 이야기도 하게 되고, 일꾼에게는 말대꾸도 하기도 하였다. 그래 그의 남편이 함경도로 돈벌이를 갔는데 가을에는 돌아온다는 말까지 전하였고, 하루는 그의 집에를 갔다 오더니 몹시도 기뻐하며 그의 남편이 곡식 털 때는 꼭 틀림없이 갈 터이니 기다리라는 편지와 무엇이든지 쓰라고 돈 10원이 왔다는 것이었다. 그 후로 날이 점점 더워지며 여름이 아주 확 퍼지기도 하였지만, 그는 일하다가도 넋을 놓고 시름없이 먼 산을 바라보는가 하면 또 무엇에 몸이 다는 사람처럼 몹시 초조해하기도 하였으며, 물 긷는 것도 힘깔이 하나도 없었다. 불과 몇 날 남지 않았건만, 못 견디게 그리우며 몹시도 기다려지는 듯하였다. 차라리 아무 소식도 없다가 딱 찾아왔다면 놀람과 기쁨이 컸겠고, 그 당시만 가슴이 두근거렸지 이리 두고두고는 야릇하지 않았을 게다. 그 잘 먹던 밥도 훨씬 줄고 설거지도 열나절은 걸려야 끝이 났다.

사람은 기뻐도 슬퍼도 마음을 잃는가 보다.

이웃집 사람이 오면 살림할 걱정, 아이 낳고 싶다는 소원을 말하고 그의 남편이 돈을 많이 벌어 오리라고 좋아했다.

그러자 아내가 몸을 풀 무렵 해서 그는 또다시 아무 말 없이 나가 버렸다. 이번에도 배가 고프면 돌아오리라 하였더니 손새가 물렀다는 핑계로 좀체 오지 않았고 일꾼이 몇 번 심부름을 갔지만 조금도 효험이 없었다. 그럼직도 한 것이 그때는 벌써 밀보리 타작하는 소리가 동리에 요란하였으니까 양식 걱정은 없었던 것이었다.

그는 이제 입은 옷이 몇 번 빨기까지 한 것이니까 그냥저냥 제 것이 된 줄만 알았지만, 가을까지 있을 한정도 못 채우고 나가는 사람에게 그 비싼 무명으로 만든 옷을 그냥 줄 수가 있을까. 어머니께서 그간을 월급으로 칠 수밖에 없으니까 옷은 벗어 오라고 하였다. 자! 그는 무엇을 입을까. 그러면 올 줄만 알았더니, 웬걸 그는 겨울옷 때가 케케 묻은 것을 뒤집어 입을지언정 쳐주는 월급만 받고는 그만이었다. 아내는 무던 애를 쓰다가 아들 날 줄만 알았더니 빨간 딸애를 낳아놓고 얼마만 몸조리를 하고 일어나 나다니기도 할 때, 어둡는 저녁을 타서 이웃집 사람을 따라 그 벌써 하던 모양으로였지만은 좀 멋쩍은 듯이 들어왔다. 또 있겠다는 게다. 하는 꼴이 사람 같지 않고 괘씸하지만 가릴 것이 없다 하고 사람도 귀한 터라, 또 도망치려면 있지 말고 그렇잖거든 있어보라 하였다.

그날부터 말짱히 빨래해서 다려놓은 낯익은 옷을 멀쩡히 갈아입었음은 물론이다. 그 덥고 찌는 듯하던 여름도 어느덧 한고비를 넘고 귀청을 짜개듯이 울어대던 매암이 소리도 훨씬 덜 시끄러워지게 되니, 불 때는 데도 한결 땀을 덜 빼게 되었다.

백중에 탄 돈 2원을 가지고 읍내로 '빈'*과 '분(粉)'을 산다고 갔다가 온 것밖에는 별다른 일 없이 지냈다.

이제 얼마만 있으면 추석이 아닌가. 그러면 그만 들판의 곡식들이 무르익고 거두어들일 때, 그이가 돌아오는 때, 얼마나 기쁜 일이냐. 멀리서 가까이서 들리는 새 쫓는 소리는 그의 심장을 잠시도 고요하게 안 하였을 게다.

그가 점점 모양을 내게 되고, 자라가는 우리 집 어린애를 귀엽다고

* 빈: '핀'으로 짐작됨.

밥하느라 불 때던 검정 묻은 손으로도 만져보는 도수가 늘어갔다.

　아무리 기다려도 때는 올 때가 되어야만 오는 것이다.

　이제 마침 그때가 오는 것이다.

　며칠날 돌아간다는 날짜를 분명히 적어서 그의 남편에게서 또 한 번 편지가 온 것이었다. 그날은 종일 빙글빙글하며 웃어댔다. 그러면서도 얼마만 있으면 우리 집 식구들과 작별할 것이 섭섭하다고 말했다.

　하루! 이틀! 사흘! ……

　저녁상을 막 받았을 때 그의 집에서 그의 계집애 동생이 데리러 왔다. 기다리고 기다리던 그의 남편이 온 것이었다. 밥은 한 술 떠보지도 않고 열고가 나게 세수하고 분 바르고 그만 가버렸다. 아내가 "좋지." 하니까 그저 빙긋하며 몸을 주리를 틀고는 하루 쉬고 오라는 말은 못 들은 듯하였다.

　다음 날은 오려니 생각도 하지 않았는데 다저녁때는 되어 값진 '게다'를 털레털레 끌며 '크림'과 '베니'* 같은 것을 들고는 웃으며 들어왔다. "참 사내가 좋구나. 기다린 보람이 있었군." 하며 어머니가 웃으시니까, 어젯밤은 제 친정집에서 자고 오늘은 둘이서 읍내 시집에 들르고, 오는 길에 이런 것 사주었다고 하며, 살림은 방 구하는 대로 할 터이니 좀 더 있으라고 그러더라고 하며 희희낙락이었다.

　이제는 희망이 있다. 기쁨에 찼다. 근심과 걱정과 기다리는 조바심이 필요치 않다. 다만 둘이서 살림을 하며 오근자근 재미스럽게 지내면 그만이 아닌가. 모든 것이 다 그를 위해서 축복해주는 것만 같았

---

* 베니: 일본어 '구치베니(口紅)'의 줄임말로, 립스틱을 말함.

으리.

　기분 좋게 또다시 일을 하며 가끔 그의 남편을 만나보고 오고는 하더니, 하루는 몹시도 수색(愁色)을 띠며 낙심이 가득한 듯 풀기가 하나도 없이 돌아왔다. 왜 그러느냐 해도 한참 대답이 없다가, 배급도 선선히 탈 수 없고 방도 구해봐도 좀체 없고 옷이라도 있어야 입을 터인데 끊을 수 없고 어찌할 수가 없으니 좀 더 식모살이를 해서 한겨울 지내면 옷이라도 생길 터이니 그리하고, 저는 저대로 가까운 광산에 가서 돈을 더 벌어 내년 봄에나 살림하자는 것이라 하였다.

　사실 아닌 게 아니라 시간이 날로 급박해지는 터에 매사매건(每事每件)이 여의치 않았다. 그렇지마는 그가 정 제 아내를 데리고 살림을 하려면 못 하는 바도 아니었다. 다만 딴 배짱이 그러한 핑계를 지었다고 볼 수가 있었다. 오래간만에 만나니 반갑고 기뻤으나 몇 번 만나는 동안에 이제 새삼스러운 노릇도 아니건만, 그 황소같이 먹는 밥이며 없는 옷이나마도 꿰매길 하나 못 하는 게 걱정이며 골칫덩어리였을 게다. 그래 막 대놓고 말하기가 거북하니까 그런 핑계를 삼아 떼발냥을 놓은 것이었다. 식모는 여러 번 경험으로 그것이 무엇을 말하는가를 알아챈 듯하였지만 데이고 데인 가슴은 그리 큰 놀라움 없이 또 한 번 데고 말았다. 재판이니 시비니 소송이니 그러한 복잡하고 어려운 노릇은 생각도 하지 않았고, 그 입이 삐뚤어진 사내나마도 이 위에 없다고 위하며 아이나 어서 낳고 살아보겠다는 벼르고 벼르던 꿈이 한꺼번에 부서진 것만 어이가 없었다.

　이제 갈 데가 어디냐. 시집에서는 문안에 발도 못 들여놓게 할 것이지마는, 친정인들 없는 양식에 식구는 많고 누가 좋아하겠느냐. 있던 곳이 제일 의지가 되고 좋았다. "아이 기가 막혀. 못 산대면 할 수 없지." 하면서도 눈물 한 방울 흘리는 법 없이 화장은 하지 않고 머리는 아무렇게나 붙들어 맸지마는 여전히 물 긷고 불 때고 하였다.

이웃 사람들이 동정을 하여 "아이구먼, 딱해라. 그래 그 녀석을 가만둔담. 한번 된통 해붙이지." 하여도 그저 아무 말이 없었다. 그렇다고 아주 실심낙망(失心落望)인 듯하지는 않았다. 그는 이왕 내친걸음이라 버린 몸을 헤아릴 것 없이 같은 동리의 빤빤한 홀아비들의 군상이 떠돌았던 까닭이다.

우선 첫째 우리 집 일꾼이 있지 않은가. 좀 퉁명스럽고 무지스럽기는 하지만 힘끈 좋고 일 잘하고 나이도 아직 마흔이 못 되었으니 그만하면 훌륭하지 않은가. 아닌 게 아니라 소위 입 삐뚜러기에게 퇴자 맞은 것을 안 후로는 일꾼의 태도가 완연히 달라져갔다. 구정물을 가지러 부엌에 왔다가는 좀체 나가지 않고 조용한 틈을 타서 몇 번 수군거리는 것을 보았으니, 같이 살자는 꾀임이었을 게다. 그러나 홀아비가 한두 사람이 아닌데 그리 손쉽게 대답했을 리가 만무하다. 과연 두어 군데서 말이 들어왔다. 일테면 구혼(求婚)이다. 아무리 여자 혼자는 살아가기가 힘들고 또 그가 항상 소원하는 아기를 낳고 싶다 치더라도 막 데이고 난 가슴에 무슨 경황이 있을까.

이럴 때 좋은 의논할 곳은 그를 식모로 말해준 이웃집 여자였다. 그렇기에 여러 홀아비 중에 가장 나이 많고 귀머거리이고 어리석은 같은 마을 윤 서방에게 의탁해볼 마음을 먹지 않았는가. 이웃집 사람이 말하는 데로 두어 번 만나서 이야기도 걸어보았지만, 사실인즉 이러하다. 제집이라고 가지고 있는 사람, 살림세간도 그냥저냥 가진 사람, 같이 일하며 먹을 수 있는 사람, 또 한 가지 중대한 것은 늙어 장가라고 들으니 지극히 위해줄 사람. 이만하면 만족하지 더 무엇을 바랄까. 선선히 결정되고 말았다. 소위 신방 정한 날, 우리 집을 아주 나갔지마는 몇 날 후에 남끝동 단 하얀 저고리에다 연분홍 치마를 걸쳐 입고 분을 뽀얗게 바르고는 찾아와서 웃고만 섰었다. 어머니가 "윤 서방이 너를 위해주디?" 하시니까 "네. 그래도 귀가 먹어서 좀 갑갑해요." 하였다.

1945. 4. 18.

뒷말

우리말로 끝까지 써본 나의 첫 단편이다. 말하자면 처녀작품이다. 아직도 요병 중 좀 무리를 해가면서도 이틀 동안에 완성해버렸지만 불비한 점이 허다하다.

첫째, 글자 내려쓰는 데를 그냥 쓴 것. 뗄 데 안 뗄 데가 혼동된 것.

둘째, 회화체를 무시한 것.

셋째, 한자를 아무 때나 쓴 것.

기타 여러 가지.

그러나 나에게는 기념 될 만한 작품이다.

거진 사실대로 막 써놓고 나니 무엇을 말하기 위해서 썼는지 내 자신 확연치 않지만 가만히 두었다가 후일 다시 읽어보고 고치어 공부하려고 한다.

명일은 다섯 장만 청서(淸書)했지만 오늘은 열두 장이나 되니 누워서 쓰기는 하지만 좀 가슴이 뻐근하며 팔이 무겁다.(아직 나에게는 무리한 짓)

청폐환(青肺丸)

1

그날도 길다란 쇠알쿠쟁이로 뚜껑 열린 궤짝에서 기어 나오는 독사를 한 마리 두 마리 세 마리까지 닥치는 대로 걸어서는 마침 씻어서 웬만치 물을 넣어놓은 단지 속에다 잡아넣고는 뚜껑을 덮고 빨갛게 피인 숯불 위에 올려놓은 다음 튀어나올까 봐 묵직하고 단단한 돌을 그 뚜껑 위에다 눌러놓고 난 판이었다.

문식이는 소름이 끼치고 머리끝이 섬찟함을 참지 못했지만, 이왕 사놓은 것을 끝까지 먹지 않을 수 없었던 것이다.

여름이 다 갈 무렵 해서 누구의 인권인지 땅꾼이 찾아와 조르는 바람에 그전부터 한번 먹어보자 하는 마음도 없지 않던 터이라 한 마리에 3원 50전이나 주고는 30마리나 사버렸던 것이었다.

벌써 열 마리를 넘겨 먹었지만 처음에 그 뱀 국물을 그의 어머니가 짜가지고 있을 젠 정신이 번쩍 나며 약간 공포심까지도 나고 그 가느다란 쇠를 날름대던 세모진 독사의 사나운 모습이 몇 번 번득이곤 하며, 얼핏 한번 보니 거른 국물에 노란 기름이 동동 뜬 게 더욱 으슥하였다. 그렇지만 일껏 짜놓은 것을 마시지 않고 어찌하리.

문식이는 소금을 조금 타고 휘휘 저은 다음 눈을 꼭 감고는 한 입 대었더니, 노린내가 코로 새어 스며들며 비위를 거슬러놓았지만, 늘 약 마시듯 버릇으로 꿀꺽 한 모금 마시니 목통을 흘러 내려가고 그도 모르는 새 쭉 들이마시고 말았다. 그랬더니 웬걸 예상한 것보담은 맛이 구수했고, 아무 말도 없이 닭국물이라고 해도 웬만한 사람은 모를 것도 같았다.

처음에 그는 내가 배암을 다 먹다니 하며 비참한 마음도 없지 않았지만 이제는 아무렇지도 않고 좀 으슥하면서도 날마다 궤짝 문 열어보는 게 흥미를 느끼게까지 되었다.

더러 어떤 날은 난데없는 새끼 뱀이 있었으니 이놈은 암뱀이 뱉어 낳아놓은 것이었다. 그 새끼 죽이기는 좀 애석했지만, 입속으로 나무아미타불을 몇 번 부르곤 어미 뱀과 같이 단지에다 잡아넣고는 했다.

그때는 더러 밤에 꿈에서 수많은 뱀으로 꼼짝달싹 못 하고 욕을 보곤 하였지만, 그런 다음 날 아침에는 배암 잡기가 어쩐지 거북했고 어쩌다 밤새에 죽은 뱀을 발견하게 되면 불쾌하기 짝이 없었다. 다 같이 독사였지만 이□ 풀은 그 뜨거운 물속에서 주리를 틀며 죽어질 것이건만 제대로 죽은 것은 기분이 나빠서 먹지 않고는 내버렸다.

좁은 동리에는 벌써 소문이 퍼지고 더러 구경 겸 문병 온 사람들이 문식이더러 왜 뱀을 먹느냐고 물으면 보양□□라고만 대답했지만 어떤 때는 고요하게 내가 왜 이 뱀의 목숨을 하루에 몇 마리씩 없애지 않으면 안 되나 하고 생각하게 되었다.

2

문식이가 폐결핵을 얻어 요양한 지 벌써 5년째가 아닌가.

까마득한 옛날이었다.

그가 동경 어떤 대학 정경과에 유학한 지 3년 되던 해, 그의 동지와 함께 검거되어 결국은 그가 주모의 한 사람이라고 해서 기소를 당하고 1년 후에야 집행유예로 석방되었지만, 그때에 위장을 버린 그는 점점 쇠약해지며 구미가 전연 없어지고 미열이 계속되고 잔기침이 심하고 바로 담고증(痰固症)이 나고 아침이면 늘 식은땀에 젖고는 하였다.

그러나 이것이 무엇을 의미하는지 모르는 문식이는 그저 어느 정도 몸조심을 하느라고 했지만 그래도 무리되는 행동이 많았었다.

늦은 봄에 석방되어 이것저것 정리하고 여름에야 귀향한 그가 고향에 있는 도립병원에 가서 진찰을 받은 결과 폐내침윤(肺內浸潤)이라는 병명을 얻었을 제야 그의 놓여진 입장이 무엇인가를 깨달았다고 하지만 어찌하는 게 제일 타당한 노릇인지는 확실히 인식지 못하였다.

'안정'하라는 말이 귀 밖에 들렸고 '휴양'이라는 말이 우스웠다.

그러다가 그냥저냥 나을 줄만 믿고 우울한 마음을 멋대로 충동댔다. 마지못해 형식적으로 입원까지 했다가는 그저 누워만 있는 게 무의미해서 한 달도 못 돼 튀어나와선, 서울로 짐을 쌌었다. 여러 동무를 만나는 기쁨도 있지만 서울은 원체 넓으니까 그의 병쯤은 간단히 고치리라는 기대도 적지 않았다. 그러면 양의의 신경질적인 자태며, 한의의 고루한 모습이 얽매이며 휘돌았다. 모든 해결은 서울에 있다 하면 못 견딜 것 같았다.

몇 해 만에 다시 찾은 서울은 과연 신선(新鮮)하였고 반가웠다. 그러나 그가 기대하던 병의 치료에 대하여는 몹시 냉정한 태도며 답변들이었으며, 일 년간은 꼭 정양을 해야만 병을 고칠 수 있다 할 때는 실망이 적지 않았고, 첫째 그 미열을 없애야만 된다고 할 때에 차라리 서울을 찾지 않았음만 못했다고 그랬다.

결국은 어떤 골목에 있는 한의 영감이 약 서너너덧 제(劑)만 먹으면 훨씬 병세가 다르고 이제 □□이가 몇 달 안 해서 그친다는 바람에 몇 제 약을 지어가지고는 고향으로 돌아오고 말았다. 그러고는 석 달마다 한 번씩 집맥하고 약 짓는다는 핑계로 서울에 다녔으나 병은 점점 더해 기침이 심하고 담도 많아져갔다.

이것이 문식이의 요양에 있어 첫 실패였지만 서울 어떤 헌책사에서 요양 서적을 두어 권 구했음은 큰 소득이었다고 볼 수 있었다.

그해 늦은 가을에 감기로 고열이 계속되었을 때 그 책으로써 얼마나 힘이 되고 위안이 되었던가.

새로운 요병 세상의 전개를 발견코는 모든 의학 용어를 외우다시피 하였다.

옳다. '사나토륨'* 이것이 나의 안식처이러니 가고만 싶어.

그러나 다달이 많은 비용이 — 이 사나토륨 행에는 무던히 큰 용기가 필요했다.

꼭 두 달만 작정하고 문식이가 집을 떠난 것은 다음 해 늦은 봄에야 였다.

3

요양원 광□□은 신축된 지 멀지 않아서 청초했다.

인천역에서 기차를 내려 이부자리를 싼 소하물을 찾아 자동차에 싣고, 문식이는 그의 종형과 아무 말 없이 앉아서 달아나는 경치를 바라보았다.

항구도 지나고 멀끔히 월미도와 시가가 뒤에 보일 때는 송도 해안을 달리고 있었는데, 이곳의 잠작한 풍치는 일□ 있었다. 그러나 그것도 잠깐이었다. 금시 바다가 안 보이고 한 줄기 도로가 좀 높다란 산 밑을 돌며 언덕을 넘게 되고 그리고는 또 저 멀리 바다가 아물대고 바른편 송림이 야트막하게 우거진 곳에 길다란 연통이 보였을 제 직각(直覺)으로 저것이로구나 하면서도 대체 어떤 곳일까 하는 호기심 보담도 인천서 30리나 떨어진 이곳이 무슨 귀양처인 듯 또는 그 높다

* 사나토륨: 새너토리엄(sanatorium). 요양원. 결핵 환자를 격리 입원시켜 치료하는 의료시설.

란 연통의 인상이 무슨 화장터를 연상시키어 어쩐지 불길한 생각이 번득이며 쓸쓸하였다.

미리 그의 종형이 한 번 찾아와 교섭은 해놓았지만은 문식이는 그를 중병으로 취급하고는 받지 않을까 염려했더니 그의 양복 호주머니에 든 담배를 내놓으라고 하며 요양자에게는 담배는 필요 없다는 설교와, 취미의 한 가지가 등산이라니, 이번에는 요병 등산에 있어 산정까지 정복하고야 마는 훌륭한 '알피니스트'가 되라는 원장의 감명 깊은 설화(說話)가 있은 다음 입원수속은 간단하였다. 3호실 23호!

침대가 여섯인데 벌써 세 사람이 입원하여 반듯이 아무 말 없이 누워 있었다.

문식이는 그 모양으로 누워야만 되었다. 섭섭히 그의 종형과 작별한 후 그에게 정해진 침대에다 몸을 쉬니 그제는 어이가 없었다.

'이게 내가 오고 싶어 하던 곳이었던가.'

조금 있으니 간호부(看護婦)가 여러 가지 비치품을 가지고 왔다.

침대 발꿈치 벽에 걸린 판장에다 '요양 일과표'를 붙이고는 당신은 9급이니까 일과표에 써 있는 대로 그와 같이 지키고 대소변은 변소에 가서 하라고 하였다.

타구통, 우가이병 등등.

소위 요우(療友)와 인사를 붙인 것은 저녁밥을 알리는 호성(呼聲)이 있었을 때였다.

모두 젊은 그와 같은 청년들이어서 심심치는 않으리라고 생각되었다. 식사는 하는지 마는지 하룻밤을 새우고 말았다. 이제 완전히 이 요양원의 일원이 된 것이 아닌가. 조반 후에는 몹시 담배의 충동을 느꼈지만 규칙을 지키지 않을 수 없었고 무엇보담도 몸에 나쁘다는 것을 하는 어리석음이 자조되어 꾹 참아버렸다.

몇 날 후에 그는 몇 해 기른 길다란 기름머리를 아낌없이 잘라버렸지만, 이런 것도 이 요양원에서는 화젯거리가 되는 듯 더러 와서는 보고 가는 자도 있었다.

어떤 환경에서든지 거기에는 거기의 생활이 있었다.

문식이는 바로 요양원 생활에 익숙해지고 이 요양 생활을 명랑하게 유효하게 즐겁게 지내자 하였다.

그가 기흉(氣胸)을 하게 되었을 제는 무슨 교명이나 받은 것처럼 기뻤고, 일주일마다 양쪽 가슴에 기흉을 하고는 한 달 후면 '뢴트겐'*을 찍어서 결과를 보며 원장의 설명을 듣는 게 즐거웠다.

한 달은 꿈결같이 지나가고 말았다. 이제는 열도 내리고 기침도 없어지고 담도 훨씬 줄어지고 적□(赤□)도 처음 입원 시보담 아주 좋아지고 식욕이 차차 나며 체중도 늘고 입원 시에는 9급이었던 게 두 급이 올라 7급까지 되고 매일이 유쾌하였다.

그러나 '□음(□音)'과 '유균담(有菌痰)'은 아주 그대로였고, 공동(空洞)은 물론 여전하였다. 가족적인 원내의 분위기며 원장의 환자 대하는 열성이며 모두 마음에 들었다. 오직 한 가지 오산(誤算)이었던 것은 문식이가 처음에 두 달 만이면 고쳐 퇴원할 줄 알았던 그 생각이었다.

요우에게 빌리기도 하고 그가 사기도 하며 약 30권의 요양서를 휘뚜루마뚜루 읽고 난 뒤에는 모든 것을 비판적으로 생각게 되며 원장

* 뢴트겐: 엑스선(X線).

에 대한 의문도 정도 높은 데 있었다.

언제나 지식청년은 꼭 짜인 이론이며 견해에는 바로 이해하고 이를 신봉까지 해버리는 버릇이 있다.

요우들끼리 주사의 과신을 공□(攻□)한 나머지 그가 여러 가지 섞어서 맞던 5원짜리 주사가 억울하여 이것을 타산적으로 매일 5원어치 영양분을 섭취하는 게 유리하다는 설을 강조할 제는, 문식이는 요양원의 주요한 한 사람이 되어 있었다. 그러면서도 그는 그의 과거 몇 해 전에 쓰디쓴 '츄-타'*로의 추억이 새로워지며 '흥 제기랄' 하고는 코웃음을 웃어버렸다. 한참 폭염이 심한 성하(盛夏)가 되니까 피서 겸 입원하는 자가 부쩍 늘고 젊은 남녀들이 아래위 층으로 그뜩하게 번화하였다.

그 전해 겨울이 늦어서 이 요양원이 완성되자 바로 입원했다는 여학생을 비롯하여 해를 건넌 패가 몇 사람 그리고 다음다음…….

이제 이 요양원은 한참 어울리며 모두들 좋아했다.

무엇이든지 새로이 한 가지씩 연구 설해(說解)해가는 게 재미였으며, 이따위 결핵□의 초창기를 □□□□이 건설해가는 자태를 장하다 하고 감격히 여기었다.

하루에도 몇 번이고 세수를 하던 더운 여름이 지나고 옷깃에 스며드는 바람이 가을을 맞이했다. 모두들 독서하기 좋다고, 산보가 즐겁다고 '레코드 콘서트'의 시즌이라고도 하며 떠들어댔다.

---

* 정확한 뜻은 알 수 없으나 가정교사나 연구회 등의 지도 조언자를 일컫는 '튜터(tutor)'로 짐작됨.

문식이도 지금 막 경과가 좋아서 호조인 터에 퇴원할 수가 없었지만 쌀쌀한 바람이 불면서는 마음이 설레기 시작하였다. 귀향하여 자택 요양을 못 할 바는 아니지만 그러자면 첫째 기흉을 중지해야만 되니 서운했고, 둘째로는 겨울의 개방요법을 배우고 싶었다.

무엇에든 대담하게 나가면 되는 수가 많다. 그의 집으로 자세한 편지를 써서 보내고는 한겨울 지내기로 결정하고 말았다.

스팀도 통하지 않는 방의 창문은 늘 연 채 몇 겹 이불을 덮고는 소위 동계 치병이 계속되었다.

세월은 빨랐다.

많은 □□을 얻고서는 새봄을 맞이했다. 문식이는 장차 퇴원을 생각코는 이 요양원에 한 가지 기념될 만한 것을 남기고 싶었다.

2킬로 왕복 산보를 해도 아무 지장이 없는 증태(症態)였지만 우선 요우와 직원을 총합해서 □□회라는 것을 조직하고 원내 회원과 원외 회원으로 분별하고 요양지(療養誌) '□□'를 월간으로 발간하자는 것이었다.

원장이 몹시 찬성했고, 모두들 빨리 실행하자고들 야단이었다.

문식이가 아무리 건강이 많이 회복되었다 치더라도 혼자 힘으로는 되지 못한다. 그는 원내의 기분들을 재빨리 타진하고는 동인(同人)을 4, 5명 모은 다음 각종 원고를 모집하였다.

회칙도 작성하고 회비도 걷었지만 기고가 많았음에는 여간만 기쁘지 않았다. 그래 급속도로 물이야 불이야 겨우 20일 만에 표지 장정도 산뜻한 창간지를 여러 요우의 손에 돌리었을 제는 모르는 새 감격의 눈물이 솟았다.

원고의 대부분을 문식이가 많이 쓰게 되었지만 이것은 창간을 빨리하자는 나머지에서였고 사양하기만 하는 요우들의 마음에 융화를 주기 위해서였지만 차호(次號)부터는 모두 요우의 것을 공평하게 신기로 하였다.

평판이 좋았다. 원장은 만족한 듯이 창간 축하로 금일봉을 기증했다. 몹시들 위안이 되는 듯 차호에는 좀 더 내용이 풍부했으면 하면서 이야깃거리였다.

문식이가 제창하여 이런 훌륭한 일을 한 가지 해놓은 것은 좋았지만 그가 무엇보담도 기대하는 기흉이 순조롭지 못하고 가슴 속에서 주럭주럭 물 고인 소리가 나게 되어 우울해지고 불안이 커졌다. 기흉의 부작용으로 침출액(浸出液)이 고이기 시작했던 것이었다.

믿는 이 그것뿐이던 기흉의 실패!

원장은 그래도 아무 관계가 없다고 하며 물이 많으면 뺄 따름이고 차라리 전면□□이 되면 더 결과가 유효하다고 그랬지만 여지껏 경모했던 그가 미워지며 원망스러워졌다. 그렇지만 할 수 없는 일이었고 원장의 고의가 아니었다는 것과 성의껏 해줬다는 것은 인정치 않을 수 없었다.

한 가지 운명이라면 운명이겠지.

꼬리가 길면 밟히는 법일까?

어이가 없으며 급작스레 퇴원해야만 견뎌날 것 같았다. 오랫동안 같이 있던 요우들도 날이 따스해지니까 새 새끼처럼 떠나버렸다.

문식이도 기어이 여러 요우와 간호부들의 섭섭해하는 눈살을 등에 받으며 자동차에다 짐을 실었다.

4

문식이가 돌아갈 곳은 그의 고향이었다. 그의 아버지는 그가 어렸을 때 세상을 뜬 터라 그를 장손으로 태산같이 믿고 있는 그의 조부며 그의 어머니는 다 나았을 줄만 알 텐데 보기가 거북하고 염치가 없었지만 하는 수 없었다.

만성 환자, 장기 요병, □□□□, 인간□□, 연달아 나오는 자책이 문식의 마음을 흐리게 하였다.

문식이는 이제는 아무 힘도 빌리지 말고 싸워가며 이기겠다 하였다.

문식이는 그의 아는 사람들 가운데 독치법(獨治法)으로 그냥저냥 회복된 것을 실지로 보고 있었다.

그는 일 년간의 요양원 생활을 무시한 듯이 그의 조부며 어머니에게 이제 회복기작업요법을 한다고 안심을 주고는 차차 가사를 돌보며 □□인을 한 발자국씩 따르자 하였다.

이것이 약간의 자포된 기분에서 우러난 위험한 생각인지도 잘 알면서.

틀림이 없었다.

담고(痰固)를 참으며 무리가 거듭된 나머지 다시 악화되고 말았다. 차근차근한 미열, 심한 기침과 많은 담, □□□□□ 등 자각증이 많아지며 꼼짝을 못 하게 되었다.

그러나 다행히 각혈은 하지 않았다.

청천의 벽력이었으니, 또다시 절대 안정의 몇 달이 흘렀다. 여름은

심히 □□될 때라 정신을 차리며, 그의 어리석은 짓을 회성(回省)했다. 그러면서도 '나의 체력이 이다지도 형편이 없어졌나, 과거의 단련했던 자신 있는 몸이' 하면서 문식이는 슬퍼했다.

그것은 젊은 마음이요, 젊은 의기였을 따름. 한번 금이 간 몸은 늘 조심이 되며 깨어질 위험이 있음을 무시한 것이다. 누구나 사람은 실패 끝에 □□한 □□이 있느니 하며 자위도 하였지만 불타는 그의 성정을 묵묵히 무위하게 썩힘이 억울하였다.

그러면 어떻게든 해서 빨리 나아야지 하는 초조가 있었다. 싸늘한 이성에 사로잡히면서도 이 이성의 테두리를 벗어나는 모순이 늘 있었다. 고심 노력하는 자에게는 반드시 그만한 성과와 보응이 있다니.

와상(臥床), 무언, 절대 안정한 결과 여름이 다 갈 무렵 해서는 거동도 하게 되고 웬만해졌다.

문식이의 어머니도 겨우 안심된 듯하면서 지극히 감독을 하며 위했다. 그러면서 늘 밤중에 청수발원(淸水發願)을 하느라고 □□를 하였지만 문식이가 하루는 어쩌다가 이를 보고부터는 그저 눈물지으며 뜻을 거스르지 말고 말도 잘 들으리라 하였다.

독사를 먹게 된 것도 그의 어머니가 권하는 힘이 컸었고, 그 뱀 국물을 거침없이 들이마신 것도 그의 어머니가 정성껏 짜 가져온 그 뜻을 생각함에서였다.

일 년 넘겨서 요양을 하고 병에 대한 지식을 캘 대로 캔 그가 이 뱀 국물이 특효약이라고는 여기지 않았다. 얼마쯤이래도 원기를 돋우는 데 도움이 되고 해가 없다면 그만 아닌가. 그러나 좀 고가(高價)한 실험이기도 하다.

남주는 문식이를 가끔 찾아주는 친척의 한 사람이었지만 문식이가 단지 뚜껑 위에다가 돌을 올려놓고 방에 와서 누워 있을 때 찾아왔다. 그는 문식이를 찾아오면 밤낮으로 문을 열고 있는 것을 걱정하였다. 그리고는 뱀보담도 한약 먹어보는 게 어떠냐고 권했다. 그가 아는 서의(徐醫)의 경력을 소개하였지만 폐에는 전문인 듯 백발백중이라는 과장한 말은 좀 우스웠지만 몇 사람이 효험 본 것만은 사실인 듯하였다.

문식이는 이를 이론적으로 해석하려 든다. 동서양에 수만 명의 명의가 있다 치더라도 폐병에는 특효약이란 없고 자연요법 이외에는 아무 도리가 없다는 것이었다. 그렇지만 현재 그가 아주 복약도 하지 않고 주사도 맞지 않고 있는 터에 그 뱀 국물이나마도 다 먹고 나면 좀 허전할 것 같았다.

아니다. 우리들의 조상들이 몇 대고 은택을 입어온 한방의(漢方醫), 그저 무시할 바 못 되지만 다만 고루한 채 연구 진보성이 적은 것과 과학성이 적은 데서 현대인이 공연히 멸시, □□했을 뿐이다.

이번에는 그의 조부의 권고에 마지못하는 듯이 호기를 품으며 그 서의를 만나보기로 하였다.

5

독사를 모두 먹고서도 이럭저럭하다가는 해를 바꾸고서야 남주가 서의를 데리고 찾아왔다.

늘 열어놓은 장□(障□)니까, 새삼스레 열 것도 없으니 바로 들어와서 몇 마디 인사를 하고는 집맥을 하고 문초가 있은 다음 복약하기로 약속이 되어버리고 예약금으로 50원을 가지고 갔다.

남주가 일러준 말이었지만 그는 소위 □□□이 없는 '돌팔이 의원'이지만, 중증자(重症者)를 몇 고쳐내고 지금 읍에서 그가 사는 집도 어떤 부호의 아들 병을 고쳐준 바람에 얻은 것이라고 그랬다.

처음부터 예약금이 무슨 필요냐고 좀 불쾌해서 남주에게 물었더니 그것은 다름이 아니라 조제 약방에 가서 그가 그의 처방으로 약을 짓게 되니까, 그 재료 사는 값이라고 그랬다. 일테면 약제 중매자(仲買者)라고도 부를 수 있겠으나 '돌팔이 의원'이라는 별명은 딱한 듯하면서도 재미있었다.

몇 의사의 진찰을 받아본 문식이는 먼저 첫눈 관상과 인상으로 그 의사의 자격과 실력까지도 결정해버리는 게 습관처럼 되었다.

서의로 말하면 키가 장대하고 골격이 튼튼하고 극도의 근시로 쓴 두꺼운 '로이드 안경'이, 얼굴에 가득한 수염과 어눌한 품이, 음전은 하였지만 좀 검침한 인상을 주었다. 그렇지만 회색 세루* 두루마기에다 널따란 동정을 해 달고 머리를 박박 깎아서 접근하기 쉬웠고 까다로운 바는 없는 듯하였다.

40년대에 흔히 보는 그런 인물이었다. 몇 날 후 서의가 이번에는 남주를 데리지 않고 혼자 찾아와 보자기에 싼 약을 내놓으며 딴 사람보담 특제로 지었다는 것을 말하고 하루에 세 번씩 식전에 복용하고

---

* 세루: 모직물의 한 가지.

처음에는 좀 속이 불편하더라도 꾹 참고 먹으면 바로 괜찮다고 하며 하나만 먹어 약이 받고 동정이 있으면 문제없이 고치는 병이라고 그랬다.

부족금(不足金)을 받고는 또 일간 찾겠다고 가버렸다.

문식이는 바로 약 싼 종이를 펴보았다.

가미지황탕(加味地黃湯)이라 써 있으며 이번에는 한 첩을 펴보았으나, 숙지황이며 오미자는 알아보았으나 딴것은 무슨 이름인지 알 바가 없었다.

문식이가 이 약을 조부에게 보이고야 여러 가지 약 이름을 알았지만, 모두가 썰어놓은 것이라 그게 그것 같고 냄새가 코를 찌를 따름이었고 가미지황탕이라는 건 보제육미(補劑六味)에다가 몇 가지 재료를 더 넣었기 때문에 그러는 것을 알았다.

문식이는 그가 뱀을 먹고 난 나머지 무엇이 그에게 도움이 되었다 하고 꼼꼼히 반추할 새 없이 또다시 한약을 먹게 된 것이었다. 여기에도 새로운 세계가 많은 호기심과 더불어 전개되었다. 미지의 그 분야를 탐지함으로써 그는 박식(博識)이 되는 □□□을 갖자 하였다.

'자연요법' 이외에는 아무 길이 없다는 요양원에서 배운 그 철칙을 그는 아주 망각한 셈일까? 꿋꿋한 신념의 부족에서일까? 아니다. 그는 그에게 수립된 요양도(療養道)를 걷고자 하였다.

그렇기에 그의 거처에는 '자연□□'이라는 묵서(墨書)가 붙었고 아무리 추운 겨울에도 동남 창을 열어놓고는 그의 어머니가 이것만은 아무리 말려도 듣지 않고는 일정한 안정을 하지 않는가? 간식을 하지 않는 것이며, 해담(咳痰)을 뱉은 후에는 반드시 식염수로 입안을 가신다는 것도 한 가지이다.

어떠한 난국이든 □□이든 정연한 이론이 확립해 있으면 그 이론으로써 지식인은 바로 그의 대책을 강구하고 최선을 다해버리고는 나중은 되는 대로 맡겨버린다. 문식이는 한의에 관한 서적을 몇 권 구해가지고는 차차 서의에게 질문을 하기 시작했고 처음에는 잘 알아듣게 못하던 서의의 의학 이야기도 짐작하게 되었다.

문식이의 증세는 □음화동(□陰火動)이라는 것이며 우주를 금목수화토 오행으로 나누어 설명을 하는 것도 알게 되었다.

약은 매일 세 차례씩 정성껏 먹었더니 과연 속은 좀 거북하였지만 약맛이 좀 달큰한 게 괜찮았다.

한 닷새 지난 후 서의가 왔다.

구미에 지장이 없더냐고 물으며 주머니에서 백지 봉지에 넣은 환약 뭉치를 두 개 꺼내더니, 이것은 식후에 잡숫도록 하되 처음에는 개수를 열다섯 개만 하고 차차 다섯 개씩 올려가라고 그러며, 한 2, 3일 동안은 작용으로 미열이 있겠지만 무관하다고 그랬다. 그러고는 이 환약을 체하지만 않고 2, 3개월만 탕약과 같이 연복(連服)하면 아주 거진 다 낫는다고 하였다. 대체 어떠한 성분이며 효□(效□)인지는 물어보지도 않고 지황탕보담 비싼 값을 치러주었다. 문식이는 조금도 의심을 품은 일이 없이 서의가 찾아와서는 화제가 되는, 현재 그가 맡아보는 복약 환자의 경과를 듣는 게 재미였는데 전부가 다 언제나 쾌조(快調)라는 것이었다. 그가 고쳤다는 완쾌자의 치료법이 즐거워서 한 번 만나보지도 못한 그네들의 소식을 묻고는 하였다.

환약을 먹은즉슨 2, 3일 몸이 좀 덥더니 화끈화끈했으나 또 바로 괜찮았고 차차 그 걸던 소변이 맑아져 들어갔다. 구미도 나는 것만 같았다.

서의는 기쁜 웃음을 싱긋하면서 당연하리라고 말하였다. 날마다 숯불을 쉴 새 없이 달구어가며 꾸준히 하루 세 첩씩 달이면서 문식이는 별 탈 없이 지내갔다.

6

문식이가 좀 생기가 나고 밥도 낫게 먹은 날이 있으면, 그의 어머니는 서의의 덕이라고 고마워하며 치하가 높았고 그저 세 정성이 맞아야 하느니라 하며 첫째 서의가 마음껏 봐주고 어미도 지성으로 약을 달이고 하니, 너만 정성껏 약 한 방울 허수히 생각 말고 먹으면 꼭 낫는다고 몇 번이고 그랬다.

서의는 추운 날에도 불구하고 자주 찾아주었고 약도 떨어질 새 없이 지어 와 주었다. 차차 약값이 올라갔다. 재료가 부족하고 재료값도 올랐다는 핑계였다.

그가 늘 신선한 화제만 가질 수 없었으니 세상일이라든가 앞날 이야기보다는 지난 일에 대한 이야기가 많았다.

그리 자주 오는 바람에 개인적 정분도 생기게 되자 문식이는 그의 경력을 대략은 말해 들었고, 서의도 가정 형편이며 □□의 이야기를 하기도 하였지만 그가 현재 보아주는 환자며 완쾌했다는 환자로부터의 예물 받았다는 이야기가 늘어가며 빼놓지 않았다.

번번이 올 때마다 추운데 애쓴다고 무엇이든 대접하였지만 그는 사양하는 듯하면서도 주는 대로 한정이 없이 남기지 않고 모두 처분해버렸다.

몹시 추운 날이면 잠시 방문을 닫기로 하였지만 떡국이나 국수나 먹게 되든지 하면 창문을 열고는 픽픽 손코를 풀어대고 가래는 나오는 대로 뜰에다 퉤퉤 뱉았다.

그는 오면 으레히 소변 빛을 물으며 "소변색이 정갈해야만 되니까요." 하며 말했다. 그게 무슨 소린가 했더니 맑아야만 된다는 말이었다.

아닌 게 아니라 그 약을 먹으면서 늘 맑았다. 그러나 담은 조금도 줄지 않았다.

어째 그러냐고 문식이가 물으면 그건 차차 줄 것이라고 하며 타구통을 거리낌도 없이 들고는 담을 보고 빛이 노랗거나 푸른 건 무관하다는 것이며 백담(白痰)만은 나쁘다는 것이었다. 그러고는 '수기'를 돋우면 저절로 청담될 터이고 나온대도 상관없다는 것이었다.

문식이는 속으로 우스웠지만 참고 들어야만 되었다. 문식이가 공동(空洞) 설□(說□)이며 기흉요법이며 이야기하고 황담(黃痰)은 폐담(肺痰)이라고 해서 유균담(有菌痰)이라고 양의(洋醫)는 그러더라고 그랬더니 '에 ―, 그건 공연한 소리'라고, 폐병이란 소위 기 부족증이 아니라고 『동의보감』이니 『석실비록』이니 찾으며 그는 그의 이론을 주장한 나머지 자기가 아는 한 환자는 칼슘이라는 인이 박이고 피가 마르는 주사를 늘 맞다가 실패를 보았다고 그러고, 또 그가 강원도 있을 때 어떤 대학 출신은 자기의 약을 먹고 효험을 보다가 되다시

병원에 입원하더니 몇 달 못 가서 실패 보았다고 천연스레 이야기하였다.

문식이는 가만히 누워서 빙그레 듣고 있을 뿐 반박도 □의(□意)도 표하지 않았다. 그날은 그와 문식이 사이에 도는 공기가 좀 불량하였지만 다음번 왔을 제는 여전하였고, 김삿갓이며 통감(通鑑)의 목이(木耳)유만 이야기를 한 끝에 그의 아들 결혼 기일을 알리며 매물(每物)이 귀하다는 것, 과귤(果橘)이며 양식이 없어 곤란이라는 것이었다.

그렇게 귀울림만 하고는 가버렸다.

문식이는 처음에 본 그의 관상이 맞았음을 돌아 생각해보았다.

컴컴한 상! 누린 상!

재료가 입수 곤란이라고 약가(藥價)는 올려가면서도, 한번은 쌀을 다섯 말이나 갖다 먹을 때 돈을 받으셔야 된다고 공정가격으로 쌀값을 쳐서 약값과 비긴 일이 있었고, 연말에는 채소와 흰떡〔白餠〕을 뻐듯이 받은 적도 있지만, 지나간 일이야 이제 무슨 소용이랴. 우선 닥치는 앞일 앞일이 필요하지. 이번에도 과귤을 구하고 떡을 해서는 보내야만 되었다.

얼마 후 면도를 싹 하고는 기뻐하며 찾아와 오징어를 한 뭉치 내어놓으며 □례(□禮)의 말을 했다.

지황탕을 먹은 지 벌써 몇 달이 되었건만 처음에 조금 효험이 나는 듯하더니만 그 후로는 늘 한 모양이며 아직 문외 출입도 하지 못하고 그저 변소 출입과 뜰 안을 서슬거리기는 하였지만 문식이는 다시 한 번 고요히 여러 가지를 회성(回省)치 않을 수 없었다.

7

약값이래야 땅 판 돈이었다.

문식이가 요양원에 입원했을 때도 그러하였지만 설마 명년에는 낫겠지 하는 행운을 바라며 몸만 '회복되면야' 하는 그 한 가지로 곶감 꼬치 곶감 빼 먹듯이 토지를 차례차례 처분해갔다. 그 끝끝내 결과를 연상도 해보며 지황탕에 대한 의심도 새삼스럽게 품게 되었다.

결국 내가 어찌 되며 어쩌자는 건가. 자문을 하면 답답할 뿐이었다. 문식이가 고향으로 돌아올 제는 최후의 막다른 길에 대한 마음의 준비까지 하고 있지 않았던가?

그저 '자연□□'만 믿고 그것에서 벗어나지 않는 생활이면 그만 아닐까?

지황탕이 보약이기는 하지만 하루에 세 첩씩 먹는다고 모두 혈□(血□)이 되어 □□력을 만든단 말일까?

급성이라도 모를 텐데 벌써 몇 해가 된 시들어먹은 만성병이 아닌가?

그 많은 요양서를 읽고 갖은 경험을 쌓은 자의 취할 도리가 무엇일까?

잘 먹고 잘 자면 저절로 낫지 하는 그 단순한 한 가지 결론이 아닌가?

그런데 먹지를 못하고 잘 자지 못하니까 탈이 아닌가?

생각하면 생각할수록 복잡해지고 골치 아프고 얼굴이 화끈거리며 달았다.

고향에 오면 모든 비용이 훨씬 줄 줄 알았더니 하루에 세 번씩 먹는 두 가지 약대만 해도 입원 비용과 대등하니 이게 미친 노릇이 아닐까?

무엇이든지 한번 해보고 나야만 어리석음을 뉘우치며 물러서는 것일까?

차라리 이 약을 먹지 말자.

그러나 그것은 문식이의 마음대로는 못 하였다.

예로부터 보약이라는 딱지가 붙은 뻔한 약이라 해서 그의 식구들이 듣지 않았다. 그러면 약을 먹되 좀 덜 먹기로 하고 재료를 구해가지고 집에서 지어 먹으면 아주 비용이 적게 들리라 하고 생각했을 때, 무슨 큰 비밀이나 발견한 듯이 진작 그리 못 했음이 뉘우쳐졌다.

이론인즉 그랬지만, 어찌 야멸차게 서의에게 이런 말을 할 수 있을까?

그러자면 처방은 얻어야 되지 않는가?

올가미에 목을 매달린 개가 끌려가듯이 싫으면서도 서의가 말하는 배급이 적은 약재가 더욱 상재라고 핑계 삼아 슬금슬금 올려가는 약값만 치르게 되었다.

지을 적마다 약의 분량이 완전히 적어지고 더러 약재가 빠지기도 하였다. 그러나 가미(加味)니까 어쨌든지 변명할 순 있을 것이다. 점점 복약하기에 압증(壓症)이 커가면서도 몇 달간 먹어온 정리(情理)로 떼붙이지 못하는 문식이는 몇 번이고 자기를 약한 사나이라고 꾸짖으면서도 그 말을 할 용기는 갖지 못했다.

벌써 여름이 가고 가을이다.

김장할 무렵에는 재료 관계로 저절로 하루에 한 첩밖에는 못 먹게 되었지만 문식이가 한번 마음먹은 바를 실행 못 하는 게 늘 불쾌하였다.

그때는 서의도 가끔 한 번씩 오게 되었지만, 하루는 무슨 짐을 한 아름 가지고 왔다. 그것은 지황탕과 환약이었다. 이것이 그가 말하는, 구할 대로 구해 마지막으로 겨우 지어온 것이라 하며 값은 여지껏의 꼭 배였다. 나날이 변동해가는 세상이기는 했지만 문식에게 한번 상의도 없이 무슨 큰 은혜나 베푸는 것처럼 말하는 투에 고맙긴커녕 오히려 불쾌하여 의심을 품어보았다.

그 얼마 전에 배추와 무를 구해달라는 걸 시원찮이 대답했더니 그저 얻어보려던 것이 어그러지며 딴 곳에 가서 구했지만 그 대금을 주자니 좀 다액이고 하니까 그것을 만드느라고 내게다 비싼 약을 팔았구나 하며 악의로도 해석해보았다. 그러나 그 뒤로는 그런 일이 없었다. 그것은 전연 약재가 고르지 못했던 까닭이다.

하루는 오더니 이제는 무엇을 해 먹고살아야 옳을는지 모르겠다고 환자는 끓으나 약은 못 사니 답답한 세상이라고 저주를 했다.

그러더니만 결국 □□한 듯이 기어이 그가 자진해서 종이와 붓을 문식이더러 달래가지고는 그 나쁜 근시로 바짝 얼굴을 대고 방문(方文)을 쓰기 시작했지만 문식이는 그가 그리 실행하려 하던 그 일이 필연적으로 되어지건만 막상 서의가 엎드려 서투른 글씨로 쓰는 것을 보니 서운한 감이 들었다.

다 쓰고는 중량까지 적고 난 다음에 어찌든지 만방으로 구하셔서 꾸준히 잡숫도록 하시면 언제든지 나으신다고 그랬다. 그도 몹시 섭섭한 듯하였다.

환약의 방문도 물었더니 그는 그것은 약재가 거진 □재인 데다가 가짓수가 많이 들어가고 조제법이 복잡하니 써야 소용없다 하여 거부하며 다 써놓은 것이 그의 집에 있지만 "비약(秘藥)이지요." 하였다.

문식이는 하는 수 없이 그때까지 그가 먹어온 그 비약의 이름이 무엇이었던가 알아두려고 물었더니 "네, 그것요 청폐환이지요." 하고 대답을 했다.

1945. 4. 19.

새살림

나이 스물이 넘은 지 이태 만에 그의 형이 시키는 대로 춘봉이는 장가를 들었다. 그 나이에 벌써 아들딸을 낳고 애아비가 되어 있는 사람도 적지 않았지만, 춘봉이는 일찍 부모를 잃고 그의 형의 머슴처럼 밤낮없이 농사일을 하다 보니 그리되었다.

그가 장가들어온 날 새댁 구경을 온 동리(洞里) 사람들은 그의 아내가 될 옥분이를 보고는 "고 새닥 이쁘기도 하예. 늦게 장가들 만도 하구면." "어쩌면 저리도 이쁠까. 춘봉이에게는 좀 아까운데." "조런 새닥은 부잣집이나 행세하는 집에 시집을 갔으면 호강하고 어울릴 텐데." 이러고들 제멋대로 수군거렸다.

재 너머 꽃바우 동네가 겨우 십 리 남짓한 데다가 새댁 집에는 힘을 덜키게* 한다는 춘봉이의 형의 후의(厚意)로 그날 대례(大禮)만 꽃바우에서 지내고, 곧 그의 집으로 와서 '첫날밤'을 치르게 되었다. 키가 크고 장엄한 춘봉이가 싫다고 뿌리치던 가마를 타고서 난생처음 으로 호사를 탔던 것이다.

'신방'이래야 그의 형의 내외가 쓰던 안방을 비우고 그들은 윗방으로 간 것이 되어서, 얘기 소리가 들릴까 봐 부끄러워 말 한 마디도 못 붙이고는 고개를 조금 숙인 옥분이를 어렴풋 등잔불 밑에 바라보고는 그저 가슴이 맞방망이질을 하며 '증말 이쁘기도 하군. 어쩌면 저런 고운 아내가 내게 다 걸렸을까.' 하고 기쁨을 참지 못했다.

옥분이는 이제 열여덟 봄이지만 아주 익어버린 앙바틈한 몸에 키는 좀 작은 듯하지만, 동근 얼굴에 맑은 눈이 빛나고 코가 좀 높은 듯하고 조그만 입에 쪽 고른 하얀 이가 내다뵈이는 게 촌에서는 드문 미인이었다.

옥분이는 늘 웃는 낯으로 생글거리며 일도 잘한다고 그의 형 내외뿐만 아니라 이웃 사람들의 칭찬이 자자해졌다.

춘봉이는 그의 형에게 이렇게도 고맙게 생각해본 적은 없었다. 공연이 힘이 나고 반가우며 그 고봉밥도 맛이 있어 휘딱하고 먹어치웠다.

춘봉이가 나무를 한 짐 해가지고는 나무 한옆에다 참꽃을 꺾어 꽂고 해가 다 질 무렵에 동리에 들어올 때, 마침 저녁 물을 이러 샘으로 나온 옥분이를 발견하고 그 여러 여자 중에서 옥분이가 제일 환하고 몸매도 있는 듯할 때, 그는 어쩌나 기쁘고 좋은지 싱긋 웃으며 말은 붙이지 않고 그의 집을 들어가서 나무를 턱 부리고 나면 옥분이가 물

* 덜키게: 덜 들게.

동이를 이고 얼굴이 밝아지며 들어왔다.

그러나 집안 식구가 부끄러워서 그 꽃을 바로 내주지는 못하고 땀만 씻었다.

차차 날이 가자 춘봉이는 살림 날 것을 생각했다. 그러나 그의 형도 남의 소작(小作)을 하는 터에 베어줄 땅 한 마지기 없는 게 빤하다. 그러나 언제까지나 한 타령으로 지낼 수도 없었다.

겨우 두 칸 방에 윗방에 그의 내외가 쓰기가 거북했고 그의 형이 아직 나이 젊어 넉넉히 일을 하니 그리 늘 도와줄 것도 없었다.

박 서방은 이 새말 동리에서 여러 해 보고 있는 능숙한 소임이었지만, 잔칫날 도야지 고기와 술잔을 얻어먹어 그런 것도 아니겠지만, 하루는 춘봉이의 형을 찾아와 "자네 이제는 집도 협착하고 하니 동생 내외를 살림을 내놓게그려." "그렇지만 아직 무엇을 가지고 내놀 도리가 있어야지요."

"그건 염려 말어. 저 김 참봉댁에 행랑이 하나 비었는데 말이지, 자네 동생으로 말하면 힘끈도 좋지만 식구가 단촐하니까 내가 한 말 하면 문제없네." "그것 잘되었습니다. 그렇지만 농터가 걱정이지요." "허 이 사람 보게, 행랑으로 가는 사람에게 농터 안 줄까."

이리하여 춘봉이가 김 참봉집 행랑살이를 하게 되었지만 처음에 춘봉이는, 그의 형이 불러서 박 서방이 다녀간 것과 그를 행랑으로 보내기로 정했다고 그럴 제, 어찌도 이리 내 마음을 꿰뚫은 듯이 알아줄까 하며 신기하고 이상하고 꿈만 같아서, 네 ─ 하고는 아무 말도 나오지 않았다. 김 참봉의 행랑집은 같은 새말 동리에 있지만도 춘봉이의 형의 집에서도 그리 멀지 않았다.

'새말 동리'는 한 60호 되는 곳이었지만 이 동리의 논밭 집터가 거진 김 참봉댁 것이었다. 그래 동리 사람들은 흔히 '상지주택(上地主宅)'이라고도 그랬다.

춘봉이가 살림이라고 나던 날은 하늘이 맑고 따스하였다. 짐이래야 한 짐밖에는 되지 않았지만, 그날 바로 솥을 걸고 방을 말끔 씻고 세간을 넣은 다음에 삽짝까지 해 달았다. 저녁밥부터는 이사 온 새집에서 지어 먹게 되었다. 때가 되니까 형들 내외도 가버리고 소꿉질하는 듯한 밥을 바로 끓여가지고 둘이서 겸상을 하고 보니, 그들이 내외가 된 후 처음이라 서로 마주앉아 먹기가 거북하고 좀 부끄럽기도 하였지만, 아무도 없는 방에서 단둘이 먹는 것이 여간만 기쁘지 않았다.

그러면서도 여지껏 한집에서 날마다 살듯 형들 내외와 떨어진 것이 섭섭하고 허전한 것 같았다. 마치 처마의 제비 새끼가 커서 날게 되니까 어미를 남기고는 날아가버리는 것 같았다. 다음 날 형들 내외가 솥바가지 한 짝과 투가리를 하나 가지고는 찾아왔다. 그제야 같이 김 참봉댁에 인사를 갔다.

춘봉이의 형도 김 참봉의 소작인인 터라 그 형제가 모두 덕을 입는다 하며 공순히 사례(謝禮)의 말을 하고는 나왔다. 그날부터 춘봉이는 김 참봉에게 대감마님이라고 불러야만 되는 것은 물론이거니와, 여자들에게는 마님 아씨를 구별해서 불러야 되고 남자들에게는 서방님 도령님을 따져서 불러야만 되었다.

춘봉이의 신분이 상인(常人)이라고는 하지만 그의 형의 집에서는 그저 일만 할 뿐이지 그런 칭호를 부를 필요가 없었지만, 이제 행랑살이를 하는 바에야 날마다 몇 번이고 불러야만 할 지경이었다. 춘봉이가 그런대야 그의 아내 옥분이는 더 말할 것도 없었다.

그는 이제 시집온 지 얼마 되지 않는 꽃다운 그에게 단 하나인 아내에게 그런 불러 맞춤을 시키는 게 좀 쓸쓸했고 섭섭했지만 할 수는 없었다. 옥분이가 가끔 참봉댁에 불려 들어갔다. 그런 날에는 의례히 조석(朝夕) 때에 '하얀 쌀밥'에다 국을 한 냄비 가지고 오기도 하고 더러 춘봉이를 불러들여 먹이기도 하였다. 어떤 때는 밥을 가져만 오고 또다시 밤이 늦어서야 옥분이가 돌아오기도 하였지만, 춘봉이는 고요한 방에서 등잔만 돋우는 게 쓸쓸하기 짝이 없었다.

'여러 행랑에 무슨 일이 많아서 이리 늦을까. 꼭 내 아내만 시켜야 될까.' 궁금하면 궁금할수록 금방이라도 뛰어가서 불러오고 싶었지만 그러지도 못하고 '이제 곧 오겠지.' 하고는 기다리면서는 여러 가지 의심을 품어보기도 하고 화가 덜컥 치밀며 못 견딜 것 같았다. 그러나 마실을 나가기는 싫었다. 담뱃대에다 잎담배를 한 대 꾹 눌러서는 퍽퍽 피고 있을 때, 타달타달 고무신 소리가 들리고 삽짝 닫는 소리가 들리면 '이제는 왔구나.' 하면서도 옥분이가 불쌍하게 생각되어 방문을 열고는 내다보며 "어둔데 무섭지 않소." 하며 맞아들였다. 그러면 그저 반갑고 기쁘고 즐겁고 제 세상만 같았다. 김 참봉댁에서는 옥분이를 모두들 귀여워했다. 그것은 옥분이가 얼굴이 고와서도 그렇지만, 맘씨며 몸가짐이 얌전하며 일하는 게 깨끔밧으면서도* 재빠르고 그리고는 누구의 대답이든 '네 —' 하고 웃는 낯으로 잘하고 늘 생글거리는 게 꼭 마음에 들었던 것이었다. 그래 '마나님'

---

* 깨끔밧으면서도: 깨끗하면서도.

은 옥분네가 행랑으로 들어와서부터는 딴 행랑은 제쳐놓고 늘 옥분이를 불러다가는 음식도 시키고 바느질까지도 시키며 귀여워했다. 딴 행랑의 계집이면 '아무개 처'야 그러지만 옥분이는 이름에 '분'이 붙는다 해서 '입븐이'라고 애칭(愛稱)을 받았다.

어떤 때 '마나님'은 '오히려 퉁명스럽고 심술궂은 내 며느리보다 낫지만.' 하고까지 생각한 적이 있었다.

겨우 육십이 넘은 대감마님은 그의 걸튼 보약 짠 걸 더러 옥분이가 사랑으로 가지고 갈 때가 있으면 주름진 얼굴에도 웃음을 띠며 "얘, 내 다리를 좀 주물러다오." 하고 잠시라도 옥분이를 곁에 놓고 바라보려고 그랬다.

농사철이 되자 춘봉이는 따로 제 앞으로 얻은 논 네 마지기를 갈아 제끼고 못자리를 하고 모를 심고 벌써 봄이 지나고 여름이 되었다. 날이 가물어 비가 안 오니 밤이면 논에 물을 대어야 된다. 도랑을 떼어놓으며 물을 대자면 더러 싸움도 벌어지고 힘도 써야 한다. 춘봉이는 힘이 세다 하지만, 원체 날이 가물어 시원찮은 봇도랑 물을 대자니 논두렁에서 이슬을 맞으며 자는 날이 있고, 별이 없어질 새벽에야 삽짝을 지치며 그의 집에 들어올 때도 있었다. 날이 가물수록 몸이 달았고, 그의 아내 옥분이에 대한 염려도 적지 않았다.

그것은 옥분이를 의심내서가 아니고 물을 대자니 더러 밤을 새게 되고 그렇지 않자니 밥줄을 놓는 것이었다. 춘봉이는 그의 '젊은 아내'를 혼자 재우는 것이 불안해서 그런 날에는 그의 형의 집에 가서 자게 할까 하다가 그를 유난하다고 흉을 볼까 봐 그만두었다. 또다시 그러면서도 참봉댁에 자주 드나드는 것이며 더러 밤늦게 오는 것이 염려였고, 그럴 리는 없겠지만 혹시 옥분이가 마음이나 변하면 하고 생각하면 우울하기 짝이 없었다. 그럴 때면 물을 대다가도 그만 '삽'을 들고는 부리나케 그의 집에 돌아왔지만 방에 가만히 들어가 '성냥'으로 불을 그어댔을 때 그의 아내가 더워서 몸을 헤치고 무심히 코를 골고 있는 것을 보면, 어찌나 귀여운지 그만 소스라치게 끌어안아 놀라게 하였다. 그 불안하고 근심하던 여름이 그냥저냥 지날 때는 논에 물도 그만하여 거름기를 빨아 자란 벼들이 시커머니 싱싱한 게 보기 좋았지만, 처음으로 제 것이라고 부치는 춘봉이의 논의 벼가 일등 좋은 듯하였다. 농사를 정성껏 해 추수를 잘하고 차차 살림세간 늘려갈 게 즐거움이었다.

'설마 삼배출*은 못 먹어도 양석*이야 먹겠지.' 속으로 이런 생각을 하면 더욱 춘봉이는 기뻤다. 그러나 점점 그 이쁘던 옥분이가 얼굴에 기미가 끼어 마르고 구역이 나서 음식을 못 먹게 되고 배가 아프다고 하니 큰 걱정이었다. 춘봉이는 씨암탉이라도 팔든지 빚을 내서라도 약을 지어 먹이려고 그의 형 집에 의논하러 갔더니 그의 형수가 "그리 근심할 것이 못 되오. 그냥 두면 배가 점점 불러지면서 낫지요." 하는 데는 얼굴이 벌게지며 부끄러웠고 그제서야 그의 아내가 애 밴 걸 알았다. 옥분이는 부끄러워 그런 말을 차마 못 했던 것이다. 돌아오면서 '나도 이제 애아비가 되누나. 사낼까 계집일까. 고 귀엽고 예쁜 아내가 벌써 아기를 배다니.'

---

* 삼배출(三倍出): 한 마지기의 땅에서 석 섬의 곡식을 내는 소출.
* 양석(兩石): 한 마지기 논에서 나는 벼 두 섬을 이르는 말.

춘봉이는 뛸 것같이 기쁘면서도 아직 어린 아내가 몸이 무거워 고생하는 걸 생각하면 딱했다.

달이 지나 점점 배가 부르게 되니까 참봉댁에서는 그전같이 불러들이지 않고 더러 불렀지만 누구의 입에서 나왔는지

"너무 예쁜 여자 얻는 것도 탈이거든. 제 자식이나 온전히 날 수 있다구." 하며 옥분이가 애 밴 것은 참봉집 살림꾼 윤철이의 짓이라고들 소문이 퍼졌다. 춘봉이는 '에익 멀쩡한 놈들. 내 아내가 예쁘니까 공연히 부러워서들 그러지만 그런 고약한 소리까지 할까.' 하면서 천연하자 하면서도 한편 아주 그렇다고 말할 수가 없는 불쾌와 초조가 불타고 있었다. 이제는 백중도 지나고 기다리느니 추석이던 어느 날 옥분이는 참봉댁에 들어가서는 저녁밥은 춘봉이를 불러다 먹였을 뿐 밤늦도록 돌아오지 않았다. 홀로 가만히 등잔불 밑에 뒹군 춘봉이의 눈앞에는, 그 냄새나는 기름을 빤지르하게 긴 머리에 바르고 금니를 아래위로 그득 해 박은 윤철이의 야윈 낯짝이 떠오르고, 겨우 그보담 나이 두 살 더 먹었는데 '서방님'이라고 부르며 깍듯이 존대하던 일, 가끔 그의 집에 들러서는 춘봉이의 논터 걱정을 하던 일, 그가 본처와 사이가 좋지 못해 그의 집에서는 자지 않고 김 참봉집 그 많은 사랑방 구석진 것을 차지하고는 더러 남의 계집을 본다는 말. 여지까지는 별로 흥미도 없이 들은, 늘 참봉댁에 드나들며 그날 이야기를 하던 끝에 더러 말이 나오던 윤철이에 대한 일이 새삼스러이 솟아오르며 '동리 사람 말이 맞을는지도 모르지. 아니 땐 굴뚝에 연기가 날까? 그놈이 우리 집에 가끔 찾아온 것도 까닭이 있었고, 찾아올 때면 옥분이가 웃으며 내가 할 말까지도 되맡아 하던 것도 뜻이 있었구

나!' 하면은 그 세상에 둘도 없는 듯하던 아내가 밉기 짝이 없고, 참봉집에 갔다 온 날에 더러 이상한 물건을 가져오고 한참 더울 때에 마나님이 주셨다고 하며 '황나적삼'에다 '모시치마'를 가져온 일이 있었지만, 그것도 그놈에게 받은 것이로구나 하면 벌컥 울화가 치밀며 제게 아무 말도 없이 천연한 옥분이가 괘씸하고 분하고 그 자리에 있으면 몽둥이로라도 두들겨 죽일 것만 같았다.

'아니 이것이 나의 오해다. 설마 나를 속이리. 조금도 눈치가 다르지 않은 내 아내를 의심하다니.' 하면 윤철이에 대한 분노는 어느새 슬그머니 사그라지고 참봉댁 마님이 원망스러워지며 미웠다.

그러나 그는 언젠가 한번 참봉집에 갔다 돌아온 밤에 옥분이가 불을 끄고는 말없는 눈물을 흘린 건 몰랐던 것이었다.

'아니 가만히 있을 수가 없다. 아무리 내 밥줄을 건 상지주댁(上地主宅)인들 홀몸도 아닌, 몸이 무거운 사람을 그리 늦게 일을 시키다니 어찌 된 셈인가 가보자.' 하니까 잠시도 있을 수가 없었다.

춘봉이는 등잔불을 탁 끄고는 삽짝을 나서 참봉댁 대문을 향하였다. 대문은 열린 채였다. 가끔 드나들던 문이언마는, 이날은 웬일인지 가슴이 서먹이며 발이 좀 떨리는 것 같았다. 주먹을 불끈 쥔 채 발소리를 죽이고 가만히 안채부터 보니 환하게 남폿불이 켜진 안방에서도 건넛방에서도 아무 기척이 없었다. 잠깐 그의 아내의 목소리라도 들릴까 하였더니 도무지 드나드는 사람이 없었다.

'대체 어데를 갔을까? 아마 필경 윤철이의 방에를 갔나 보다.' 하니, 그 누구에게 들킬까 봐 도둑질 온 사람처럼 가슴이 막 뛰며 조심히 되면서도 불끈 치미는 분노를 참지 못하였다. 그러나 발소리를 내면 아니 된다. 뒷대문을 살짝 나가 대감이 있는 방 앞을 지나 왼손편 구석진 떨어진 방에 불이 컴컴한 데는 '여기도 없구나.' 하며 실망하면서도 가만히 있으니, 무슨 소리가 나니까 문득 '아마 같이 자는 게지.' 하면, 앞뒤를 생각지 말고 그저 거기 있는 아무 몽둥이나 가지고 뛰어들어 가서 놈을 죽인 다음 년을 죽일 것이지만, 확실히 모르고선 그런 짓도 못 하였다. 그러자 그 방에 불이 켜지고 어디 있다가 왔는지 개가 짖으며 덤비는 바람에, 아차 하며 얼핏 그 방 장자(障子)에 사람 그림자가 어른거리는 걸 보았을 뿐, 쪽대문으로 뛰어나오고 말았다. 춘봉이의 이마에는 무슨 죄나 진 것처럼 진땀이 흐르고 발길이 빠르며 되다시 집으로 오면서도 '그 안에 어쩌면 벌써 옥분이는 돌아와 있을걸. 그러면 얼마나 좋을까. 어딜 갔다 오느냐고 그러면 무엇이라고 대답을 할까.' 이런 생각을 하며 어디까지나 옥분이를 믿고 싶었다. 부랴부랴 삽짝을 제치고 방문을 열으니 등잔은 꺼진 채 깜깜하였다.

'벌써 곯아떨어졌나.' 얼른 '성냥'을 그었으나 무엇을 훔쳐 먹으려고 들어왔던 '쥐'가 한 마리 달아났을 뿐 텅텅 비어 있었다.

그날 밤에는 좀처럼 잠을 이루지 못하는 채 있다가, 어설피 한숨을 자고 나니 좀 이른 아침이었지만, 그제서야 옥분이가 무엇인가 짐을 한 보따리 들고는 웃으며 들어오면서, 어젯밤 늦게 있어도 데리러 오지 않느냐고, 밤차에 참봉댁 '아가씨'가 서울 갔다가 오셨는데 국수를 삼고 어쩌다 보니 밤이 깊었고 그래도 오려고 그랬더니 마님이, 홀몸도 아닌데 조심스럽다고 아무 데서나 자고 가래서 잤다 하며 이것이 아가씨가 선사로 주신 '화장품'과 '바나나'라는 것도 두 개 있다고 하며 얼른 짐을 풀곤 그 이상한 생전 처음 본 기다란 과일을, 껍질을 벗겨서는 먹으라고 내밀고서는 "어서 밥을 해야지 시장하지 않우." 하는 바람에 얼떨떨하고 그럼즉도 해서 그 바나나를 받아 들고 한번 바라보고는 한입에 다 넣어버렸다. 그러나 아내가 밥 짓는다고 부엌으로 나가자 '어젯밤' 일이 머리에서 떠오르며 사라지지 않았다.

대체 그 방에서 누가 수군거렸으며 그 그림자는 누구였던가.

그놈의 개가 원망스러우며 미웠다. 아가씨가 왔다고 하지만 내가 갔을 그때도 꽤 밤이 오래였는데 그리 기차가 늦게 올까, 더러 늦게도 닿으니까 그는 그럴지도 모른다. 그리고 아가씨 온 것이야 어찌 거짓말을 할까. 지금이라도 내가 가보면 되지 않나. 그러면 웬 화장품을 이리 줄까. 늘 '아가씨'가 사랑한다는 말을 들었으니까 그것도 정말 같다. 어젯밤 이야기는커녕 그토록 의심 먹은 제 자신이 부끄러웠다. 옥분이가 김이 무럭이는 밥상에다가 장까지 끓여가지고 왔을 때는 그만 모든 흐리고 어지럽던 생각은 사라지고 "거참 맛있어 뵈이는구면." 하며 상을 맞아들였다.

추석이 지나고 곡식이 무르익고 모두들 벼를 베어 떨기 시작했다.

춘봉이 것은 양석은 넘으려니 하였더니 양석이 좀 못 되었고 도조(賭租)를 바치고 비료대(肥料代) 무엇무엇 빼고 나니 겨우 '석 섬'이 그의 차지였다. 이 석 섬이 그가 봄에 행랑으로 들어가서부터 여지껏 땀을 빼며 고생해서 지은 것이었을 제, 이제 처음으로 제 손으로 지은 게 제 것이라고 제 손으로 들어왔음이 기뻤지만, 이 석 섬이 이제 장차 나올 어린애까지 보태 세 식구가 일 년간의 먹고 입을 것인가 하면 너무나 적은 것 같고 한심했다. 몇 해를 지어본들 늘 한 모양이겠고 점점 아이만 늘어가면 꼼짝 못 하고 그 자식에게도 이 노릇을 몇 대(代)고 시킬 것만 같은 게 쓸쓸했다. 나는 팔팔하게 젊으니 소도 부리고 도야지도 몇 바리 기르고 닭도 많이 치고 해봤으면, 내 힘껏 한번 땅을 부쳐 농사를 지었으면 하는 마음이 물솟았다. 이제 첫해니까 그렇지만 차차 나아지겠지 하면서도 별도리 없을 것만 같았다. 내가 힘을 쓸 수 있는 동안에 ── 아이를 하나라도 덜 낳기 전에 ── 행랑이니 마님 '서방님'이니 굽실거릴 것 없이 내 힘으로 한번 실컷 일을 해보자.

만주(滿洲)는 넓고 농사짓기도 좋다고 그러고 빈 땅이 많다고 그러니 어디 간들 세 식구 못 살으리. 이제 내년 봄만 되면 그리로 가리라. 그리고 박씨를 심고 심어 바가지도 많이 하리라 하며 담배를 한 대 피워 물고는 문을 열고 나섰다.

1945. 4. 26.

별리(別離)

마땅히 울어야만 될 곳에 울지를 않고, 눈물을 흘렸으면 할 적에 눈이 뻔성뻔성한 채 말똥거리는 게 문식에게는 이상하였다. 그것도 속으로나마라도 우는 것이 완연히 얼굴에 나타난다면 모르지만, 그저 쾌활하게 허허대는 순명이가 겹기까지 하여지며 '속도 없는 경박한 놈' 하면서 비웃었다.

문식이가 순명이의 생부모가 따로 있다는 걸 알게 되었음은, 우연한 말머리에서였다. 문식이와 순명이는 서로 벗인 터이라, 순명이의 하숙을 찾아갔을 때 보여주던 사진첩에 붙은 늙은 내외분이 그의 양친(兩親)이라고 그럴 때, 연세를 물었다. 환갑들이 지나셨다. 그때 문식이의 머릿속에는 번개같이 지나가는 것이 있었다.

"여보게, 자네 독자라지. 그래 형님이나 누님도 없었나."

"똑 나 하나만 낳고 말았대."

"그러면 별나지 않나? 자네 나이 이제 스물둘이고 자네 어머니께서 예순일곱이신데, 그래 마흔여섯에 초산을 하셨단 말인가?"

"글쎄 늘 애를 못 나 그러시다가 정성을 드리고는 용꿈을 꾸고 나를 배셨대."

"그러나 그런 건 전설이 될지 모르지만 현대 생리학으론 도저히 불가능한 말일세. 아마 자네는 주어다 길렀지?"

이런 말을 해도 괜찮은 터라 문식이는 측은히 파고들었지만, 순명이도 여지껏 버티다가는 기어이 탈을 벗고는 사실을 고백했던 것이었다. 그리고는

"이 사람 똑 고등 형사 같으이. 나는 천연스리 대답을 하면서도 얼굴이 화끈거리고 가슴이 뜨끔하였지. 자넨 용하기도 하이."

하며 허허 웃었다.

문식이는 순명이가 그 사진첩의 두 노인이 그의 양부모요, 생부모는 누군지도 모르고, 다만 어떤 추운 겨울날 애를 못 낳아서 쓸쓸해하는 그의 양부모집 대문 밖에다 겨우 백일이 지난 듯한 '그'를 놓고 간 것이었다는 고백에 대한 승리감과 또는 흥미로움보다는, 그가 느끼어 울고 이야기하며 한바탕 비극이 터질 것을 얼마나 바랐는지 모른다.

"그래 자네는 그 생부모를 찾고 싶지 않나?"

물었지만,

"이제 그까짓 생부모를 알아서 무엇 하나. 양부모가 제일이지."

하는 대답이었다.

그래 문식이는 더 말을 붙여보지도 않고 공연히 무거운 마음으로

이 벗의 환경을 몇 번이고 생각하며

　'내가 만약 그렇다면…….'

하면서 순명이의 입장에다 놓아보고는 하였다.

*

　그런 일이 있은 다음부터는 순명이를 말없이 동정하면서도 그의 생활을 비판하기 시작했다. 그의 양부모가 남들이 꺼리는 소고기장수까지 해서 돈을 벌고, 푼푼이 모이는 돈을 가지고는 고리대금을 해가지고 집을 몇 채 사게 되며, 그의 학비를 빚 안 내고 그냥 댄다 하지만 아직도 그리 넉넉지는 못한 터에 그의 사치로운 생활이 좀 어색하고, 또 그가 하필 N대학 영화과를 골랐다는 게 별났다.

　문식이는 W대학 경제과에 다녔지만 그와는 중학 동창이라 알기는 해도 친한 터는 못 됐다.

　문식이가 '맑스'니 '레닌'이니를 찾았으나 지미(地味)*로왔고, 순명이는 '고리키'니 '지드'니를 찾았지만 좀 호화로운 듯했다.

　그들이 동경에 온 지 2년 되던 해 우연히 노상에서 만나자 무조건한 친숙함을 느끼며 '비어홀'에서 몇 시간 논담(論談)했을 때, 문식이는 순명이가 말하는 독서 내용이라든가 무슨 극단 연구회에 가입한 것이라든가, 단지 피상적인 그 명칭 나열만으로도 흥분됨을 좀처럼 가라앉히지 못했다.

* 지미: 빛깔이나 모양이 화려하지 않고 수수함, 검소함.

'나의 독서가 단일한 데 비해 그는 얼마나 다방면인가? 그리고 실지로 그는 연마하지 않는가?' 하며 그저 자기가 부족한 것만 같고, 순명이의 얄미운 옷차림새에 경멸과 그보다 한 살 나이가 더하다는 조그만 우월감이라든가는 제쳐놓고 그의 가치와 실력을 높은 데 있다고 평가하고 말았다.

그와 가끔 다방엘 들어가고 맥주를 마시게 된 것은 그 후부터였다.

이런 기미를 알아챈 순명이는 두말도 없이 문식이의 하숙 빈방으로 그의 짐을 자랑스러운 듯 싣고 왔지만, 문식이로는 그리 반갑지 못했다.

그를 멀리 놓고서 가끔 이야기함은 좋지만 가까이서 늘 만나며 사귈 것은 못 된다는 모순된 마음이 있었던 까닭이다. 왜 그랬을까?

문식이는 순명이를 두 가지로 나누어 보고 있기 때문이다. 문식이가 순명이를 높게 평가한 것은 순명이의 인간됨보다는 그 다채로운 예술에 사무친 동경에서가 크다는 까다로운 이론이 있느니만치, 이것은 순명이라는 존재를 빼놓고서도 얼마든지 성립되며, 그 자신이 곧 이 동경을 달성할 수 있다는 믿음에서였다.

그러면 순명이의 인간됨이 그리도 문식이의 마음에 들지 못할까?

그의 하숙을 찾았을 때 사진첩 문답의 불만족과 기대에 벗어났음이, 그만 뭉쳐지고는 만사가 그렇다고 성격을 단정해버리고 그와는 도저히 맞지 못한다고 해버렸던 것이었다.

문식이와 순명이는 아침저녁으로 만나게 되었지만, 더러는 며칠씩 못 만나기도 하였다. 하루, 그 쾌활하던 순명이가 수색(愁色)을 띠며 문식의 방을 찾았을 때, 무슨 일이 났나 보다 하였더니 과연 맞았다. 궐련을 한 대 피워 문 다음에 "세상이 참 허무하이." 밑도 끝도 없이 한마디 하더니 그가 연모하던 경성(京城)에 있는 여자가 그만 어떤 의사에게 시집을 갔다는 것이었다. 그러면서 그의 지나간 로맨스를 이야기하는 것이었다. 문식이는 더러 귀 밖에 들으면서

'이 사람이 그 타격보다는 열분 로맨스를 내게 들려주고 싶었구나.' 속으로 웃으며 전날의 기백과는 도무지 전혀 어울리지 않는 것만 같았다.

그 후 몇 날이 지나고, 그제는 아무 일도 없었던 듯이 젊은 여자의 사진을 한 장 들고 왔다.

"이 여자 어떻겠나? 나는 아무래도 부모를 위해서 결혼을 해야겠어."

부모를 위한다는 말이 귀에 거슬렸지만

"이 사람 한잔 내야겠네. 훌륭한 '상'인데그려."

"그리 밉진 않지. 겨우 보통과(普通科)만 나왔으니, 나를 존경도 하겠고 절대 복종도 하려니. 그리고 부모님도 끔찍이 위할 거고."

그날 밤 문식이는 잠이 더디었다.

"증말 예쁜데. 그렇지만 겨우 스물두 살 학생이 장가를 든다니? 그리고 들면 들었지 부모를 위한다 함은 무슨 말일까?"

순명이는 방학을 타서 구식으로 결혼을 했고, 문식이는 축전을 쳤다. 그리고 둘이서 동경서 다시 만나자 순명이의 입에서는 늘 그의 아내 순희의 이야기가 나오며 같이 못 데려옴을 서운해했다.

그러면서 가끔 어딘지 갔다가는 밤늦게 오기도 하고 자고 오기도 하였다. 자고 온 다음 날이면 순명이가 문식이를 찾아와 무슨 연구회

니 무슨 회합이니 찾고는 웃으며 설명했지만 반드시 그런 것만은 같지 않았다.

그의 방에는 색다른 '성냥갑'이 늘어갈 때 그럴 때마다 대개 짐작을 하고 순명이가 유곽 출입이 잦은 것을 알았다.

문식이는 웬일인지 자꾸만 떨어져 있고 싶었다. 교통을 핑계로 순명에게는 편지를 써놓고 어떤 날 그는 혼자 이사를 했지만, 며칠 후 순명이가 찾아와서

"나는 자네를 믿느니 형같이 믿는데 너무 서운하여, 나는 암만해도 혼자 떨어져서는 못 있겠어."

또다시 문식이의 불쾌함을 모르는 체하고 짐을 싸가지고는 찾아왔다.

순명이는 차차 문식에게 금전(金錢)의 무심(無心)을 하기 시작했다.

"급히 논문을 제출해야 할 텐데 참고서가 몇 권 필요해서……."
"순희에게 무엇을 좀 사 보낼 텐데 우선 급하니 어찌하나 내 월급 오면 곧 갚지."

이런 투였지만, 그 돈은 그만이거나 갚는 날에는 두 사람의 술값이 되어버리고는 했다.

순명이가 번역서만 읽고 일본 작가만 운운할 때, 문식이는 조선 문화를 조선 농촌을 사랑하며 공부했다. 그러나 순명이는

"아직도 조선은 모든 것이 유치하니까 무슨 공부고 연구고가 없지 않나."
그러면서 그가 항상 높은 데를 거닐고 있다고 자처했다.

그 뒤 얼마 있다가 순명이는 간데없이 되어버리고 불안하던 중 형

사가 문식이를 데려갔지만 이로 인해 싫으나 그르나 문식이와 순명이 사이는 풀지 못하는 덩어리를 품은 채 더욱 깊어가야만 되었다.

터무니없는 3개월의 경찰 처분을 당하고 보니, 서적이란 서적은 모두 빼앗기고 몸도 약해진 터에 문식이는 그의 집에서 권하는 대로 그만 학교도 모든 것도 치워버리고는 귀향해버렸지만, 순명이는 남아 있으면서 떨어지기를 몹시 슬퍼했다.

*

문식이가 고향에서 많이 떨어진 해변에서 정양(靜養)을 하고 있자 순명이가 방학에 한 번 찾아왔고, 다음에 순명이가 서울 어떤 회사에 취직하고는 따뜻한 봄 공일(空日)을 타서 그의 젊은 아내와 새로 낳은 딸애를 부둥켜안고는 피크닉 겸해서 찾아왔다.

그 아내는 예뻤다. 그리고 늘 웃음을 띠고는 신선했다.

순명이는 의기양양한 듯 그의 아내 앞에서 문식에게 목청을 높이며 예술를 떠들고 가까이 XX극단에 가입하기로 됐는데 그가 무대감독을 맡는다고 전했다.

얼마 있다가 XX극단 전용 봉투에다 편지를 써 왔지만, 형편없이 타락된 인간들과 같이 일할 수 없어 지방 순행을 마치고는 탈퇴한다 하였다.

그렇지만 사실인즉슨 순명이의 터무니없는 교만에 대해서 단원 몇 사람이 제압을 하고 추방당하는 것에 지나지 못함을 알았다.

몇 달 휴직으로 지내던 순명이는 문식을 찾아와서는 궁색한 소리를 하고는 몇십 전씩 문식이의 요양비를 울궈 갔지만, 그가 어떤 보험회사에 한자리 얻었을 때는 '자네의 덕택'이라는 간단한 엽서가 문식에게 오고는 한참 동안은 아무 소식이 없었다.

문식이는 기어이 다시 고향으로 돌아가게 되어 이것을 순명이에게 알렸더니, 그는 잘 생각했다고 아무려면 내 집만 하냐고 기쁜 일이라고 그러며 자나 깨나 자네의 회복을 빈다고 하고는, 그의 양부모가 위독하다고 알리어왔다.

문식이가 위체(爲替)*로다 시약(施藥)에 보태라고 얼마쯤 보내고는 귀향했지만, 그 후 순명이의 편지가 잦았다. 그리고 순명이의 양아버지가 먼저 돌아가고 뒤따라 두 달도 못 돼 양어머니가 세상을 떴다는 부고가, 그러고는 '자네가 이런 암흑의 운명에 걸릴까 봐 염려라고' 그래 왔다.

문식이는 웃으며 돈을 보내곤 했다.

또다시 얼마 후 순명이가 그의 어린애가 홍역으로 세상을 떴다고 알려왔다. 얼떨떨한 흉변사(凶變事)에 어이가 없으면서도 문식이는 위안의 편지를 썼지만, 순명이는 단념이 빠른 듯하였다.

한번은 문식이의 농촌으로 그의 식구째 이사를 했으면 했다. 순명이는 문식이가 소지주의 장손임을 알았기 때문이다. 문식이는 매사를 너무 단순히 생각하지 말라고 거절했더니 사실 너무 경솔했다고 그 말뿐이었다.

또 순명이의 아내가 임신을 하게 되자 몇 번이고 문식이를 문병도

---

* 위체(爲替): 환(換), 환어음.

할 겸 오래 쌓은 회정(懷情)으로 밤이 새도록 이야기하고 싶다고 그래 왔을 때 문식이는 좀 병상(病狀)이 좋지 못했지만 이를 응낙했다.

순명이가 트렁크를 덜래덜래 들고는 바로 문식이를 찾았다.

문식이의 어머니에게 인사를 하겠다고 절하고 보았지만, 문식의 어머니는 문식이를 보고 "아마 그 양반이 모처럼 만에 오니까 너를 줄려고 귀한 물건을 가져왔나 보다. 동모(同侔)가 좋기는 하에." 하였지만, 순명이가 가지고 온 트렁크는 오던 날은 열 생각도 않고 방구석에 놓은 채 변화 많은 그네들의 이야기가 늘어졌고 문식이가 순명에게 조사(弔辭)를 했더니 몇 마디로 시원스레 서로 잘된 셈이지 하였다.

다음 날에야 순명이는 그 큼직한 트렁크를 꺼내며 무슨 문예잡지를 한 권을 꺼내며 "좀체 살 수 있어야지." 하였지만, 문식이는 트렁크 속에 든 여러 가지 보자기와 자루가 있음을 얼핏 보아버리고는 잠자코 있었다. 트렁크 뚜껑을 닫고 얼마쯤 있다가 순명이가

"나는 늘 자네가 걱정일세. 벌써 몇 해쟀가? 빨리 회복해야 할 텐데……." 하며 가장 근심스러운 듯 문식이가 요양 중에 써 모은 시가집(詩歌集)을 두어 장 넘겨다보고는 '응' 하고는 흥미가 없는 것 같았다. 그러고는 주머니에서 지갑을 꺼내며 10원짜리 지폐를 두 장 들고는

"내 아내가 몸을 풀 텐데 □미(□米)랑 야채랑 좀 구했으면 하네." 웃으며 말을 붙였다.

문식이는 짐작은 한 바였지만 좀 어이가 없었다.

"이 사람, 돈을랑 느어두게. 우리 집 것을 넉넉지는 못하지만 노나

줄게니."

　그러니까 마지못한 듯 그냥 그 돈을 넣어버리며

　"이거 늘 신세만 지는걸. 그저 자네가 빨리 나아야만 할 텐데."

하며 기쁜 표정이었다.

　이야기하며 몇 날 묵겠다던 순명이가 그날 오후 차로 떠나겠다고

그럴 때, 문식이는 그의 차비를 주고는

　"잘 가게. 내 편지하지."

하고는, '우정과 동정과는 달라야 한다.' '인격을 존중한 자존심이 필

요타.' 하며, 이제 순명이와는 인연을 끊을 때가 막 돌아왔다, 두 인간

의 전도(前途)를 위해서 오늘 이 순간을 새 출발로 하여야겠다 마음

먹으며 편지 쓸 것을 생각하고 있었다.

1945. 4. 27.

지열(地熱)

늪마을은 그곳 읍사무소 소재지며 군청 소재지이기도 한 T읍에서 십 리쯤 떨어진 곳에 있는 80여 호나 되는 큰 부락이었다.

늪마을서 T읍까지는 쪽 곧은 신작로가 있어 교통은 그리 불편하지 않았으나 전등(電燈)이 안 들어오고 우편도 이틀에 겨우 한 번 배달되는 고로 도회바람이나 쐬본 사람이라든가 지식깨나 가졌다는 사람들은 늘 불편을 느끼고 있는 곳이었다.

더구나 일본의 전세가 아주 불리해지고 남조선에 미국 비행기가 빈번히 날아와서 더러 폭격을 하게 되고 소련의 동향에 초점이 되었을 때도 보도에 어두운 늪마을은 갑갑하기 짝이 없었다.

T읍은 그리 큰 곳은 못 되지만 그래도 전등이 있고 라디오를 들을 수 있으니까 얼마큼 정세를 살필 수 있었던 것이다.

일본서는 배 관계로 신문이 못 오게 된 지 오래고 바짝 교통 제한

이 심해지며 서울서 T읍에 오는 신문도 끊기고 말았을 때 그나마도 날마다 T읍에서 인편으로 전해지던 소식이 끊어지자 늪마을은 아주 캄캄 소식이었고 문식이는 못 견디리만치 궁금하기 짝이 없었다.

오직 한 가지 기대는 라디오 뉴스를 들어오는 것이었으나 이 뉴스도 점점 애매한 때가 적지 않았다.

그러나 세계정세를 살필 때 문식이에게는 한줄기 직각(直覺)으로 더불은 희망과 투지가 샘솟았다. 허나 이것을 발표할 처지가 못 되었다. 현재 문식이가 소위 보호관찰을 받고 있는 터이라 오히려 부자유의 갖는 자유로 인해 어느 정도 심경을 발표할 수도 없지는 않았지만 혼자만 속중으로 웃고 기뻐하고 즐거워하고 하였다.

기어이 소련이 일본에게 개전(開戰)했고 전광적(電光的) 전공(展攻)을 했던 것이다. 걷잡을 새 없는 이 작전에 숨을 못 돌리는 일본은 소련을 말해 비겁한 일방적 도전이라고 선전하며 발버둥이 쳤지만 어리석은 부르짖음에 지나지 못하는 것이었다.

문식이는 손뼉을 치며 좋아하고 그의 집 식구에게 늘 웃는 낯으로 대하다가 별나다고 의심까지 받았지만 문식이가 좋아한 것은 여러 가지 뜻이 잠기어 있는 것이다.

지난해 여름, 소련이 독일과 한참 전쟁이 심할 때 문식이는 독일의 패전을 예기(豫期)했고 따라서 소련이 일본에게도 반드시 시기를 보아 개전(開戰)하리라고 자신을 가지고 몇몇 사람에게 논파(論破)하자 그것은 '아전인수(我田引水)식'이라고 모두들 문식의 견해를 독단이라고 말했는데, 일 년이 지난 오늘날 딱 들어맞는 데는 문식이는 승리감과 아울러 자신이 생기고 또다시 장차를 예언하는 마음이 움직이며 반년이 못 가서 일본은 패전하리라 하였다.

날마다 힘이 나며 더위도 그리 더운지 모르겠고 배급 쌀 보충으로 먹는 감자밥도 맛이 있었다. 그러나 문식이는 초조해지는 마음을 금치 못했다.

'장차 나도 일어나야지. 몇 해고 이렇게 누워만 있으면 어찌하나.' 이것은 새로이 맞이할 광명의 날에 대한 미리부터의 마음의 준비였다.

남 보기에 늘 편안한 듯이 깨끗한 방에 누워서 밤낮없이 책이나 읽고 복약이나 하는 그의 요양생활에도 급전(急轉)되어가는 관념이 움트며 커가기 시작했다.

터무니없이 뽑혀가는 징용으로부터는 완전히 해면(解免)된 문식이를 부러워하던 자 그 몇몇이던고? 문식이의 식구도 이러한 것으로 문식의 불건강을 오히려 '새옹지마(塞翁之馬)' 격이라고 좋아했고 문식이 자신도 그리 해롭지는 않다는 어리석은 자위의 마음을 가져본 적도 몇 번 있었다.

그렇지만 단 하루를 살더라도 씩씩하고 건강한 게 좋지 어쩐 말이냐.

문식이가 고향에 돌아와 요양한 지도 어언 5년째이다. 그가 좌익사상으로 검거되어 철창생활을 하게 된 것도, 석방되어 즉시로 흉병(胸病)이 발병된 것도 회상하면 꿈만 같은 지나간 일이며 오직 그가 바라고 있음은 그의 뜻하는바 해방의 날이 찾아오는 것뿐이다.

학창시대 재조(才操)를 자랑하고 장래를 촉망받았던 터에, 꼭 성공하겠다고 늘 열기(熱氣)를 가지고 부르짖어오던 터에, 멋없는 희생과 더불은 중절(中折)이 속 쓰리게 그의 어버이며 친척이며 동리 사람에게 대해 이렇다는 실적을 못 보여주었을 때 그의 사상과 논설은 늘 공상으로 심지어는 망상으로 돌이키어 평(評)해지는 것이었다.

그러기에 그가 학창시대 때 방학에 귀성하여 동리 유지·청년을 모아놓고는 탁주를 들이켜며 이 땅의 장래와 우리들의 갈 길을 열변했을 때 비록 이야기가 전파는 안 될지라도 경찰에 들어갈까 봐 조심스럽다고 그의 어머니가 늘 걱정을 했고 "얘, 너 당치도 않은 소리는 그만두어라. 그게 다 핏기에서 나오는 소리다." 하였다. 그러나 문식이는 그의 사상을 이해치 못하는 그의 어머니가 불쌍하게까지 생각되었으며 고리키의 작품 『어머니』를 몇 번 부러워하고 하였다. 그러면 청년들은 그저 잠자코 몇 잔 술기운에 얼큰들 해지며,

"글쎄, 문식 씨 말씀대로 될까요. 도무지 우리는 깜깜한 것 같습니다."

"허, 이 사람들 못 알아듣는군. 고금(古今)으로 진리에는 틀림이 없는 거야."

아무리 문식이가 떠들어도 그네들은 곧이 못 듣는 듯 그저 그러한 사상도 있으며 그런 걸 꿈꿀 수도 있구나 하고 짐작할 뿐인 듯하였다.

한참 문식이가 열정을 가지고 떠들 때는 의례히 그의 어머니도 한몫 참견하며,

"얘, 너 공부하랬더니 헛된 짓만 하는가 보구나. 대개 엇딱 비딱한 놈들 지껄이는 소리지 참된 놈이야 누가 그러디."

"어머니, 왜 이리도 저를 못 이해하십니까? 꼭 새 세상은 옵니다. 염려 마십시오."

"글쎄, 어쩌려고 그런 소리만 하니. 너를 장자(長子)로 태산같이 믿

고 있는데 네가 아무래도 콩밥깨나 먹을라나 보구나."

"먹어서 쓸 콩밥이면 먹어도 좋지요. 사나이로 태어나 옳은 일을 하고서 한 일 년쯤 감옥살이하는 것도 영광스러운 공부일 거요."

이렇게 자꾸만 문식이가 어디끗 제 주장을 세우고 뻗대면 그의 어머니는 나중에는 잠자코 눈물을 흘리었다.

이것은 여러 가지 감개에서일 게다. 비록 문식이를 대해서는 당토 않으니 무어니 하고 반박하지만 실상 그 어머니의 마음에도 일본에게 갖은 천대와 구박을 받은 게 분했고 원통했으며 아버지를 일찍 여읜 문식이가 벌써 장성하여 민족을 부르짖고 국가를 근심하는 게 탐탁하고 기쁘고 자랑스럽기도 했으나 다만 그 악독한 경찰이 늘 겁이 나고 무섭고 불안했던 것이었다.

"얘, 너 달걀을 바위에 부딪치면 어찌 되나 알지?"

"왜 돌 자갈을 늪 물에 던지는 격이라고는 말씀 안하십니까? 매사가 뒤덮이려면 젊은이의 힘을 모은, 생명을 헤아리지 않는 굳은 단결과 희생이 있어야 합니다."

"넌 부모도 동거자도 없고 네 한 몸뚱이냐? 네가 큰소리 텅텅 해야 그 공부하는 것은 뉘 덕택이며 너는 하늘에서 떨어졌느냐? 정신을 좀 차려요."

이 자식의 고집을 아무리 꺾어보려고 애썼으나 꺾으려고 들면 들수록 점점 뻗대며 버텨서 가는 것이었다. 자식도 대가리가 커지면 마음대로 못 하며 품안의 자식이라고 그의 어머니는 몇 번 탄식했다.

"어머니, 나라를 위해선 민족을 위해선 개인은 항상 희생하여야 되니까요. 앞으로 어떤 일이 있더라도 마음 굳게 가지십시오."

"네가 누구 간장을 다 태우겠다고 미리부터 그런 예언이냐. 얘, 황천에 계신 너의 아버지를 좀 생각해봐라."

그의 어머니는 한숨을 휘— 내쉬며 아무리 애걸했으나 의기와 열정에 탄 문식에게는 다 귀 밖에로 들렸고 그의 자랑스런 사상을 복돋웠을 따름이었다. 농촌문제를 민중 계몽을 부르짖으며 길따랗게 머리를 기르고 술을 마시곤 울고는 하던 때가 문식이의 청춘을 그리고 일생을 좌우할 중대한 시기였고 이때가 가장 원기발랄하기도 한 때였다.

이런 일이 몇 번 방학 거듭되더니만 기어이 문식이가 투옥게 된 것이 아니었던가. 그리고 결국은 한 일 년 좋은 공부라더니 지긋지긋한 병을 얻어가지고 고향에 돌아와 그 어버이에게 폐를 끼치는 괴로운 생활을 하고 있음이 아닌가.

여직까지는 오직 미안했고 속 쓰렸던 문식에게는 이제야 명랑과 희망이 찾아오는 것이었다. 문식이는 여지껏 그 무엇에 눌러 덮여 있는 듯한 침울한 기분이 차차 테두리를 벗기 시작하며 새로운 힘이 솟아나기 시작하고, 그 몇 해 앓는 병도 어쩌면 곧 나을 것만 같았다.

소련이 소만 국경을 전면적으로 격파하고 조선 국경을 넘어서게 되자 전국(戰局)의 진전이 빨랐고 기대와 앞으로 닥쳐올 남북 양면으로 협공에 대한 불안도 적지 않았지만 날마다 기다려지느니 보도(報道)였으며 미군이 기어이 원자폭탄을 쓰게 되어 일본에 피해가 많은 데는 즐거웠으며 그 희생된 가운데의 억울한 동포들이 있음은 섭섭히 생각했다.

하루하루가 긴장과 흥분 속에서도 기어이 올 날은 오고야 말았다.

8월 15일.

일본 천황의 눈물 섞인 일본 무조건 항복 선언이 라디오를 통해 보도되며 일본은 망하고 말았지만 이 눈물의 항복을 못 들은 걸 문식이는 여간만 섭섭히 여기는 게 아니었다. 다 된 노릇에 그까짓 들어본들 소용없기는 하였지만 그러나 이 뉴스나마라도 늪마을에 확실히 전해지게 된 것은 16일 정각이었고 문식이의 귀에 들어오고 늪마을에 퍼진 것은 17일에야였다.

문식이는 공연히 가슴이 울렁거리며 도무지 꿈만 같고 헛소리 같으며 이리 빨리 일본이 항복될 것 같지는 생각 안 되었다. 그러나 사실이었다. 일본은 패전하고야 말았다. 조선은 일본과는 이탈되고 말았다.

가까이 어떠한 형체로다 시련이 닥친다 치더라도 그 악착스런 36년간의 일본을 떨침만이 얼마나 통쾌함이냐. 문식이는 더욱 감개무량하며 마치 제 혼자나 예언하고 성사시킨 듯이 커지는 마음이 번득거리다가는 무턱 없이 자꾸만 눈물이 솟아 흘렀다. 그는 뒷마루 청와의자에 누운 채 혼자서 흐느끼고 있었다. 그의 어머니가 찾아와선 달래며 같이 울고 그의 아내도 멀금히 서서 자꾸만 울고 서로 아무런 말이 없었다.

그러나 문식이는 아무리 울어봐도 시원치 않고 진정되지 않는 마음을 어찌 누를 바를 몰랐다. 그는 그 가져보지 못한 감격을, 그 성스러운 감격을 시(詩)로 다 표현해보며 뜰 앞에 때마침 피어난 무궁화가 한없이 곱고 빛나 뵘을 깨닫고 또다시 사방에 뵈는 날마다 바라보는 똑같은 산천이 이상하게도 곱고 아름답게 뵈는 데는 놀랐다.

그는 그냥 누웠기가 싫었다. 단장(短杖)을 들고 맥고모자를 뒤집어 쓰고는 동리 정자로 발길을 놓았다.

거기에는 그의 친척과 몇 젊은이들이 있을 것을 짐작했던 까닭이다.

그러나 다 같은 늪마을에선 별 얘기가 없고 장래에 대한 견해도 모두 식상들 했다.

그는 걷잡을 수 없는, 번개같이 번득이는 감정을 처리하기에 허둥댈 판이었다.

'무엇을 먼저 생각하며 무엇을 먼저 할 것인가.'

그는 첫째 살아 버티며 요양해온 보람 있음을 느끼며 여지껏 그저 미안하고 침울하던 □□에 대한 자책의 구름이 벗겨짐이 기뻤고 떳떳해지는 마음에 무슨 큰일이나 해놓은 것처럼 자부심이 생기는 데는 놀랐다.

'과연 진리에는 어김이 없구나.' 하는 심성에서도, 그의 아버지가 세상에 계시지 않고 이 해방의 기쁨을 같이 못 맛보는 게 슬펐다. 그러나 급작히 고와진 이 강산에 누워계시니까 하는 돌리는 마음이 솟기도 하였다.

그는 앞날도 앞날이려니와 그가 지내온 쓰거운 추억 가운데서 무슨 변호와 자랑을 찾자 하였다. 그것은 항상 변치 않는 그의 자존심여서도이겠지만 그가 몇몇 해 겨우 내외출입만 할 뿐 활동력을 갖지 못한 자신에 대한 무의식중 돋은 반동적 심리일 게다. 그의 투옥생활을 떳떳이 생각하게 되는 마음이 솟고 따라서 요양생활도 떳떳이 생각하는 마음이 샘솟았다. 그리고 그가 울안에다 무궁화나무를 심어 놓고 즐기며 보고 있는 것에 대해서는 □□을 치더라도 말뿐이지 실제로 심어 가꾸어 사랑하는 사람은 적으리라고 이러한 소년 같은 마음도 있었다. 그렇기에 그가 비밀로 써두었던 광복가며 독립운동가도 탐탁하였고 늪마을 청년들이 문식이더러 몇십 년 못 그려보던 태극기를 그려달라는 데는 기뻤고 자랑스러웠다.

문식이네 집은 이날은 무슨 슬픈 일이나 있는 것처럼 울어댔으니 가장 큰 즐거움은 문식이의 아우 남식이가 뜻 없는 징병(徵兵)의 위기에서 완전히 면탈(免脫)됐던 까닭에서다. 징집장을 받고서 출정 명령을 받으면 곧 나갈 판이었다. 강으로 수영 간 남식에게 알리러 간 사람을 떼놓고 막 달음박질로 집에 와서는 땀이 흐르는 얼굴로 '조선 독립 만세'를 부르는 데는 집 안이 떠나갈 것 같았고 조금 있더니 막 엉엉 울어대는 집안사람들도 같이 울었다. 문식이는 그 동생의 손을 꼭 쥐어 잡고는 자꾸만 흐느꼈다.

문식이로 말하면 늘 몸이 약하던 터에 단 하나의 믿음직한 동생을 믿는 마음으로 늘 턱 놓고 치병하던 터에 날로 교묘하게 꾸미는 왜놈 정책에서 꼼짝없이 병정으로 뽑히고 더구나 소집장(召集狀)을 받고는 비탄이 컸던 터였다. 그랬던 것이 신명(神明)이 무심치 않아 그의 집의 흥망의 위기에서 돌아난 것이다.

그날 밤 동리 회의당 마당에 모두들 모이기로 됐는데 남식이는 밥도 먹지 않고 다음 날 읍으로 축하 행렬하는 데 가지고 갈 국기(國旗)를 벌써 만들어 걸어놓고 좋아했다.

문식이는 황대신궁(皇大神宮)의 위패를 불사르고 일본기며 헛된 일본 책들도 모두 불사르고 그놈들의 개수작인 창씨(創氏) 문패도 딱딱 쪼개내고 말았다.

해가 지자 문식이는 그의 아우를 데리고 곧 집회장으로 갔더니 벌써들 제각기 국기를 만들어 들고는 몇 번이고 만세들을 부르는 것이었다.

한옆의 무더기에서는 일본기며 문패며 위패며 불이 활활 타오르며 재가 되고는 말고 하며 그를 둘러선 사람들의 얼굴이 빛나며 뵈일 때는 벌써 어둠이 내리어 있었다.

늦마을 구장의 한마디, 이번 해방에 대한 보고가 있는 다음, 문식이가 떡 나타났다. 이것은 누구의 권함이 아니라 누르지 못하는 흥분에서 문식이가 자진해서 나온 것이다.

몇 사람이 박수를 던졌다.

따지고 보면 문식이는 아직도 연설해선 아니 될 몸이었지만 일생의 단 한 번인 감격된 날 그 시간을 가만히 있지 못했으며 한번 떠들고 나면 그 자리에서 죽는다 치더라도 상관없다는 끓는 마음에서였다. 마당에 동리 사람들은 고요히 서서 있고 하늘에 무수한 별이 반짝이고 있었다.

문식이는 몇 해 만에 처음으로 여러 사람 앞에서 입을 여니 감정이 앞서며 가슴이 찼다. 떨리는 소리가 차차 울음이 섞이고 벽력 치듯 대성(大聲)으로 변해가자 촌민들도 모두 더 일층 감격을 느끼었다. 문식이는 제 자신도 모르게 나오는 말과 목소리를 어찌 갈피 잡을지 몰랐다. 조금도 거리낌 없이 한참을 떠들어대고 나니 여기저기서 아우성과 함께 박수가 요란했다. 물러서니 그의 동생이 그리고 그의 아내가 와서 같이 울고 그의 어머니는 그만 집으로 들어가고 말았다.

문식이는 오직 만족했다. 가슴이 점점 가벼워지며 이 순전히 병을 몰각(沒却)한 시간을 행복스럽게 생각했다.

조선 독립 만세 삼창하고 돌아오는 발걸음은 가볍고도 힘이 나고 얼마든지 걸어보고 싶은 충동도 느꼈다.

이부자리에 와 눕고 나니 사지가 늘어지며 가슴이 뻑적은 할 때 그의 놓여진 입장이 돌이켜지면서도 '각혈을 한대도 상관치 않다.'는 마음이 불끈 솟았다.

그날 밤은 자는 둥 마는 둥. 다음 날 동리 사람들은 국기를 들고 풍물을 치며 읍으로 가서 다른 대처 사람들과 같이 신명풀이를 했지만 문식의 아우가 각모(角帽)에다 등걸 잠뱅이로 앞장에서 뛰어 추며 왼종일 돌아다니고 숨도 잘 못 쉬는 왜놈들을 위조하고는* 신사(神社)를 습격하여 철북을 가지고 오고 경찰소를 부수고 밉상스런 친일파 집을 두드리고 왜놈들 절까지 부수고 온 것은 통쾌하였다.

이렇게 몇 날은 흥분에 휩싸여 밥이 먹히지 않고 잠이 오지 않고 차차 감격이 식으며 중앙에 대한 정권에 대한 피로가 커갔다. 이성이 눈뜨며 현상을 그리고 장래를 여러 가지 각도로 비판하게 되었다.

처음에 가졌던 조그만큼썩한 들춰낸 자랑거리로 생각하던 마음은 그만 물러가버리고 자기혐오가 퍼지기 시작했다.

'내가 무엇을 했다는 것인가. 내가 가지고 있는 실력이란 고까짓 얼마나 되나. 속중(俗衆)과 같은 무턱 댄 사회 진출자라 더욱 영어 회화에 관심을 가지려 하는 털끝만 한 마음이라도 번득이지 않았을까? 대체 그 무엇일까.'

---

* 왜놈들을 위조하고는: '왜놈들로 위장하고는'으로 짐작됨.

여러 가지로 깎아내리고 싫어지며 새로운 슬픔과 눈물이 솟음을 금치 못했다.

결국 '나는 아무것도 아니다.'라는 공허감까지 갖게 되었을 때 문식이는 진실한 벗을 못 가졌음이 더욱 쓸쓸했고 울음 섞인 감격의 편지 보낼 만한 곳이 없음이 괴로웠다. 전연 없는 바도 아니다. 두세 사람 비교적 마음 놓는 벗도 있기는 하지만 생활환경이 다르니만치 점점 떨어지게 되고 서로 그냥 서신이 끊어져 있어 또다시 옛 우정을 못 찾는 것도 아니었지만, 해방이 되니까 오히려 편지를 못 쓰는 모순된 마음에 모든 것을 꾸미는 게 신파만 같았고 똑같은 것을 거듭 쓰기도 쑥스러웠다.

문식이는 제 자신 아직도 지도자라고 생각하는 그 마음을 여지없이 두들겼다.

'내가 무슨 지도자며 무엇으로 누구 어떻게 지도한다는 말이냐.'

서글프고도 어두워졌다. 그리고 쓸쓸해졌다.

그 죽어도 괜찮다는 마음은 무엇이든 한 가지 하지 않고는 죽어서는 안 된다는 마음으로 변했다. 그리고는 우선 당장 가질 수 있는 직장을 못 갖는 섭섭함보다 실력을 길러 장차 때를 기다리자고 변했다. 그러면서 그는 무엇보다 우선 병을 고치는 게 선결이지만 좀체 낫지 않으니 장구한 요양기(療養期)를 가장 유효하게 이용하리라. 조그만치라도 이제 우리 겨레를 위해서 할 수 있고 해놓는다면 만족하지 않은가.

그는 뛰어올라 높다 하던 마음이 숙여지며 겸손하고 고요한 곳으로 □□□ 되고, 몇 해 지어온 작품들을 갖가지로 추려서 때를 보아 세상에 내놓을 것을 꿈꾸고, 비록 사회에 잘났다고 나가지는 않더라도 그의 현재의 힘을 최선으로 이용하자고 결심한 나머지 앞으로 절대로 보급 권장시켜야 할 농민극에 대해서도 연구할 것과 우선 해방의 기쁨을 그려놓고자 농촌에서 가장 즐거운 명절 추석을 기하여 소인극(素人劇)을 하리라 하고 다음 날 늦마을 동리 청년을 모아 구체적 내용을 발표하고 곧 각본 쓸 것을 생각하였다.

1945. 12. 16.

산울림

영철이가 한참 시조(時調)에 빠지고 있을 고보(高普) 4년 때였다.

태산이 높다 하되 하날 아래 뫼이로다
오르고 또 오르면 못 오를 리 없건만은
사람이 제 아니 오르고 뫼만 높다 하더라*

옳다 그렇다. 마치 저 나폴레옹(奈破崙)이 구주(歐洲) 각국을 점략(占略)했듯이, 나도 서울 근처의 모든 산악을 차례차례 하나씩 정복하

* 이 작품은 충북작가회의 기관지 『충북작가』(30호, 2010년 하반기)에 '수필'로 소개되었으나 '단편소설'로 분류하는 것이 타당할 듯하다. 자전적 소설 「지열」과 같은 성격의 글이다.
* "태산이 ~ 하더라"는 양사언(1517~1584)의 시조.

고야 말리니. 결심이 아주 굳어지고 말았다. 그러기까지는 영철이는 그의 학교에서 가까운 북악산(北岳山)을 몇 번 올라 다니곤 했지만.

살구꽃, 개나리꽃, 앵두꽃이 벌리기 시작한 봄이었다.

영철이와 동혁이와 덕길이는 급(級)이 바뀌지 않은 채 5년으로 진급이 되고 홍식이는 새로 한 급(級)이 되어 이네들 그룹의 한 멤버가 되었다.

그 가운데 홍식이로 말하면 제일 나이가 많고 어딘지 어른 같은 데가 있었지만 그것은 그가 몸이 약해서 2년간이나 휴학하는 동안에 그리되어진 것이었다.

등산을 절□고창(絕□高唱)한 것도 홍식이가 2년간 휴학의 체험에서 있고 따라서 그가 빠이롯트* 군(君)이 되었다.

몇 번 북악을 오르며 마음도 놓고 이야기하는 동안에 그네들 사이는 가까워지며 발아래 있는 장안(長安)을 아주 빤히 내려다보이는 그네들 모교를 비웃어댔다.

영철이는 처음에 이 얼마 되지 않는 북악을 오르는데도 숨이 가쁘며 가슴이 달막거리고 땀이 흐르며 올라가다가는 몇 번씩 쉬고는 했지만 이제는 한숨에 올라가도 상관치 않게 되었다.

그는 건강에 대해 특히 관심을 가졌지만 그것은 그의 아버지가 그의 어렸을 때 폐병으로 세상을 뜬 그 점에 사념(思念)이 못 박혔던 까닭이다. 그 병이 유전(遺傳)이 아니고 전염(傳染)이라는 것쯤은 알고 있었지만 딴 사람들보담 발병될 소질(素質)이 있으리라고 생각했다.

---

* 빠이롯트: 파일럿(pilot). 여기서는 '등산 안내자'.

그네들이 북한산(北漢山)에다 첫 도전을 걸었다. 네 사람은 류색을 메고는 아침 일찍이 효자정류장 앞에서 만났다.

그날은 공일이었지만 아직 시간이 빨라서 그런지 등산하는 사람은 하나도 없었다. 홍식이는 더러 북한산에 올랐다고 하지만 남은 세 사람은 처음인지라 좋아하는 품이 마치 초전(初戰)에 나서는 무사(武士) 같았다.

북문(北門)이 보이자 조그만 언덕길이었지만 왼손편에 있는 다 쓰러져가는 조선와가(朝鮮瓦家)가 옛날 도쿠토미 로카(德富蘆花)*가 기유(寄留)하던 곳이라는 홍식이의 설명에 신기해했다.

북문을 지나며 언덕이 비탈지고 한참 동안은 탄탄(坦坦)하였다. 여기만 해도 벌써 도시의 속진(俗塵)이 없는 듯 삐 두른 산줄기들이며 맑은 산 개울물이 가슴을 울렁거리게 했다. 이곳이 자하문(紫霞門) 밖 능금으로 유명한 데지만 세검정(洗劍亭)이어서 이조(李朝) 때 고적(古蹟)의 하나로 유명한 곳이기도 했다. 여기서 잠깐 쉬면서 물을 막아 풀*을 열던 그의 속화(俗化)를, 그리고 정자에 새겨 있는 잡다한 기명(記名)을 불쾌히들 여겼다.

차차 오르막길이 되자 정신을 차렸다. 그저 묵묵히 홍식이의 뒤를 따르며 세 사람은,

"이 사람 좀 천천히 가게."

하면서도 몇 고개 넘고 저기에 북한(北漢)이 우뚝 솟은 그곳까지 와

* 도쿠토미 로카: 일본 구마모토현 출신의 소설가(1868~1927).
* 풀: pool. 풀장. 일제강점기 때 세검정 아래에 풀장을 만들어 여름철만 되면 피서 인파로 북적였음.

서는 땀을 씻었지만 멀리 보아도 아직 아무도 올라간 사람은 없는 듯이 첫 처녀등산(處女登山)이 신성(神聖)했음을 기뻐했다. 비탈길에 들면은 몇 번 아슬거리는 곳이 있고 한참 오르니 절이 있는 것이 신기했지만 나중에 들르기로 하고 빨리 북한에 오르고 싶었다. 그러나 제법 다리가 무겁고 땀이 비 오듯 하였다. 이제 빤히 보였다.

오르자 오르자 빨리 오르자 어서 오르자 한 발 두 발 세 발. 등을 좀 숙이면서 어깨에 늘어지는 륙색을 가누며 정상이 바로 거기였을 제는 모두들 뛰었다.

편편한 바위 그 가에 못 떨어지게 철사줄로 막아놓은 곳, 이것이 북한산의 상꼭대기였다.

"자, 왔네 왔네. 과연 아무도 없네그려."

홍식이가 그러니까,

"이 사람, 시원한 바람이 있지 않나."

하며 영철이는 벌써 륙색을 내려놓고는 윗옷 단추를 빼며 사방을 두리번거렸다.

"아니 서해바다 인천만이 보이지 않나."

하며 덕길이가 손가락질을 하니까

"이렇게도 좁은가, 우리 사는 땅이."

하며 동혁이가 감개(感慨) 깊은 듯이 말을 했다.

"야, 오늘의 도전은 성공일세. 자 그러면 모두들 내 말을 듣게."

하며 홍식이가 뺑뺑 돌며 사방에 산을 설명했다.

1945

양반머슴

윤 서방은 상머슴은 못 돼도 중머슴의 중질은 되었다.

원래가 체격도 작지만 나이 오십 줄에 들면서 급작히 다닥친 격란으로 그만 원기가 탈진해지며 주름살이 늘어져서 더욱 힘끈이 없어 뵈는 것이었다.

머슴살이하는 사람은 누구나 다 그 무슨 곡절이 있는 것이었지만, 윤 서방으로 말하더라도 몇 해 전까지는 자기 소유의 달걀 노른자위 같은 기름진 논을 가졌던 것이었고, 찰떡근원의 조강지처가 우연히 병사를 하게 되자, 그렇지 않아도 두 딸을 놋느라고* 담뿍 빚을 짊어진 데다가 장례통에 그만 그 철통같이 아끼고 위하던 논자리를 눈물을 머금고 팔게 되고 겨우 하나 남은 딸자식을 데리고 의지할 곳을

* 놋느라고: 시집보내느라고.

몰랐던 것이었다.

늦도록 아들자식 하나 얻지 못하고 막막한 중에 천상 큰딸을 찾아갈 수밖에 없었다. 그러나 한두 달이지 어찌 늘 그리 얻어먹을 수도 없었고, 일을 거들어준다고는 하더라도 편편치 못하던 터에 마침 막내딸 열한 살 먹은 것을 그의 사촌 내외가 늦도록 자식이 없는 터에 양녀처럼 달라는 바람에 주어버리고 좀 자유로운 몸이 되자, 그만 머슴살이를 시작하게 된 것이었지만 윤 서방이 윤 참봉댁 머슴으로 들어온 것에 대해서는 까닭이 있었던 것이었다.

대개 가을이 지나 일철이 끝나면은 무슨 흥정이나 붙이는 듯이 머슴살이에 새로운 계약이 되는 것이지만, 윤 서방이 윤 참봉댁에 오게 된 것은 겨울도 지나 해가 바뀐 다음 해 이른 봄이었다.

윤 참봉댁에선 전 머슴이 우락부락한 데다 뻣뻣하고 술만 먹고 말도 안 듣고 일도 잘 안 한다고 진절머리를 내고 내보내려고 그러던 터에, 아무도 새로이 머슴으로 데려갈 사람이 없어 갈 곳을 못 정하고 미루어오던 것이, 새해 이른 봄에야 겨우 아주 먼 데로 떠나가게 되고 말아 그 후대로 윤 서방이 들어오게 된 것이었다.

윤 서방의 머슴살이는 그의 사촌이 윤 참봉댁의 소작인이라는 인연으로 새다리를 놓고 그 자리를 차지한 것이지만 윤 서방은 윤 서방대로의 마음의 작정이 있었던 것이었다.

말은 하지 않아도 그의 막내딸을 맡긴 사촌들 집이 윤 참봉댁에서 가깝다는 것이 좋았고, 또 배급 쌀 시대지만 그래도 부잣집 머슴을 하면 먹는 거며 입는 것이 나으리라는 따짐도 있었고, 또 그에게 따로 외떨어지게 한 칸 사양진 남향방이 내맡겨진다는 것도 한가지였고, 또 한 가지는 비록 윤 참봉과 동본(同本)은 아니라도 동성(同姓)이라는 긍지심에서 소위 양반을 알아주리라는 그의 굳은 자존심에서도였을 게다.

아닌 게 아니라 윤 참봉은 윤 서방에 신분을 밝히고 적당한 대우를 해주었고, 전 머슴 같으면 아무개야 하고 이름도 깍듯이 불러 늘 '해라'를 했었지만, 윤 서방에게는 '하게'를 하고 해라를 하는 적은 전혀 없었고, 윤 참봉집 안식구들도 전 머슴 같으면 '아범'이라든지 '일꾼'이라든지 하고 부르며 반말들을 할 것이었지만, 그에게는 꼭 '윤 서방'하고 부르거나 그의 딸 '옥란이 아버지'라고 부르거나 하고 '하우'들을 붙이어주는 것이었다.

윤 서방은 공연히 마음이 기뻐지며 지난해 그가 살던 주인집 생각을 해보고는 '힝, 진작 이런 데를 찾아올 것이었지' 하고는 곰방대에다 잔뜩 담배를 담아가지고 푸― 하고 몇 번이고 내쉬는 것이었다.

지난해는 주인이라고는 하지만 따지고 보면 그들은 완전한 남의 소작이었고, 원체 농토를 많이 얻어 부치는 터에, 점점 시절은 급박해지고 모두 징용이니 보국대니 하고 뽑혀가는 동안에 일꾼 얻기가 힘들어 윤 서방을 빌어다 그들의 머슴으로 들이어 무슨 기업이나 하는 듯이 농사를 짓는 것이었지만, 그들의 신분이 윤 서방만 못하였고 좁은 방에서 욱석북석 잠자리도 늘 편편치 못하였고, 양미가 모자라 끓이는 죽이나마라도 더러는 굶을 때가 많았던 허기진 그 추억은 꿈만 같았고, 이제 윤 참봉댁 방 한 칸을 차지하고 나니 마치 벼슬이나 한 듯이 기뻐지는 마음에 네 활개가 저절로 펴지는 것만 같았다.

윤 서방의 방에는 밤마다 이웃 농군들이 늘 들끓어 일들도 같이하고 별별 얘깃거리가 다 흩어지는 것이었다. 대개가 윤 참봉댁의 행랑 사람들이거나 소작인들이 놀러 오게 되는 터에 윤 서방은 그의 나이 가 노년축으로 든다는 그것도 있었지만, 윤 참봉댁의 관리인이나 된 듯한 기분에서 그네들의 통제권을 쥐고 있었던 것이었다.

실상 따지고 본대도 그 방에 놀러 오는 축들 속에 변변히 제 이름 자도 쓰지 못하고 소위 말하는 언문도 모르는 패가 대부분이어서, 윤 서방은 유식하지는 못했으나마 어렸을 때 배운 천자문 계몽편의 덕 택으로 글자를 뜯어볼 줄은 알았고 더구나 언문은 훤하게 알아 소설 깨나 읽고 웬만한 편지는 더듬어 쓸 줄도 아는 고로, 이런 점에 있어 서 모두들 윤 서방을 대우하고 쳐다보게 되는 것이었다.

해동이 되면서 차차 일철이 시작되었다. 여기저기서 종달새가 울 어대고 겨우내 얼었던 보리싹들이 푸르러지며 풀싹들이 솟아올라 이른 봄을 재촉하게 되자 모두들 아주 허기를 못 이기고 그렇잖아도 해마다 춘궁기가 되면 쓰라린 고난을 겪는 데다가 엎쳐 덮쳐 그놈의 왜놈들 전쟁으로 말미암아 지어놓은 곡식들을 모두 뺏기고 그것을 되다시 한 되 두 되 타다 먹지 못해 허덕댈 판이었다.

윤 참봉댁에서도 하루 한 끼씩은 으레 죽을 끓이던 것이 두 끼씩 끓일 때도 적지 않았고 그 커다란 사발 대접도 종적을 감추고 새롭고 얌전은 하지만 작은 그릇으로 바뀌어 놓이게 되었다.

'허, 농군이 이까짓 걸 먹고서야 어디 기운을 쓰겠다고…… 이래 가지고야 무슨 농사를 잘 지을 수가 있나.'

그러면서도 그의 막내딸 옥란이가 늘 마음에 걸리고는 하였다. 그러나 그가 막 밥상을 갖다가 먹고 있을 때 그의 딸이 마침 오면 나눠 먹이거나 자기는 먹지 않고 모두 다 내주었지마는 일부러 옥란이를 불러다 먹이거나 갖다가 줄 형편도 되지 않았고 그런 짓은 하기가 싫었다.

나이가 벌써 열두 살이나 되는 소위 부녀자가 사랑방에 자주 찾아오게 되고 그럴 때에 더러 이웃 사람이 있거나 하면 무색해지며 마음이 언짢아지기 때문이었다.

날이 점점 따시어지고 봄이 퍼져갈수록 윤 서방의 마음은 서글프기 짝이 없었다. 요 몇 해째 봄만 되면은 으레 그렇지만 그의 마누라가 죽은 지도 어언 3년이 넘었고 아들자식 하나 없는 그의 장래를 염려하는 마음이 저절로 샘솟고는 하였다.

맏사위는 나이도 지긋한 터에 벌써 여러 남매를 낳고 내외가 의초도 좋은 데다가 농업실천원으로 징용으로 뽑힐 염려가 없어 든든하다지만, 둘째 사위는 그의 어린애 같은 딸을 내맡긴 채 일 년이 못 되어 남양*으로 뽑혀져서는 처음에 몇 번 오던 소식과 돈이 끊어진 지 오래되니 답답하기 짝이 없고, 막내딸 옥란이도 사촌 내외에게 맡겼다고는 하나 장차 길러 출가시킬 게 큰 걱정이었고, 이런 것을 생각할 때마다 그는 담배를 퍽퍽 피우며 주름 잡혀가며 기름기 말라드는 그의 얼굴을 만져보며 멀끔히 손을 쳐다보곤 하였다.

그러나 일은 이러한 모든 것을 잊어버리게 해주었다. 날마다 바빠

* 남양: 남양군도. 1차대전 종전 이후부터 태평양전쟁 때까지 일본 제국의 지배 아래 있던 필리핀 동쪽 미크로네시아의 섬들을 말함. 일제강점기 때 조선인들이 남양군도에 노무자로 강제 징용되었음.

지며 광농 윤 참봉댁 농사짓는 데 일꾼들 얻어 대기에 힘이 들게 되었다. 시국이 심해지며 모두들 불안한 중에도 첫째 배가 고파서 일들을 할 근력을 차리지 못하는 것 같았다. 더러 윤 서방이 그에게 때때로 안겨지는 밥과 죽을 사랑에 놀러 오는 이네들에게 나눠주면서까지 품꾼을 얻어보려 애썼으나 효력이 적은 듯, 그래도 비록 철수는 늦게나마 논밭을 갈고 파종을 하고 곡식들이 솟아나고 같이 솟아 자라난 잡풀을 뽑게도 되었다.

여자나 애들은 들과 산에 풋나물들을 뜯으러 다니느라고 날마다 야단들이었으나 이것도 나중에는 그만 차차 없어지며 또 있다 하더라도 커 자라 억세어지고 독기를 품게 되자 더러는 중독이 되어 설사를 하고 나자빠지는 사람들이 많아졌다. 이럴 때마다 윤 서방은 '도무지 무슨 놈의 세상이 이렇게 고약하담. 이따위로 백성을 못살게 굴고서야 잘될 도리가 있나.' 하고 중얼거렸다.

이때 윤 서방 방에 힘없이 놀러 오는 사람들의 화제는 늘 먹고 입고 어찌해서든지 죽지 않고 살아 버티어나갈 궁리였지만, 더러는 여기저기서 한 마디 두 마디 전해 얻어들은 시국 얘기가 벌어지기도 했다.

무지하고 순박한 이네들이 불안과 공포 속에서 거리낌 없이 뻥을 치며 떠들어대는 것이었지만 늘 결론과 단정은 윤 서방이 하고는 하였다.

"이제 두고들 보게, 왜놈들이 꼭 망하고 말 테니. 자고로 저 중국을 보더라도 백성을 못살게 군 정치는 얼마 못 가서 망하고 말고는 한 것이니까."

"그런 소리 마구 하면 붙잡아간대유. 윤 서방 유치장에 붙들려 가면 더 배를 곯을려고 그러시는 거지."

더러 젊은 사람들이 윤 서방의 서슴지 않는 태도를 염려해서 말을 하면은

"허허 이 사람들, 나 같은 백성을 붙잡아 가둔다고 안 될 일이 되야 말이지."

하고는 어쨌든 일본이 망하고 만다는 것이었다. 그러나 일본이 망하고 나면 그 후 어찌 된다는 것이라든가 언제쯤 망하겠다는 것에 대해서는 전연 예측치 못했고, 그저 그런 소리라도 하면은 마음이 풀리어지는 반항심에서였으며, 어찌 되었든지 간에 고 야밀진 섬나라 백성 놈들이 망하고 본다면 조선과는 인연이 아주 끊어질 것이니 살 것만 같았다. 굶주린 가운데도 풋보리를 그리고 풋밀을 잘라 먹게 되자 겨우 사경들을 면하였다. 그전 같으면 양식이 먹다 떨어지면 그 다구진 장리 곡식을 둘러다 먹을 수도 있었지만, 공출이니 배급이니 하며부터는 그런 길이 전혀 끊어지고 보니, 누구든지 간에 어떻게 해서든지 간에 먹고 창자를 적시어 목숨을 끌어만 가면은 그만이었던 것이다.

감자알이 차차 굵어지게 되자 모두들 희색이 만면한 가운데도 여기저기서 도적을 맞았다고들 떠들어대었다. 그러나 이제는 정말로 죽을 고팽이*는 모면들 한 셈이다. 그나마도 창자를 채우게 되는가 해지니 점점 일이 바쁘고 날은 더워지면서 고되어졌다. 논에 물도 대야 되겠고 밭에 김도 매야 되겠고 송근(松根)이니 목초(牧草)니 공출

* 고팽이: 어떤 일의 가장 어려운 상황.

수량도 대야 될 판이고 차차 밀보리 타작도 해야 되었다.

그러면서도 또다시 가을이면 더욱 심해질 벼 공출을 미리 생각을 하면 힘들이 없어지고 모두들 몇 해째 그 곤경을 모면하고들 싶어 일본이 지든 이기든 빨리 전쟁이 끝나기만 고대하였다.

점점 일본이 전세가 불리해지고 날마다 궁금한 가운데 기어이 윤서방 말마따나 일본이 망하고 말았지만, 모두들 어찌 된 셈인지를 모르고 일들이 손에 잡히지 않은 채 무슨 신기한 소식들이나 들을까 하고 어수선해지고, 윤 서방 방에 놀러 오는 사람들은 언제나같이 한 동네에서 농사나 짓고 있는 윤 서방이지만 그래도 무슨 신기한 소리나 들을까 하고 모두들 여러 가지로 물어를 대면 윤 서방은 아주 신이 나서 한바탕 떠들어댔다.

조금도 꺼릴 것 없이 떠들 수 있는 판에 밤마다 윤 서방을 중심으로 얘깃거리로 꽃이 폈지만, 해방되고서부터 술을 먹기 시작한 윤 서방은 아주 쾌활해지고 여지껏 한 마디도 입에 붙이지 않던 노랫가락도 가끔 흘러나오게 되자, 이런 샌님도 노래를 부를 줄 아나 하고 모두들 웃으며 좋아했다.

동네 신명풀이 풍물을 놀던 밤엔 윤 서방 방에 놀러 오는 몇 사람은 윤 서방의 한턱으로 톡톡히 술들을 얻어 마시곤 막 울면서 춤을 추며 내대는 윤 서방을 달래느라고 혼들이 났지만 그저 그의 망처(亡妻) 생각으로만 그러는 줄 알았더니 그뿐만도 아닌 듯하였다.

"이제는 우리들 살 날이 왔나 봐. 공출만 없어져도 얼만가. 허나 그뿐이겠나. 우리 조선 사람 사상가들이 정치를 하면 없는 사람들 많이 돌봐줄 거 아닌가……."

하면서 이제는 됐다고 자꾸만 그랬다. 이러며 흥겹게 노는 바람에 그의 새경의 거진 반이 선채*로 없어졌지만, 그는 조금치도 서운하고 아까운 것 같지 않았다. 하기야 그의 막내딸 옥란의 혼수비로 다만한 푼이라도 더 모아야 되는 판이기는 하지만, 몇 해 훗일이 아니냐고 이제 새 세상이 됐으니 어떻게든 되겠지 하고 뱃심을 부리었다.

어떻게 세상이 돌아가는지는 자세히 모르면서도 공연히 모두들 마음이 가벼워지며 무슨 좋은 수가 있을 것만 같았다.

역사적 전환이 있고 날마다 혼돈한 가운데에도 논밭 곡식들은 잠자코 자라고 여물고 하였다. 추석이 지나고부터는 곡식 익는 것이 더딘 것만 같았지만 생각지도 않은 소작료에 대한 삼일제(三一制)*가 발령되자 윤 서방은 다시 한 번 코가 높아졌다.

윤 서방네 사랑방 패들은 윤 서방을 숨은 선비 대접을 하고 더욱이 해방 때 돈을 아끼지 않고 술을 사는 데 대해 그만 존경의 마음들을 먹고는 그네들이 타작날이면 빼놓지 않고 꼭 윤 서방을 불러다가 웃음 속에서 술과 음식을 서로들 나누었다.

희망과 환희 속에 타작들도 그냥저냥 끝이 나고 윤 참봉댁 농사도 수수하게 지어놓고 나니 새로 다시 과거를 회고치 않을 수 없었다.

'옥란이 어머니만 살았드래도 증말 마음 놓고 내 농사를 지어볼걸.'

그러나 할 수 없는 노릇이었다.

일철이 바쁠 때는 이런 것 저런 것 움쳐든* 생각이 겨우 소죽이나

* 선채: '선채(先債)'로 짐작됨. 먼저 꾸어 쓴 빚.
* 삼일제: 소작료를 소작인은 실제 생산물의 3분의 2, 지주는 3분의 1로 하라는 제도.
* 움쳐든: 움츠려든.

쑤게 되는 농한기를 당하고 보니 한적해지며 자연 마음이 쓸쓸했다.

'무슨 좋은 수가 또 날 테지. 아무것도 생각 말고 그저 꾸준히 일만 하자.'

하면서도 자기 혼자 떨어져만 사는 것이 외로운 것 같았다. 이젠 일 년 농사도 끝났으니 다시 새해의 주인들을 정할 때가 아닌가. 윤 참 봉이 다시 한 해 더 있어달라는 말은 고맙기는 하지만, 자기의 거취를 오근자근 상의할 곳이 없음이 슬펐다. 큰딸을 찾아가도 되고 사촌 아우와 의논해도 되지만 아무래도 그의 마누라만 못한 것 같았다.

더구나 일 년 새경과 삼철 의복을 얻어 받고는 어이가 없었다. 일 년 새경이래야 벌써 먼저 해방 때 선채로 반가량은 찾아 써버리고 그 나머지였지만 매물이 비싼 터에 아무것도 할 것만 같지 않았다. 어찌 봤던지 윤 참봉댁 안에서 백 원 한 장을 더 보태주며 한 해 더 있으라는 말이 몹시도 고맙고도 감격스러웠다.

'옳다. 내 일은 내가 결정지어야 될 것이다. 우선 옥란이를 동리 야학에다 넣고 가까이서 내가 보호해주자. 그러자면 자꾸 핏기 마르기 전에 일을 해야지.'

이렇게 한 가지라도 딱 마음을 정하고 나니 좀 살 것 같으며, 그 번 돈을 어떻게 쓸까 하고 생각할 때 다시 한 번 뇌를 써야만 했다. 옥란이를 야학에 넣을 바에야 책과 공책, 연필 같은 것은 물론 사야 되지만, 새해엔 마누라 차사*를 지내줘야 되겠다고 맹세했다. 지난해엔 시절이 어수선해서 그냥 무심히 지나버렸지만, 이해엔 정성껏 지내

---

* 차사: 제사.

주리라 하고 또 한 가지 결정하고 나니 마음이 든든했다. 그래도 몇 푼이 남는 것으로는 큰딸의 새로 난 어린애에게 무엇이든 하나 해주고, 둘째 딸애는 분과 비누나 사주고 하며 쳐보니 무엇 남지 않을 것 같았다. 그러고 나니 그가 봄부터 벼르고 사 입으리라 하던 '조끼' 살 돈은 남지 않을 것 같았다.

　'어디 이번 장날에는 차례차례 하나씩 사보자!'

하니 그만 모든 게 해결되고 아주 가슴이 시원해지며 담배를 한 대 피워보려고 담뱃대를 쾅쾅 털었다.

1946. 1. 20.

울분

"사흘 굶어 아니 날 생각이 없고, 사흘 굶어 못 할 짓이 없다." 하더니, 봉수는 아직 굶지는 않지만 장차 살아나갈 길이 아득해지며 별별 생각이 다 들면서 답답하기 짝이 없었다.

그러나 도처에서 허트러진* 도적질이라든가 강도질 같은 건 아무런 핑계로 한대도 생각만 해보아도 싫었다.

실상 봉수도 한번 하려만 들면 남만 못하든 않을 게다. 구주(九州) 탄광에 있을 때 몹시 억울한 일이 동배에게나 자기에게 생기면 술을 먹고 왜놈 십장에게 당당히 담판도 하고 몽니도 부리고 더러는 물건을 부수며 행악을 떨어 그놈들을 쩔쩔매게 한 일이 한두 번이 아니니까, 그런 식으로다 부잣집에 찾아가 사정을 얘기하고 그냥은 못 주더

---

* 허트러진: 흩어진. 사방으로 퍼진.

라도 자본금을 좀 대달랄 수도 없지는 않았지만 세상이 무법한 걸 이용해서 그런 야비한 짓은 하기 싫었다. 제힘으로 버텨나갈 궁리였다.

봉수가 해방 후 몇 달 만에 겨우 노비*와 모든 준비를 알선해가지고 귀국게 되어 도중에 갖은 곤난을 겪고 부산에 다다랐을 때는 그의 아내와 맞붙들고 눈물을 자꾸만 흘리었지만 아직 독립은 안 된 모양이고 웬 그리 장사가 허트러졌는지 정신을 못 차릴 지경이며 각 정거장이며 기차간에까지도 장사가 파고들어 비싼 물건을 팔려고 눈이 발갛게 나대는 데는 놀랐고 몇 해 만에 보는 그리운 고국산천이 도처마다 보기 흉하게 빨가벗겨진 데는 다시 한 번 놀라며 한심해졌다.

고향만 나가면 모든 것이 해결되고 무슨 좋은 살 도리가 있겠지 하던 커다란 기대가 마치 저 바다 가운데서 배가 떠나갈수록 점점 적어 없어지는 섬〔島〕처럼 오므려져감을 금치 못했다.

나중에 알고 보니 주지 않아도 괜찮은 기차비를 어떤 팔에다 테두리 한 놈에게 고스란히 떼인 것이 분했고 슬펐다.

"그저 조선 놈은 남의 종노릇이나 하고 지낼 백성인가 봐."
하고 봉수가 그의 아내에게 분해 말을 해보았지만 할 수 없는 노릇이었다.

도중에 조치원서 느림뱅이 기차를 갈아타고 겨우 허덕이며 고향 정거장에 내렸으나 아무도 맞아주는 사람도 없고 초겨울 밤기운은 몹시도 차가웠다.

처음 두어 달은 매일같이 십리길 정거장을 밤마다 차를 기다리던

---

* 노비((路費): 노자(路資).

그의 부모도 신명이 없어져 지치고 있는 판에 봉수 식구가 밤중에 삽작을 열고 들어가서 놀라게 해준 것도 벌써 월여 전 일이 되었다.

집엘 와보니 삼일제(三一制) 덕택으로 형세가 조금 나은 듯도 싶었지만 원래가 몇 마지기 되지 않는 소작인 터에 그의 부모가 늘 근심으로 일이 손에 잡히지 않아 농사가 그리 잘 못 되었던 모양이었다.

봉수가 돌아오니 몹시 반가워들 했지만 징병으로 뽑혀 만주로 간 그의 아우 봉식이 걱정으로 그의 부모는 얼굴빛이 없었고 우선 당장은 그냥 한 타령으로 얻어먹는다 하지만 봉수는 그의 아내 말고도 어린것 남매까지 데리고 도무지 마음이 편편치를 못했다. 봉수는 같은 탄광에서 일하다가 돌아와 집을 장만하고는 장차 결혼도 하고 장사도 하겠다는 동무 동철이가 몹시도 부러웠다.

'나도 차라리 혼자 몸이었드면 ―'

그러나 무심코 좋아 노는 그의 자식 남매를 볼 때 이것은 아주 어리석은 생각임을 웃었다.

'제기, 그 뭔가, 공산주의는 된다더니 언제나 될 모양인고?'

하며 사립 4년만 다닌 봉수지만 정부 하나 못 세우는 소위 잘났다는 분들이 못난 것 같았고 이렇게 이럴 테면 차라리 그대로 일본하고 같이 지내느니만 못한 것도 같았다.

*

포로로 갇혔던 봉식이가 청천백일 밑에 마침 요행이 일찍 도착된 밤기차로 돌아왔다. 이날 봉수들 집안은 울음판이 터지고 무슨 초상

난 집 같았고 동리 이웃 사람들도 인사를 오고 기뻐했지만

"글쎄 신명이 무심틀 않구나. 어젯밤도 어미가 청수발원을 하고 겨우 한숨 잠이 들었더니 네가 웃으며 '어머니' 하고 병정 칼을 차고 모자를 쓰고 찾아와서 놀라 깨니 꿈이었다."

하며 그의 어머니는 어쩔 줄을 모르고 그의 아버지는 너무 놀라 몸져 누웠고 그의 동생들 조카들은 이야기 듣느라고 열고들이 났다.

몇 날은 그냥저냥 흘렀지만 봉수는 많은 식구에 언제까지나 있을 수도 없었다. 하루라도 빨리 따로나야 되었다. 맏은 봉수가 장남이지만 소작인인 데다가 집도 남의 집이니 무엇 법례를 따지고 말고 할 것도 없었고 그가 남과 같이 돈이라도 많이 못 벌어온 것만 서운하고도 쓸쓸했다.

탄광도 옛날 말이지 고놈들이 자꾸만 전쟁에 지게 되니까 일은 일대로 더 시키고도 돈은 돈대로 보국저금이니 애국채권이니 별별 수단을 다 붙이어 떼어버리곤 얼마 주지도 않는 데다가 더구나 지난해 겨울에 그곳으로 그의 식구를 데려다가 살림을 한다 하고부터는 집으로 돈을 다만 얼마라도 부치기는커녕 오히려 부족되고는 하였다.

그와 그런 처지에 있는 패도 읍에를 찾아가면 더러 있고 괄세를 할 것 같지는 않았지만 모두들 저 살 궁리에 눈들이 벌걸 테니 찾아갈 용기도 나지 않았다.

하루는 그의 아내가 밤중까지 잠을 자지 않고 식구가 잠든 틈을 타서 봉수를 흔들어 깨우더니 다짜고짜로

"여보, 우리 장사를 시작합시다."

하는 것이었다. 봉수는 무슨 궁리를 했나 속중으로 반가우면서도 통

명스럽게

"장사! 무슨 장사여? 대체 자본은 누가 대주구."

"아이 참! 돈이야 둘르면 되지 않우! 그리고 이런 땐 무엇 가릴 게 없이 벌어먹고 살아야 되잖우."

"그래 말을 해봐. 무슨 장사여."

"우리 저 음식장사를 해봅시다. 술도 팔고 부치기도 팔고 묵도 팔고……"

"응……"

하고는 대답은 했지만 봉수의 마음은 저으기 어두웠다. 지금 한참 기운이 팔팔한 겨우 나이 삼십밖에 안된 그가 그의 젊은 아내를 내세워 놓고 그런 짓을 하기가 아무리 살아가는 도리라 하더라도 싫었다. 그리고 첫째 제 자신이 부끄러웠으며 그의 아내 용기엔 울고만 싶었다. 잠시 아무 말이 없이 있었지만

"왜 안 되겠우. 장사를 하면서 차차 밑천을 잡고 딴 도리를 연구하면 되지 않우."

하며 심각하게 조르는 데는 봉수는 그만

"글쎄……"

하고 어느 정도 찬성의 뜻을 풍기고는 그의 아내가 얼굴도 곱상하고 상냥하고 애교도 있으니까 장사는 잘될 걸 하는 어리숙한 마음이 번득이었다.

읍으로 통하는 신작로 연변에다 겨우 방 두 간을 빌리곤 장사가 시작되었다. 인근방에 큰 동리가 많기도 하지만 촌에서 그곳 읍으로 들어가는 통로니까 각처 사람들이 장날에는 더욱 끓었다.

이웃에 있는 그야말로 옛날부터의 영업집에는 중년이 넘은 주인 마누라가 팔아서 그런지 손들이 들고 봉수네는 비록 방은 좁건만도 밤낮없이 장사가 잘되어갔다.

손님이래야 서로 대개는 안면 있는 젊은이들이고 그중에는 봉수의 벗들도 많았다. 봉수는 그전에 그가 탄광 가기 전에 이곳 술집에서 술을 먹고는 젊은 작부를 놀리며 말썽도 부리던 것이 생각키어지며 쓰디쓴 웃음을 맞지 않았다. 그리고 소위 장사가 잘되면 되어갈수록 마음이 무겁고 괴로웠다. 어린것 남매를 윗방에다 재우고 밤늦도록 무지스런 농군을 상대로 또는 도회바람이나 쐬본 간악한 청년들을 상대로 웃음을 지으며 그 얼마 되지 않는 벌이를 하는 그의 아내가 몹시도 측은해서 어린애들을 쓰다듬으며 어둔 윗방에서 운 적이 몇 번이었다.

하루빨리 이 짓을 면해보려고 여기저기 일자리를 찾아서 읍내도 가보았으나 자본 없이는 별수가 없었다. 같은 음식을 팔더라도 읍에서같이 버젓이 커단 집에다 벌여놓고 심부름하는 애들을 두고 손님이 청하는 음식을 날라주고는 비싼 돈을 받는 것이 몹시도 부럽고도 원망스럽고 또 그런 데서 그의 아내가 장사를 한다면 곧 부자가 될 것만같이 생각이 도니 더욱 답답하고 화만 치밀었다.

장사를 시작한 지도 벌써 반 달이나 되었다. 처음에 봉수 처가 취해 온 돈을 갚고서도 몇 푼이 남게 되고 읍에서까지도 더러는 떼로 몰려 손님이 오기도 하였다. 그의 아내가 얼굴이 번번하고 이곳 촌에선 젊은 여자가 영업을 하는 집은 하나뿐이니까 소문이 퍼진 듯도 싶었다. 늘 오는 패가 자주 오게 되고 그의 아내도 아주 흉허물 없이 맞아들이곤 했다. 봉수의 친구나 그의 아는 사람이 왔을 때는 그 좌석에 더러 봉수가 섞이어 잡담도 하며 웃기도 하고 그랬지만 늘 그럴 수도 없는 거고 더욱 지면*이 아닌 자리에는 그 좌석에 참여할 수는 없었다. 그래 그는 윗방에서 그 노닥거림을 듣기 싫어 차라리 휘ー하고 밖으로 나가곤 하지만 밤마다 추운데 그러기도 귀찮았다. 이웃집에나 또는 친구들 집에 갈 수도 있었지만 겉으로는 반길지라도 속으로는 비웃을 것만 같아서 발걸음이 옮겨지지를 않고 애꿎은 담배만 피워댔다. 윗방에 있노라면 큰 소리를 내기도 거북했고 잠은 더구나 올 리 없었다. 장사하고 남은 술을 더러 마시곤 그의 아내에게 술주정하는 버릇이 봉수에게는 생겨지고 말았다.

이런 장사를 시작한 후는 봉수는 그의 부모를 찾아가기가 싫었고 그의 부모도 한 번 안 찾아왔지만 그의 어린것들 남매가 다니며 놀면서는 본 대로 들은 대로 소식을 전하곤 했다. 그럴 때마다 봉수는 자식들이 불쌍한 것보다도 제 아내가 불쌍한 것보다도 제 자신이 제일 불쌍한 것 같았다.

"제기, 굶어 죽으면 죽었지 이 노릇을 하고 젊은 몸이 어찌 사나?

* 지면(知面); 만나서 얼굴이 익은 사이.

이런 짓 않으면 설마 못 살라구."

기지개를 피며 두 주먹을 불끈 쥐니 용기가 나며 당장에라도 곧 술상이며 장사 그릇을 들부수고만 싶었고 그의 아내가 애초에 이런 장사를 시작하자고 한 게 미워지더니만 가끔 윗방에서 들을라치면 시시대고 비위 맞추던 말들이 하나씩 하나씩 떠오르며 당장에 그의 아내를 죽이고도 싶은 야릇한 심정이 뭉글댔다. 그러나

'오죽한 사내자식이 제 계집을 내세워 이런 짓을 시킬까?'
하고 뉘우쳐 생각할 때 그 들끓던 마음이 사그르 사그라지며 자취를 아주 감추지 못하곤 꼬리를 발발 떨었다.

처음엔 봉수의 아내가 손들이 헤어지고 나면 밤늦게 안방으로 어린것들 남매를 옮기어 누이고 말없이 울고는 하더니 이제는 그저 아무런 감정도 없는 듯 무표정하게 번쩍 들어다 누이고 이부자리를 깔고 불을 끄고는 하는 게 원망스럽기도 하고, 장사를 하고부터는 더욱이 그 아내가 정답게 굴건만 봉수는 웬일인지 그와는 반대로 점점 내외* 정이 멀어지는 것만 같으며 입이 무거워지고 말이 적었다.

눈이 포근히 퍼붓는 어떤 밤이었다. 벌써 어디서 한잔 가득들 마시고 온 듯한 술 취한 소리로 두 손이 찾아왔다. 이때도 봉수는 윗방에서 어린것들을 끼고서 시름없이 눕고 있어 커단 소리로 떠들어대는 이 손들의 태도를 살필 뿐이었지만 여러 번 오는 패인 듯 그의 아내는 달래면서 맞아들이는 듯하였다.

"나 여기 오면 이놈의 끄름내 나는 석유불 갑갑해 못 견디겠어. 그

---

* 내외; 부부.

렇지만 은근히 사랑을 속삭이는 데는 이런 깜박이는 불이 아조 좋걸랑. 여보! 아씨 그렇지 않소?"

말하는 꼴이 아마 읍 근처 전등 있는 데서 온 듯싶었다. 연거푸 한 손이 혀꼬부랑 소리로

"여보시오 주인아씨, 이 친구가 아조 반해서 요새 맥을 못 추니 원풀이 좀 해주구려. 허허허."

하며 그다음은 무슨 소린지 적어지며 수상치 않은 공기가 돌고 잠깐 동안 잠잠해진다. 봉수는 웬일인가 하고 얼핏 일어나서는 흥분되는 눈을 반들거리며 벽에 바짝 붙어 서서는 안방과 윗방을 연하는 꺼적덮이* 틈새로 안방을 엿보기 시작했다.

"글쎄, 이 사람이 병이 돼서 말러죽겠대요 응. 그렇지 허허허. 이만침 이러니 사정을 좀 봐주시면 어때⋯⋯."

하고는 한 사람이 그의 아내를 슬그머니 껴안으며 덤비니까 그의 아내는 야트막한 소리로 윗방 쪽을 슬금슬금 바라보면서는

"점잖이 노시지 왜 이러세요. 아이 이것 놓으세요."

하며 손을 떼려 하나 더욱 덤비면서 기어이 등잔불을 탁 끄는 것이었다.

봉수는 더 참을 수가 없었다. 꽴*을 지르며 안방으로 뛰어가 불을 켜지 않아도 눈빛에 어려 짐작되는 대로 두 놈을 그저 닥치는 대로 갈기며 드잡이를 놓는 바람에 두 손은 비명을 지르며 모자도 목도

* 꺼적덮이: 거적때기.
* 꽴: '고함'의 방언.

리도 놔둔 채 맨발로 도망을 쳐버리고 윗방에서 자던 애들이 놀라 깨
서는 겁이 나서 울어대는 바람에 벽 구석에 달린 등잔에다 불을 붙
이고 보니 상이 부서지고 그릇이 깨지고 술은 엎질러져 돗자리가 축
축하였을 때 또다시 봉수는 화가 치밀며 한옆에 서 있는 그의 아내를
사정없이 갈기며 막 엉엉 목을 놓고 울어를 댔다.

1946. 1. 21.

희곡

우리 교실

전 1막

선생   A

급장   B

생도   C, D, E

막이 열리자 생도들이 지껄이며 무대에 서 있다. 바로 종이 나며 생도들 요괘(腰掛)*에 앉는다. 조금 있다 안경을 쓴 선생이 수염을 쓰다듬으며 탕건을 벗었다 썼다 하며 들어온다.

B   일어섯!

일동 일어선다.

B   예(禮)!

일동 예를 한다.

---

* 요괘: 걸상.

B 착석!

A 자 그럼 오늘은 책은 없이 공부를 하겠네. 그러면 곧 시작하겠네. 그런데 일본은 대체 왜 졌을까?

C (얌전하게) 열흘 붉은 꽃이 없고 십 년 세도(勢道)가 없답니다.

A 오라, 오라. 또.

D 뺏는 측도 한이 있다. (의기양양하게)

A 그야 그렇지만 너 선생님 보고 웬 반말이냐, 버릇없이 응?

C (머리를 긁으며) 아 그렇습니까? 뺏는 측도 한이 있다는 말과 같 이…….

A 응 그만하면 됐지. 그만두어. 또 누가 없나?

E 죄는 지은 대로 가고 물은 골수로 흐른다.

A 아니 일본이 죄를 졌단 말이지.

E 물론입니다. 우리들의 피를 빨아먹고 뼈를 갉아먹고 쌀까지 뺏어 먹었지요.

A 그런데 네가 보았나, 어디서?

E (안경을 꺼내 쓰며) 선생님 안경은 싼 것이니까 할 수 없지만 제 안 경으로는 모두 다 뵈입니다.

A 오라, 너의 아버지가 일평생 안경 장사를 했다더니 그런 안경을 하나 발명했구나. 자, 이번에는 아무것이든지 질문을 받겠으니 누가 해보아라.

E '선생 똥은 개도 안 먹는다.'는 말은 웬 말입니까? 그래 선생님 똥 은 개도 안 먹습니까?

A 허허허. 그 사람 그게 대체 무슨 소리람. 그것 다 거짓말이여. 아

우리 집 개는 내가 누기 무섭게 덤벼들어 먹던데. 그리고 개뿐인
가. 닭들까지도 야단이란 말이여.

E 아하, 그러면 선생님은 저희들에 대한 □의(□意)가 아주 부족하
십니다그려.

A 무엇, 어째서 내가 부족한단 말이야.

E 정말 속을 태우실 저희들을 위해서 주야로 머리를 쓰신다면 똥볏
이 새카맣게 탈 테고 그런 건 개도 먹지 않아야지요.

A 예끼, 버릇없이. 사제지도(師弟之道)를 모르는 놈이라니, 선생의
똥 누는 것까지 간섭이야.

E 제가 잘못했습니다. 너무 지나쳤습니다.

A (가만들 있자 분□를 못 참으며 주먹을 들고 생□를 대가리를 때리고 나서)
'단단한 땅에 물이 괴인다.' 했는데 너희들 머리는 모두 단단하니
까 꾀가 괴이겠다.

B (웃으면서 머리를 만지면서) 선생님 선생님, 저기 냉수는 차례가 있
어도 숭늉은 차례가 없다니 웬일일까요?

A 그럴 리가 있나. 동방예의지국이라 모든 게 다 차례가 있는 우리
조선에서.

D 제가 말해볼까요?

A 그래 해봐라.

D 옛날 어떤 서당에서 밤글을 읽는데 밤은 깊고 모두들 시장했드래
요. 그래 숭늉을 안집에서 얻어다가 마시게 되었는데 아무리 선
생님께 권해도 마시지 않고 애들이 거진 숭늉을 다 마실 무렵에
급작이 선생님이 달래서 누룽 찌끼를 먹었대요. 어떻습니까.

A (탕건을 썼다 벗었다) 아 그것 참, 얘기는 그럴듯하다만 이거 도무지 큰 망신이로구먼. 자꾸 이러다간 안 되겠다. 자, 이제 우리 시조(時調)나 부르고 이 시간을 마치자. 누가 좋은 걸로 하나 불러봐.

C 태산이 높다 하되

일동 태산이 높다 하되

C 하늘 아래 뫼이로다.

일동 하늘 아래 뫼이로다.

C 오르고 또 오르면 못 오를 리 없건만

일동 오르고 또 오르면 못 오를 리 없건만

C 사람이 제 아니 오르고 뫼만 높다 하더라.

일동 사람이 제 아니 오르고 뫼만 높다 하더라.

C 잘들 했네.

A 머, 누가 선생인데 네가 칭찬이냐?

C 상관없습니다. 상관없습니다. 월급은 제가 안 받을 터이니까요.

A 요즘 시체 애들은 버릇이 없어 탈인데. 이거 가르치자면 큰 탈이구먼.

D 선생님 선생님, 저도 시조를 하나 부를래요.

A 그럼 하나 불러봐라.

D (소리를 높여 노랫가락으로) 청산(靑山)은 어찌하여 만고(萬古)에 푸르르며*

일동 청산은 어찌하여 만고에 푸르르며

D 유수(流水)는 어찌하여 주야(晝夜)에 긋지 아니는고.

일동 유수는 어찌하여 주야에 긋지 아니는고.

D   우리도 그치지 않고 만고상청(萬古常靑) 하리라.

일동   우리도 그치지 않고 만고상청 하리라.

D   (춤을 추며) 좋다, 좋다, 좋다, 좋다.

A   아니, 이놈이 시조를 부른다더니 버릇없이 놀음판이냐, 춤판이냐.
나는 너희들 못 가르치겠다. 그만 물러서겠다.

B   염려 마시고 그리하십시오. 늙은 분들은 가만 누워 잡수십시오.
이제부터는 젊은 놈들 세상입니다.

C   조금도 까딱없습니다.

D   우리들의 앞길은 탁 틔었습니다.

E   모든 게 이제부터입니다. 자 그럼 우리 합창이나 하나 하고 이 시
간을 마치세.

일동   (합창. 손을 흔들며)

　　구만리 저 하늘은 해가 가는 길이요

　　끝없는 이 세상은 우리들의 길이다.

　　띤딴따 따띤띤. (막)

1945. 8. 24.

---

* "청산(靑山)은 어찌하여 ~ 만고상청(萬古常靑) 하리라"는 이황(1501~1570)의 시조
「도산십이곡」 중 11곡.

고향 사람들

전 3막

때	현대, 이른 봄
장소	어떤 농촌(읍 가까움)
인물	**이옥순** 사립학교 여선생, 20세
	이옥규 보교(普校) 재학, 옥순의 아우, 13세
	윤광식 고학생(苦學生), 대학 출신, 24세
	유태삼 농촌 중견청년(광식의 벗), 25세
	옥순 이모(중년부인) 40세가 넘음
	옥순 부친(이 생원) 50세가 넘은 소작
	임 순사(巡査) 옥순의 연척* 아저씨, 40세가 넘음
	윤희호(구장區長) 36~37세(□□없다)
	송 주사(主事) 지주, 약 53세
	동리 청년 3인 광식의 벗들
	동리 사람들 다수

---

* 연척: 인척.

1막

막이 열리자 옥순이는 책상에서 무엇을 쓰고 있더니 펜을 놓고 두 팔을 늘여 기지개를 켜고

옥순 (혼잣말로) 아, 이젠 봄이로구나. 종달새가 뜨고 얼음이 풀리고 풀싹이 트고…….

중년부인 이 집에 아무도 없나. (문밖에서 떠든다.)

옥순 (얼른 일어나 나가더니) 아이, 아주머니 오셨어요. 정말 오랜간만에 뵈옵겠어요. 어서 들어오세요.

부인 한번 오려 해도 겨우내 감기가 떠나지 못하고 어쩌다 보니까 이리됐구나. 그래 아버님은 어디 가셨니?

옥순 아버지는 아직 안 들어오셨군요. 옥규 놈은 왔다가 놀러 나갔지요.

부인 너도 이제는 좋겠다. 광식이가 아마 곧 나오지. 인격 있겠다, 재주가 좋고, 대학 출신이라니 좀 훌륭하니. 그래 언제 온다고 소식 있었니?

옥순 졸업식은 했어도 무엇 처리할 것도 있고 해서 내일에나 돌아온다고 그랬어요.

부인 너의 어머니가 살아 계시면 오죽 기뻐했겠니? 광식이가 화재로 양친을 잃고서 너의 부모에게 꼭 의탁해왔거든.

옥순 …….

부인 너의 아버지는 인제 팔자 고치셨다. 광식이가 나오면 아마 도장

관(道長官)은 하나 따 먹을걸.

옥순 아이, 아주머니도 대학 졸업 맡았다고 누구나 다 도장관이 될
수 있다면 도장관 천지게요.

부인 아니, 그래도 광식이는 재주가 비상하거든. 얘기가 길었구나.
해가 저물기 전에 볼일도 보고 돌아가야지.

옥순 모처럼 오셨으니 찬 없는 진지라도 좀 잡수시고 가세요.

부인 아니다 아니어. 또 오지. 자 그럼 아무쪼록 잘들 지내라.

부인은 나가고 옥순이는 전송.
옥순이가 돌아올 무렵에 부친 들어온다.

부친 너 돌아왔구나. 옥규는 아직 안 돌아왔니?

옥순 아버지, 돌아오셨어요. 근력 없으신데 너무 힘 부치시게 그러지
마세요.

부친 그러니 어떡허니, 내가 안 하면. 이제 차차 농사철이 오면 한참
바쁘지만 지금부터 조금씩 해놓아야만 그때 덜 바쁘고 힘도 덜
드는 법이니라.

옥순 아버지, 이제 오시다가 바우말 아주머니 못 보셨어요? 지금 잠
깐 다녀가셨어요.

부친 응, 못 봤다. 그래 다들 안녕하시다디?

옥순 감기로 겨우내 편찮으셨대요.

부친 그래도 그런 사람들이야 돈푼이 있으니까 무슨 약을 못 지어 먹
겠니. 너의 어머니가 살아 있을 때는 그래도 자주 와보더니 점

점 멀어지는 구나. (아이쿠 아이쿠 하며 등을 두드리면서) 올해는 나
도 갑자기 기운이 부치나보다.

옥순 제가 주물러드려요. 편히 앉으세요.

옥규가 웬 가방 하나를 들고 뛰어 들어온다.
황황하게 "아버지 누나, 저 형님이 왔어요." 한다.

부친 (뒤를 돌아보며) 뭐, 광식이가 와? 아직 올 때가 못 됐다면서. 그래
어디 오니?

옥규 제가 다리목에서 놀고 있는데 웬 양복쟁이가 오기에 누군가 했
더니 형이로구먼.

부친 그래 왜 같이 오지 않고.

옥규 좋아서 얼른 알리려고 먼저 막 뛰어왔어요.

옥순이는 가슴이 뛰며 얼굴을 붉힌 채, 부친 등을 만진 채 부자의 대
화를 듣고 있다.

부친 얘 옥순아, 아까 차로 왔을 텐데 시장할 테니 너는 곧 밥이래도
지으렴.

옥순 네.(하고는 책상을 정리하고 부엌으로 들어간다.)

옥규도 벌써 밖에 가서 광식이 손을 잡고 같이 들어온다.
부친은 멀금히 바라봄. 광식이 구두를 벗고 조선식으로 예를 갖춘다.

광식 아저씨, 얼마나 고생되셨어요.

부친 (광식이 손목을 잡았을 뿐 아무 말이 없더니) 이제는 아주 나온 것이냐?

광식 예. 대학 졸업은 겨우 하나 말은 셈이지요.

부친 아마 그 무엇이 가리키나 봐. 오늘 들에서 일을 하는데 기차 소리가 나길래 공연히 한참 바라보았지. 누가 아는 사람이라도 탔나 하고. 그런데 나는 네가 이리 빨리 올 줄은 몰랐다.

광식 네. 생각한 것보담은 빨리 일이 처리돼서 곧 돌아왔지요.

부친 일본은 여기보담 훨씬 따시다는데 벌써 꽃이 폈을걸.

광식 이제 막 피기 시작하는군요.

부친 아, 참. 얘기하느라고 몰랐구나. 우리 옥순이를 안 부르고. 얘 옥순아, 들어오너라.

옥순이 행주치마를 벗으며 공손히 들어와 앉았을 뿐 고개를 못 들고 있다.

광식 옥순이 잘 있었소?

옥순 (웃기만) ……

옥규 왜 대답을 안 해?

부친 나는 잠깐 나갔다 올 테니까 너희들 같이 놀아라. 얘 옥규야, 너는 돼지 풀 안 베 오니?

옥규 나 재미있는 얘기 좀 더 듣고요.

부친 나하고 같이 가자. 어서 일어나.

옥규 (마지못하는 듯이 일어나며) 낫을 갈아야지.

부자가 나간다.
광식이와 옥순이 한참 침묵이 흐름.

광식 학교 애들이 말이나 잘 듣는지…….

옥순 (겨우 고개를 들며) 네 ―

광식 왜 그리 갑자기 부끄러워해. 그러께만 해도 안 그랬는데…….

옥순 너무 오래 안 보다보니까 그렇지요. 벌써 3년째나 되었으니…….
(하면서는 운다.)

광식 ……. (바라봄)

옥순 (감개무량한 듯이 고개를 숙이고 흐느낄 뿐)

광식 (담담한 표정으로) 아아 그간에 아주머니께서 돌아가셔서 얼마나
고생되었겠소. 아저씨께서도 많이 쇠약하셨구.

옥순 (눈물을 닦으며 겨우 조금 고개를 들고는) 아, 시장하실 텐데 어서 진
지를 해야지.

광식 아니 괜찮어. 기차 벤또를 든든하게 먹었으니까.

옥순 저는 내일에나 오실 줄 알았어요. 옥규가 가방을 가지고 와서
떠들어도 곧이 안 들었지요.

광식 차차 얘기하겠지만 좀 사정이 있어서…….

휘파람 불며 옥규가 들어오면서 광식이를 보고 "저 태삼 아저씨 왔
어요. 제가 풀 베러 갔다가 만났어요." 한다.

광식은 일어서고 옥순이는 부엌으로 들어간다.

광식 (문간에 가서) 태삼인가? 참 오래간만일세.

태삼 경사스러웨. 이제 자네는 학사님이 아닌가.

광식 그까짓 껍데기 학사님이 소용인가. 자 좀 들어오게. 아저씨는
　　　 나가시고 아무도 없으니까.

둘이서 앉고, 옥규도 앉는다.

광식 전쟁은 점점 심각해가고 농촌에서의 부담이 크겠으니, 더우기
　　　 식민지 우리 농촌에서 얼마나 하겠나. 대략 신문으로도 짐작은
　　　 했지만……

태삼 말하면 무엇 하나. 일본의 야위 빠진 정책은 정책이려니와 제
　　　 민족이 제 민족을 못살게 구는 데는 정말 화가 나지.

옥규 □□□□(하고 부엌으로 간다.)

광식 살이 살을 먹고 쇠가 쇠를 먹는다더니.

태삼 일전에도 면서기와 대판 시비를 했지만 그런 놈들 정신 못 차리
　　　 고 대체 무엇이 될고. 부락의 실정도 모르고 수량만 채우면 되
　　　 나? 도무지 융통성이 있어야지.

광식 탄식할 노릇일세그려. 정말 조선 청년들은 좀 더 자각들을 해야
　　　 할 텐데.

태삼 이웃 마을에 임 순사 있잖나. 이놈이 또 아주 흉악하고 나쁜 놈
　　　 이란 말이여. 특히 공부 좀 한 사람이면 어찌든지 까탈을 만들

어 수작을 붙여 집어넣거든. 그런 놈들이야 개지 개여. 그렇지만 자네 주의하게. 그놈이 여기 이 생원하고 무슨 연척이 된다고 해서 가끔 오거든. 그래야 그놈 여지껏 그 나이에 어디 부장이나 하나 해본다고. 드러운 썩은 놈이야.

광식 응…….

태삼 자네 피곤할 텐데 이제 그만 가야겠네. 저녁도 먹어야겠고.

광식 그럼 내 놀러 갈 테니 동무들에게도 잘 말하게.

태삼이가 나가고 광식이가 보낸다.

옥규가 와서 "저녁 잡수러 뜰아래 쪽으로 오시래요." 한다.

광식이가 일어서며 (이하 몇 글자 안 보임)

부친 (담배를 피우며 무대 좌측에서 들어오며) 아이 고단하다.

'형님 계신가' 하고 혼잣말로 중얼거리며 순사 들어온다.

부친 자네 오나. 저녁 먹었나? 오늘은 우리 집에를 다 오고 웬일인가?

순사 요즈음은 일반 풍기며 생활 질서가 없어서 가끔 순찰 겸 촌으로 밤으로 다니랍니다.

부친 응, 그래. 지금 서에서 오는 길인가?

순사 아니지요. 아까 낮에 왔다가 구장(區長) 집에서 술 한잔 하고 둘이서 송 참봉 집에서 저녁을 먹고 오는 길입니다.

부친 응, 놀이를 단단히 했구먼 그래.

순사 아 빨리 우리나라(일본제국)가 승리를 해야 할 텐데. 모두 어디 합심이 돼야지요. 내지야 잘하고 있지만 조선 동포가 탈입니다.

부친 조선서도 병정을 나가고 군속인가도 나가고 공출이며 징용이며 힘쓰지 않나?

순사 그까짓 것쯤이야 문제가 아니지요. 일본 내지서야 그야말로 정말 빈틈없이 전쟁 완수에 힘쓰고 있지요. 아 그런데 내 딸년도 이제 나이 열아홉이니 차차 출가를 시켜야겠습니다만 댁에 옥순이는 어찌 결정했습니까? 그저 남혼여가(男婚女嫁)는 요즘에 해야만 돈이 안 먹거든요. 신사(神社)에 가서 하면 간단하고, 물건이야 살 수 없고 하니…….

부친 그래 자네는 어디 말하는 데가 있는가?

순사 그런데 그렇습니다. 요즘 징용 징병을 피해야 되고 또 대학생을 고르자니 힘이 들지요.

부친 응, 그럴걸.

순사 그래 잠깐 상의차 형님께 왔습니다.

부친 무엇인지 말하게.

순사 형님이야 내 집에서 내 자식같이 기르던 터에 광식이를 사위로 삼으실 것 같지는 않고, 한데 가만히 생각하니 그 사람은 징용 징병도 문제없고 대학 출신이겠다 제집이 없이 큰 사람이니까 제 처가를 귀중히 알 터이고……. 어떻겠습니까? 형님 의향은…….

부친 그야 사람이야 똑똑하지만 저의 의사가 어떨지야 알 수 있겠나. 광식이가 오늘 막 왔으니 그럼 내일이래도 한번 만나 물어보게나그려.

순사 그렇잖아도 오늘 광식이가 왔다는 소문을 들었습니다. 그래 이 참 저참 오는 길에 찾아왔지요. 제 생각에는 아까 구장하고 잠깐 말했지만 광식이가 승낙만 한다면…… 경찰계에 취직을 시키거든요. 요즘 세상은 그저 세력이 제일이지요. 군 서기가 좋으니 면 서기가 좋으니 해도 그저 경찰 방면만 못합니다. 광식이는 대학 출신이겠다 승급도 빠르겠다 출세도 빠를 것 같단 말입니다.

부친 그럴듯한데…….

순사 쇠뿔도 단번에 빼랬다고 그러면 광식이를 좀 만나게 해주시지요.

부친 아 그러게. 얘 거 누가 있니?

옥순이가 설거지를 다 해치운 듯 손을 닦으며 들어온다.

옥순 아저씨 오셨세요? 전 몰랐지요.

순사 응, 잘 있었어. 아, 이제는 볼 적마다 이뻐지는데그려.

옥순 아이, 아저씨두.

순사 아니여 증말이여. 한참 필 나이도 아닌가. 똑 함박꽃 같애그려. 허허허.

부친 (옥순이를 보고) 얘, 광식이는 자니? 아주 안 자거든 좀 나오래라.

옥순 (불안한 듯이) 왜요?

부친 아저씨가 무엇 하실 말씀이 있단다.

옥순 오자마자 무엇 경찰에 관한 일인가요?

순사 아니여. 그리 불안히 여기지 말어. 잠깐 구순히 할 말이 있어
    그래.

부친 없니?

옥순 저녁 먹고는 동리 사람에게 인사하고 온다고 곧 나갔어요.

순사 그럼 밤도 늦어가고 하니 이제 이만 가겠습니다. 또 후일 오든
    지 하지요.

순사는 나가며 경례를 하고 부친과 옥순이가 전송함.

둘이 들어온다.

부친 옥규는 어디 갔니?

옥순 옥규는 코를 골고 자나 봐요. 그런데 아버지, 순사 아저씨가 왜
    오셨어요?

부친 어, 구장 집에 왔다가 가는 길에 들렀다더라.

옥순 그럼 광식 오빠는 왜 찾어.

부친 누가 아니.

옥순 무엇 잘못했나? 난 경찰이라면 도무지 싫은데. 그런데 무얼 구
    순하게 할 말이 있다고 그래요.

부친 무얼 그리 신경을 쓰니, 대단찮은 걸.

옥순 그래도 제가 고대* 들은 말이 있어 그래요.

부친 들은 말이라니? 네가 엿들었니?

* 고대: 이제 막.

옥순 아니요. 옥규하고 둘이서 겸상을 시키고 앉았더라니, 이번에 빨리 나온 건 동경서 학생사건 관계로 피해 왔대요. 그러나 염려는 없다고 그랬지요. 누가 알 수 있어요? 그가 주모가 돼서 그랬는지도. 그래 제 생각에는 벌써 무슨 서류가 이곳 경찰로 와서 그 취조인 줄 알았지요.

부친 아니다. 너는 별소리를 다 한다. 광식이가 지금 어떤 처지에 있다고 그런 위험한 짓을 하겠니. 이제 차차 취직해서 성공할 사람이. 나는 하늘같이 믿는데…….

옥순 임 순사 아저씨 말이지요. 공부한 사람이면 언제든지 사상 문제로 잡아서 감옥 보낸다고 유명한데요. 뭐, 누가 알아요. 그래서 광식 오빠도 찾으러 다니는지.

부친 설마, 고대는 그러던데 광식이는 학식이 많으니까 경찰서에 취직하면 승급도 빠르고 출세도 빠르다고.

옥순 그래 취직을 시킨대요. 아니 □□ 아저씨가 무엇이 몸 달어 그런 짓을 할까요?

부친 누가 아니? 무슨 배짱인지.

옥순 광식 오빠는 몇 해는 취직 안 하고 아버지하고 농사나 짓는다고 그러던데요.

부친 그게 말이 되니. 상당 지위에 설 사람이 그냥 파묻힌다니. 애비야 해오던 놀음이니까 평생 농사나 짓는다고 하지만 광식이로 말하면 앞날이 구만리 같은 젊은 청년이 안 될 말이다.

옥순 제가 거짓말했어요. 호호호…….

부친 애 옥순아, 들어봐라. 너도 아다시피 이제 아비도 나이를 먹으

니 아픈 데가 많고 거기다가 너의 어머니라는 사람이 불행하게
도 세상을 뜨고, (후유 한숨을 쉰다.) 이제 한참 재미를 볼 텐데 참
딱하다. 또 남매인 너희 둘이 누구보다도 아비에게는 소중하지
만 광식이인들 어찌 내 자식과 다름이 있겠니. 너는 어렸을 때
니까 잘 모르겠지만 광식이네가 옛날에는 곧잘 살았지. 광식 어
른과 아비와 서당에도 같이 댕겼고 한 의형제 사이야. 한 해는
광식이네 집에 불이 나서 식구가 몰살 죽음을 당하고 광식이만
겨우 살았지만 갈 데가 어디 있겠니. 그때 아비가 광식이를 데
리고 왔지만 어릴 적부터 너희들이 한 남매처럼 한 번 싸우지도
않고 오늘날까지 커왔고 공부는 잘들 했지만 너는 겨우 □□과
만 졸업 못 마치켰지만 광식이는 어찌해서든 공부를 시키고 싶
었단 말이다. 그러나 돈이 있어야지. 그래 중학 다닐 때는 송 참
봉댁에 가서 빚을 졌고 일본을 다시 갈 때는 제가 제힘으로 한
다고 해서 거기서 우유 배달, 신문 배달 별별 짓을 다 하고 이제
나왔으니 아버지가 오죽 기쁘니. (눈물을 머금으며) 그렇지만 너
희 어미가 있었으면 얼마나 더 좋았겠니. 광식이도 아마 내일
너희 어머니 산소에 갈 것이다.

옥순 …….

부친 나는 너희 어미의 모습을 하나도 못 잊는다. 의사도 맘대로 못
불러준 게 한이여. 너는 학교 가고 없었지만 너의 어머니의 최
후의 유언이 너하고 광식이와 꼭 배필을 삼도록 하라고, 그러면
죽어도 원이 없다고 그러더라…… 오늘이야 이제 그 유언을 말
했다.

옥순 (고개를 숙이고) …….

부친 이제 차차 취직도 하고 결혼도 하고 해야지. 너희 둘이 잘돼가면 외처(外處)에 가서 살림을 해도 좋지…… 아비야 뭐…….

옥순 아버지두, 누가 결혼한댔나. 오빠하고도 결혼하나. 그러고 저는 아버지 떨어져는 안 살아요.

부친 그게 무슨 말이냐. 광식이가 너의 친척 오빠냐? 광식이는 윤 씨요 우리는 이 씨요. 그렇고 너의 어머니 그만침 한 유언을 안 들으면 그게 자식인가……. 아니 이제 밤이 퍽 깊었나 보다. 광식이는 얘기가 좀 많겠니. 아마 자고 오나보다. (대문 쪽을 바라보며)

옥순 피곤하실 텐데…….

부친 어서 가 자거라. 나는 삽작만 지치고 자겠다.

1945. 8. 26.

2막

부친과 옥순이 말이 없이 잠자코 앉았고 옥규가 울며 뛰어 들어온다.

옥규 아버지, 광식 언니 붙들려갔다믄. 그놈의 임 순사가 데리고 갔어요. (응응 울며) …….

부친 글쎄 말이다. 울면 무엇 하니 응…….

옥규 무얼 잘못했다고 제까짓 게 붙들어 가는 거야.

옥순이가 가만히 와 옥규의 머리를 쓰다듬으며 안으로 들어간다.

부친 (담배를 피우며) 아 참, 맹랑한 노릇이다. 무얼 어쨌다는 거야. 참, 왜 못살게 구는 거야. 천하 고약한 임가란 놈 같으니.

동리 청년 4, 5명이 흥분된 듯이 태삼이와 같이 씩씩거리며 들어온다.

태삼 아저씨 참 딱하게 되셨습니다. 원 참, 분해서. 고놈 임가란 놈 언제든지 제가 가만 안 두겠습니다.

청년1 아 글쎄, 그런 비겁한 놈이 어디 있습니까. 임가 놈이 날이면 날마다 광식이의 □□를 엿보고 언행을 조사했답니다.

청년2 취직도 안 하고 농사짓는 게 이상하고 농촌문제에만 관심 두는 게 벌써 별나다는 게지요.

청년3 그런 것도 아니여. 그놈이 몇 번 광식이를 만나서 이야기도 물어보고 더러 부탁도 했나 보데. 그러나 광식이는 늘 회피했고 굽실거리지 않으니까 그만 화가 났지 뭐. 그래 이놈이 앙심을 먹었거든.

청년1 말인즉슨 이 동리 구장 윤희호가 임가하고 친하다네. 그래 동리 일이며 광식에 대해서도 무슨 내통이 있던 거지.

청년2 또 누가 말하기는 그놈이 제 사위를 삼으려다 광식이가 안 들으니까 그만 분풀이로 잡았다데. 그야 요즘이야 말 한 마디만 까딱 잘못해도 징역이니까 어떻게든 탓이야 잡을 수 있겠지.

청년3 임가도 임가지만 윤희호도 나쁜 놈. 젊은 놈이 주색에 빠져서 탈이야 탈.

태삼 그야 자네들이 말하는 것도 다 그렇지만 광식이가 동경시대에
　　　도 무슨 사상사건이 있기는 했나 보데. 그것이 요즘 경성서 어
　　　떻게 해서 탄로가 났다지. 그래 아마 그게 연락된 점도 있나 봐.

부친 아니 태삼이, 그게 정말인지. (언성을 높여) 그놈 미쳤잖어. 제가
　　　어떤 입장이라고 그러는 거야. 지각없는 놈. 아이 고얀 놈 같으
　　　니. 도무지 은혜를 모르는 놈 같으니.

태삼 그리 너무 분개하실 것 못 됩니다.

부친 어째서 분개를 하지 말라는 거야. 제 아무리 독불장군이래도 이
　　　조선을 제힘으로 다시 세운다는 거야. 난 그런 잠꼬대를 하고
　　　있는지는 모르고 눈이 빠지라고 그놈 나오기를 기다렸지.

청년1 훌륭한 청년입니다. 너무 그리 욕하지 마십시오. 저희에게 □□
　　　□ 없는 지도자이지요. 그런 지도자가 조선에도 자꾸만 생겨야
　　　합니다. 그런 광식이를 존경하고 있습니다.

부친 아니 이 사람들도 옳았구먼. 아예 내 앞에서는 그런 소리들 말게.

청년2 아닙니다. 광식이가 회의관 뒷마당에서 붙들려 갈 적에 무어라
　　　그랬는지 아세요?

부친 ……. (쳐다만 본다.)

청년2 진리는 조그마해도 변치 않는다고 그러면서 여러 동지들아 반
　　　드시 새 세상이 돌아올 터이니 희망을 가지고 동리를 지키라고
　　　하더군요. 아 그러니까 임가가 등대기를 쥐어박으면서 줄을 끌
　　　고 가겠지요.

청년3 저는 두 손을 쥐고는 아무 말 없이 흔들기만 했지만 끌려가는

광식이의 태도는 참 훌륭하더군요.

부친 끌려가는 놈의 태도가 훌륭하다고? 예끼, 고얀 놈들.

태삼 무사히 돌아올 터이지요. 안심하시지요.

부친 무사히 돌아오든 말든 내가 무슨 상관인가. 에키, 내가 내 딸을 주려고 그런 것이…… (어색해서 그만둔다.)

새삼스레 일동 쳐다본다.

태삼 너무 분개 마시고 계십시오. 만약 광식이가 기소를 당해더라도 뒷일은 저희가 일치단결해서 잘 해나갈 터이니까요.

부친 고마워. 그러나 슬프이.

태삼 그럼 저희들은 바쁘니까 가겠습니다만, 종종 소식을 듣는 대로 전하겠으니까 안심하십시오.

청년1, 청년2, 청년3 안녕히 계세요.

태삼, 청년1, 청년2, 청년3 나간다.
부친 서서 걸으며 담배만 피워 물고 있다.

구장 이 생원 계십니까?

부친 아, 구장이십니다그려. 오늘은 여기를 다 오십니다그려.

구장 글쎄, 광식이가 그 모양이 되었으니 오직 심화(心火)가 나시겠소.

부친 참 기가 막혀서, 기가 막혀서. 믿는 도끼에 발등 찍힌다더니.

구장 너무 지나치면 못쓰는 겁니다. 광식이도 서울서 중학만 마치고 어디 면에나 군에 취직을 했으면 괜찮았지.

부친 글쎄, 그런 것도 후회가 납니다그려. 내가 저를 공부시킨다고 진 빚도…… 에익.

구장 (늘 싱글싱글하며) 참 딱하게 되었습니다.

부친 그래 광식이가 대체 어찌 될까요?

구장 내 동리 일이고 해서 서까지 가보고 임 순사는 잘 아는 터이고 해서 물어보았더니 내용이 몹시 복잡한가 보던데요.

부친 저런 변이 있나. 원 참, 아이구…….

구장 아마 한 3년은 먹을걸요. 그러니 댁에서도 참 곤란이십니다그려. 일전에도 송 참봉댁에서 이 생원 빚 받을 걱정을 하시던데. 또 그리고 광식이에게도 다만 무어래도 차입을 해주어야지요. 그런 비용 저런 비용 다 어떻게 하렵니까?

부친 글쎄, 걱정입니다. 원 참.

구장 내 부락에서 이런 사건을 낸 것은 여간만 서운한 일이 아니지만 거기에 적당한 대책을 세워야만 되니까요.

부친 그러면 어떡하면 좋을까요?

구장 우리 동리 청년에게는 그런 불온사상을 갖지 못하도록 하겠지만 댁의 살림살이가 걱정이 아닙니까. 그래서 따님이 다니는 학교 교주에게 말해서 월급을 첫째 올리도록 하는 게 좋겠지요.

부친 그렇게 올려줄까요.

구장 그야 내가 말하면 되겠지요. 그런데 밤으로 다만 두 시간씩이라도 우리 집 어린것들 가정교사로다 좀 오시도록 못 하실까요.

부친 말씀은 고맙지만 어디 그리 틈이 있으려고요.

구장 그건 상관없습니다. 틈 있을 때만이라도 좋겠습니다.

부친 글쎄요. 걔가 원 어떤지 알 수가 있어야지요. 후일 물어 대답하지요.

구장 (돈을 지갑에서 꺼내면서) 그러면 궁색하실 텐데 무엇에든지 쓰시지요.

부친 아니 천만에. 괜찮습니다.

구장 그러시다면 그만두겠습니다. 그러면 안녕히 계십시오. 또 오겠습니다.

구장이 가자 부친이 무엇을 생각하는 듯 가만히 앉았다.

이때 "이 생원 있나." 하고 송 참봉이 불쑥 들어온다.

부친 (놀라며) 아니 오늘은 여기까지 웬일이십니까?

송 (지팡이를 짚고 서서) 웬일이라니? 사람이 염치가 있어야지. 족제비도 낯짝이 있다고.

부친 아니 들어오셔서 조용히 하시지요.

송 조용히라니. 이것이 조용히 할 말이야? 아 자네도 생각을 해보게. 그까짓 이자는 그만두고라도 원금이라도 내야지. 그리고 곡식은 어떡하는 거야.

부친 그저 아무리 하느라고는 해도 그렇습니다.

송 자네 딸이 학교에서 월급을 받으면 갚는다더니 날 속이고 또 이번에는 광식인가 무엇인가가 나오면 꼭 갚는다고 속여오고, 아 이젠 광식이란 놈이 그 모양이니 어찌할 작정이여, 응?

부친 그저 미안하옵니다.

송 미안이라는 말 가지고 당할 일이란 말이여?

부친 이번만 좀 더 참아주십시오.

송 안 되네 안 돼. 이제 날짜를 정할 테니 그 안에 안 가지고 오면 차압을 하든지 무슨 수를 낼 작정이니까.

부친 도무지 답답한 노릇입니다.

송 내 말만 응해준다면 다 되는 수가 있기는 하에. 허허…… 아, 그런데 얘는 동리 어른이 와도 꼼짝 않는 거야. 옥순인가 개는 어디 갔나?

부친 네. 잠깐 일하는가 봅니다. 얘 옥순아, 지주 어른 오셨다.

옥순 (겨우 나와 예禮만 할 뿐) …….

송 (의미있게 웃으며 입맛을 한번 다시며) 응, 얌전하군. 그래 학교서 되지 않데?

옥순 …….

송 천상 여자로 됐군. 흥 흥. (부친을 향하고) 여봐, 그러면 내 또 오든지 부르든지 할 게니 우리 좋은 술을 하도록 하지. 그러면 잘 있게.

부친 아, 가시렵니까? 일부러 오시게 하셔 죄송합니다.

송 무얼. (하며 옥순이를 보고서 빙긋 웃는다.)

송 가고 부친이 옥순이를 앉히고

부친 얘 옥순아, 너의 아비의 마음을 알겠니? 어떻게 하면 좋을지 모르겠다. 요새는 편히 잠 하루 못 잔다. 더구나 광식이란 놈이 붙들려 가고부터는 도무지 심화가 나서 잠이 와야지. 아비의 빚이란 끔찍이 많단다. 광식이가 대학을 고학했다 하지만 중학은 무슨 재주로 했겠니? 그 빚도 송 주사댁 변릿돈이 아니었겠니. 그리고 너의 어머니 돌아갔을 때 장례비도 어디서 났겠니? (후유 탄식) 참 답답하다. 이제 아마 송 주사가 무슨 결단을 지으려나 본데, 탈이다.

옥순 결단이라니요?

부친 집행을 하든지…… 저 또…….

옥순 또 무어요?

부친 아니다. 에헴, 되는 대로 되겠지. 맘대로 해보라지. 아비는 광식이로써 자멸하나 보다.

옥순 아버지, 그런 말씀 마세요. 그러고 싶어 그랬겠어요. 다 여러 가지 이유가 있답니다.

부친 이유가 무슨 말라붙은 이유냐. 어째서 제가 추호라도 그런 짓을 생각하느냐 말이다.

옥순 …….

부친 그러니 이제 무슨 소용 있겠니. 구장 말이 광식이 한 2, 3년은 징역을 당하겠다는데 말이다. 어떡하면 좋을지 모르겠다.

옥순 아버지, 제가 할 수 있는 짓이라면 하겠어요. (운다.)

부친 ……. (그만 화가 나서 나간다.)

한참 있다 구장이 또 찾아온다.

구장 이 생원 계십니까?

옥순 (예를 하며 풀이 없이) 구장 어른 오셨어요?

구장 아버지는 어디 가셨습니까?

옥순 예. 막 나가셨습니다. 여쭈어 올까요?

구장 괜찮어. 원은 옥순이한테 관한 말이니까 대개 알겠지만 지금 옥
순네 집은 큰 위기에 있거든. 광식이는 아까도 임 순사에게서
들었지만 2년 징역은 틀림없다지. 그리고 고대 송 주사께서 다
녀가셨지만 □□가 대단히 많더구먼.

옥순 ·······.

구장 아 글쎄, 지주 어른은 옥순에게로 장가든답디다. 그렇지 않으면
멸망시킨다던데요.

옥순 ·······.

구장 옥순이 어른도 반허락은 했는가 보던데. 광식이를 믿다가 이렇
게 되니까 그만 어이가 없나 봐. 참 딱하거든.

옥순 (놀라는 표정으로 잠깐 고개를 들고는) ·······.

구장 그래 말이지. 옥순이 아버지에게도 얘기했지만 옥순이 학교 월
급도 올리도록 교섭해줄 테고. 그것 가지고는 광식이 차입이며
비용이며 부족하거든. 그래서 틈 있는 대로 우리 애들 가정교사
노릇을 해달란 말이여. 그리고 언제든지 필요한 때가 있거든 얼
마든지 이자 없이 몇 핼 돈을 둘러줄 테고·······.

옥순 ·······.

구장 왜 말이 없어. 내 말이 그른가?

옥순 그처럼 생각해주시니 감동합니다. 그렇지만 그러지 않아도 동
     리 일에 대해 심려가 많으신데 이까지 해주신다면 너무 죄송해
     서……. 아버지와 상의해보아야겠습니다.

구장 상의는 무슨 상의람. 옥순이 맘대로지. 내 말대로 그리하고 얼
     마 되지 않지만 쓰지. (하면서 돈 한 뭉치를 주려고 드니 받지 않는다.
     구장이 슬쩍 팔을 잡아당긴다.)

옥순 (몸 닿는 듯이) 이러지 마세요.

구장 아니 글쎄, 그냥 받아둬요. 아무렇지 않으니. (하면서 껴안으려고
     든다.)

옥순 아니, 왜 이러세요?

이때 "아저씨 계십니까?" 하고 태삼이가 들어오며

태삼 이게 다 무슨 수작이여?

구장 (시치미를 떼고) 아, 자네 왔나? 난 누구라고.

옥순 (울며 서서) …….

태삼 아니, 아무도 없는 집에 대낮에 무엇 하러 왔어?

구장 구장이 동리 집 좀 다니면 안 되나? 그리고 원은 광식이 일이 걱
     정이 돼서 왔네.

태삼 무엇이 광식이 일이냐. 다 그만두어라. (한 대 갈기고, 구장은 '이 사
     람' 하며 피한다.) 여지껏 너 같은 썩은 놈을 구장으로 한 게 잘못
     이었다. 이 자리에서 너는 그만이지만 앞으로 저 임 순사하고
     같이 협작하면 니들 생명은 없을 줄 알아라.

구장 자네 말이면 다 말인가. 앞뒤를 생각하고 말하게.

태삼 무어, 너를 벼른 지 오래다. 좀 더 참다운 인간성을 가지고 부락을 지도해라.

구장 □□에라도 후회하지 말게. 오늘이라도 임 순사가 올는지 모르니까.

태삼 그래 해보자. 너희 같은 썩은 인간들은 하나도 남겨놓지 않을 테니.

부친 (헐레벌떡 들어온다. 옥순이가 부르러 간 듯) 아니, 웬일들이시오.

구장 아 글쎄, 이 사람이 정신이 별나졌는지 영문도 모르고 폭행을 합니다그려.

태삼 이럴 적에 광식이가 있으면…… 아 이걸 가만둬…….

구장 보십시오. 이렇습니다. 요즘 젊은 사람은 상하를 모르고 탈이지요.

부친 태삼이 자네 구장 어른께 너무 마구 하지 말게. 아 그런데 대체 왜 그런가?

태삼 차차 아실 테지요. 여하튼 이런 건 가만둘 수 없습니다.

부친 (구장을 보고) 아마 이 사람이 무슨 화나는 일이 있나 봅니다. 그렇지만 너무 괘씸히 마시고 구장께서 잘 지도를 하셔야지요. 자네 너무 그러지 말고 이 자리에서 빌고 그만 사과하게. 앞뒷일을 잘 생각해야지.

태삼 앞뒷일을 생각해요? 그리고 빌어요? 어림없습니다. 기껏해야 잡혀갈 테지요. 그러면 광식이나 만나보고 오지요. 그렇지만 저 놈은 언제든지 가만 못 두겠습니다. 여러 말 하면 귀찮으니 이

놈은 제가 끌고 가지요. 자 그럼 안녕히 계십시오.

1945. 8. 26.

3막

태삼이네 집. 밤. 등잔불 아물거리는데 엎드려 일기인지 쓰고 누웠다.

청년1, 청년2, 청년3　태삼이 무엇 하나?

태삼　오 자네들 오나. 나 일기 좀 썼어. 어서 들어오게들.

청년1　아 그런데 동리 소문이 야단일세그려.

태삼　무슨 소문인가?

청년1　그놈 윤희호 짓이겠지만, 자네가 저 옥순 씨를 시기해서 저에게 폭행을 하고 물이야 불이야 모르고 날뛴다는 둥 어른을 몰라보고 버릇이 없다는 둥 동□의 의리를 모른다는 둥……

태삼　그뿐이던가. 소문은……

청년1　왜 그뿐이여. 자네와 광식이가 제일 친하고 동리 청년회 회장이라 해서 필경은 임 순사란 놈이 사상으로 몰라고 노리나 보데.

청년2　아니 뭐, 이 생원 아저씨가 빚이 많아서 할 수 없이 송 주사에게 첩으로다 옥순 씨를 주기로 했다면서?

청년3　우리 청년회 간부가 모두 주목은 받고 있나 보데.

태삼　그까짓 것 다 상관있나. 광식이만 있어도 동리가 이렇든 않을 텐데.

청년1 말도 말게. 이 생원은 그만 광식이가 미워져서 악선전을 뎃다*
하나 보데. 그러니까 윤희호가 날뛰고 좋아하고 윤가와 같아서
우리들까지 미워한다네.

태삼 아무나나 하래지. 그런데 옥순 씨는 어찌 생각하고 있을까. 참
딱해 죽겠어. 좀 불러다 우리 의견을 들어볼까.

청년1 그렇지만 밤에 남의 처녀를 어찌 불러내나.

태삼 거짓말도 할 만한 것은 괜찮으니 동리 청년회에서 부인회에 대
해 꼭 좀 상의할 일이 있다고 그러고, 혼자 가면 의심받을 터이
니까 둘이서 가게그려.

청년1 그럴듯하네그려. (옆에 한 사람 청년2를 데리고) 그러면 다녀오겠
네. (나간다.)

청년3 광식이가 2, 3년은 복역한다고 그러는 건 구장 놈과 임 순사와
둘이서 짠 수단 같단 말야. 요전 구장 놈이 한 행세를 보란 말야.
광식이 차압을 하라는 둥 월급을 올린다는 둥 해가지고 돈뭉치
로다 옥순 씨를 뭉치려고 대들었다거든.

태삼 그런지도 모르지. 그렇지만 윤희호 놈이야 제 버릇 개 못 주는
위인이니까. 아 백재나 하고 두고 보자고 벼르는 게 아닌가. 그
야 그놈이야 송 주사네 자주 출입하니까. 무슨 수작을 피울지
모르고 첫째 임가하고 나에게 피해를 할 테지.

청년3 만약 임가가 자네를 사상으로 몰면 어찌 되나?

태삼 붙들려 갈 테지. 내가 붙들려 가게 되면 자네들은 어찌할 텐가?

---

* 뎃다: '뉩다'(도리어), 혹은 '들입다'의 방언으로 보임.

청년3 그냥은 안 있겠네. 이왕 그런 인간 같잖은 놈들의 굴욕을 받고 살 바에야 한번 분풀이를 하고 사생을 결단하는 거지.

태삼 그렇지만 부모동기들이…….

청년3 부모님들인들 오죽했겠나. 새 세상이나 돌아오면 몰라도. 동생이고 형들이야 젊은 것들이어…….

태삼 광식이도 우리에게 반드시 새 세상이 온다고 그랬지만 나는 꼭 믿으니까. 조금치도 움직이지 않는 나의 신념일세. 일본은 얼마 안 가 망할 테니 두고 보게.

청년1, 청년2, 옥순이와 옥규를 데리고 들어옴.

태삼, 청년3 일어남.

태삼 (옥순을 보고) 잠깐 들어오시지요.

옥순 (예를 하고) 네. (하고 옥규와 같이 들어옴)

태삼 부인회 일이란 거짓말이었습니다. 그 점은 용서하시오. 오늘 광식이에 대해서 광식이가 없는 또 다른 일에 대해서 상의 좀 할까 해서요. 무엇 큰 힘은 못 되겠지만.

옥순 …….

태삼 광식이는 모든 것을 믿고서 갔으니까 옥순 씨께서도 많은 책임을 가졌음은 말하나 마나 하지만 무엇이든 우리들이 할 수 있는 거면 언제든지 말하시오.

옥순 ……. 네 잘 알겠습니다. 고맙습니다.

청년1 그런데 그게 정말입니까?

청년3 밑도 끝도 없이 무슨 말인가? 그거라니?

청년1 아 저, 소문 말이여.

청년3 응. 옥순 씨가 송 주사댁에 가시게 된다는 소문 말인가?

옥순 (얼굴을 붉히며 고개를 숙이고) ·······.

태삼 거짓말이겠지요 그런 건. 누가 그런 말을 내놨나 우리가 조사를 해서 철저적으로 처벌할 테니까요.

옥순 ·······.

밖에서 "コノ家デスネ. ヤッテマスナ."(이 집이지요. 하고 있네요.) 하며 임 순사가 들어오고 뒤따라 윤희호 들어옴.

임 ヤッパリネ. チャント女モオルヂャアリマセンカ. 君ダナ. 夜ナニシティルカネ. (역시 여자도 있잖아요. 역시 자네였군. 밤에 뭐 하고 있나?)

태삼 이건 가택침입이 아닌가. 부정(不正)하게.

임 デタラメヲイフナ. □□様ニ用ガアツテ来タンヂァ. (엉터리 말을 하지 마. □□님께 용건이 있어서 온 거다.)

태삼 ·······.

구장 아마 자네가 사상을 깊이 가지고 있는가 보네그려. 광식이로만 말해도 이 동리 □□인데 자네까지 그리되었으니 난 여간 섭섭하지 않네.

임 이런 착한 구장님 밑에서 어쩌자고 모두 나쁜 짓만 하는 거야.

구장 그러니 우리 좋도록 타협합시다. 첫째 동리가 불안하니까요.

임 デモ法律ハソンナニ生易シイモノジャアリマセンカラネ. (그래도 법률은

그렇게 간단한 것은 아니니까요.)

구장 거기를 임형이 잘 어떻게 좀……. 그러면 이후로는 청년회는 해
산할 일, □□은 여하한 경우에도 금지, 옥순이는 송 주사 의견
에 순종할 사(事). 광식이는 석방 동시에 본 부락에서 탈거할 사.

임 ソレモソウデスナ. 一ツ先ヅ話ヲキカウ. (그건 그렇지. 먼저 이야기를 들
어보자.)

태삼 얘들아, 이런 놈들은 가만히 둘 수 없다. 모두 죽여버리자. 죽이
고 법정에 서자.

청년1, 청년2, 청년3 그러자!

태삼, 청년1, 청년2, 청년3 덤비어 때리며 대격투.
동리 사람 몇 사람 들어온다. 옥순이와 옥규는 보고만 있다.

동리 사람 아 웬일들인가.

태삼 두말없이 이 두 놈들을 때리시오. 동리의 원수를 없앱시다.

청년1 (한참 격투하다가) 아니, 저게 무슨 소리여? (동네 사람들, 멀리서 마
이크로 '일본 무조건 항복했습니다. 조선 독립 만세!')

청년2 일본 무조건 항복했다네. 읍내서 라디오로 들리는 것이 아닌가.

청년3 요놈들 붙들고 있게. 내 가서 듣고 올 테니.

태삼이 동리 사람들을 보고 이놈들을 묶으세요 하니 모두 덤벼 묶고,
청년3은 조금 있다가 호외를 가지고 온다.

태삼 조선 독립이라니 이게 정말인가.

일동 와…… 만세! 하고 떠든다.

태삼 (울면서 감개무량한 듯이) 이게 정말인가. 아 아, 이런 조그만 놈들
    은 상대로 할 게 못 되네. 자 이제부터 우리는 광식이를 데리러
    가세.

태삼 (임을 보고) 자 이놈아, 말을 해라. 아직 유치장에 있지?

임 (고개를 끄덕인다.)

태삼이가 청년1, 청년2, 청년3을 데리고 나가고 동리 사람이 묶은 것
을 데리고 나가고 옥순이는 운다. (막)

1945. 8. 27.

동지들

전 3막

이 희곡은 「고향 사람들」(3막)의 속편이다.

해방 후 처음으로 맞이한 추석날, 「고향 사람들」을 동리 청년들이 상연(上演)하여 호평이었기에 그 속편을 다시 정초(正初) 상연으로 제공하는 바다.

그간 자주독립을 못 이루고 있는 게 한없이 슬프지만 여러 가지 변전(變轉)이 있었기에, 이에 따라서 좀 진전시켜본 게 「동지(同志)들」(3막)이다. 아직 완전한 해방을 못 얻은 것처럼 이 희곡도 많은 미성(未成)을 남긴 채, 한 과정으로의 세태(世態)를 그린 것에 지나지 못하기는 하지만, 절대(絶大)한 희망과 기대가 있음을 즐거움으로 하고 있는 터이다.

때	1945년 9월 중순경(해방 후 약 한 달 경과된 때)
장소	어떤 농촌(읍이 가까움)
인물	**광식** 대학 출신, 고학생(苦學生), 빈농(貧農), 25세
	옥순 사립학교 선생, 이 생원의 장녀, 20세
	옥규 옥순의 아우, 보교생(普校生), 14세
	이 생원 빈농 소작, 옥순의 부친, 52~53세
	송 주사 토착 지주, 54~55세
	태삼 농촌 청년, 광식의 벗, 24세
	영호 농촌 청년, 귀환병(歸還兵), 25세
	인수 농촌 청년, 징용귀환(徵用歸還),* 26세
	용길 농촌 청년, 22세
	갑돌 송 주사의 스파이, 23세
	기타 청년 몇 사람

* 징용귀환: 일제강점기에 일본 제국주의자들이 전쟁을 지원하기 위해 조선 사람을 강제로 동원하여 부린 일을 '징용'이라 한다. 징용된 이들은 일본 본토를 비롯하여 사할린, 중국, 남양군도 등지의 탄광, 토목공사장, 군사시설공사장, 군수공장 등에 투입되어 고된 일을 했는데 귀환하지 못하고 희생된 자가 많았다.

1막

무대는 태삼의 방.

아주까리 등잔을 돋우며 태삼이가 책상머리에 걸터앉아 담배를 피우고 있다.

영호·인수 태삼이 있나?

태삼 어서들 들어오게. 좀 덥군. 그런데 어찌 같이 만났든가?

인수 아, 오던 길에 불러가지고 왔네.

태삼 무슨 신기한 소식들이나 좀 들었나?

인수 (앉으며) 웬걸! 그런데 오늘은 우리 실컷 이야기 좀 해보세.

영호 거 좋은 말이여. 우리는 돌아온 지가 얼마들 안 되고 대강 식구들에게 듣기는 했지만 그것보담도 자네나 광식 군에게 듣고 싶네.

태삼 무엇 별것 있나! 다 같은 소리지만 사람이 죄는 짓고 못 사느니. 그리고 인심 잃고도 못 사는 법이데.

영호 그래 어서 말하게.

태삼 그 왜 임 순사(林巡査)란 놈 있잖나? 저 광식이를 얽어 붙들어다 가둔 놈 말이여! 자네들은 객지에 있어 현상(現狀)을 못 보았겠지만 참 기가 막혔네. 어찌 일일이 다 말을 하겠나? 그놈이 글쎄 이번 해방통 안에 짓밟혀 죽었다네.

영호 허 ── 그래. 자네는 그 시체를 목견해봤나? 나야 전장터에서 수많은 주검을 목견도 하고 죽이기도 했지만.

태삼 처음엔 이놈도 벌써 기미를 알아채고 피신을 해 다녔지만 결국은 청년들에게 체포가 되어선 우습지도 않지! 그전에 늘 얽던 채로 제가 제 포승줄에 얽혀가지곤 제복 제모를 한 채 읍중(邑中)을 돌아다니며 무슨 즘생처럼 끌려다니는데 웬 난데없는 군중들이 벌 떼처럼 덤비더니 그놈을 죽여라 하면서는 막 내려밟는 바람에 누가 죽였는지도 모르게 찍소리도 못 지르고 그만 저 세상으로 가버렸다네. 허허허.

영호 그것 통쾌하군. (두 주먹을 들며) 그까짓 내게다 맡기지. 그렇지만 순사는 임(林)가 놈만 당했나?

태삼 그게 될 말인가? 제 민족을 못살게 군 놈은 여지없지. 고등계 형사 놈 젊은 아이는 죽지는 않았지만 지금 두 놈이 입원 중이고, 그놈들 집은 불태워버리고, 왜놈들은 바로 무기를 가지고 얼떨댔지만 사법 주임은 엽총에 맞아 죽고 보안계 부장 놈은 그만 자살해버렸다네.

영호 나도 한몫 못 거든 것이 분하네.

태삼 이제부터도 얼마든지 일이 있을 게니 안심하고 때만 기다리게.

인수 나는 자네들이 더욱이 태삼이 자네가 주모가 돼서 해방 당시 한 일과 파옥(破獄)을 하고 광식이를 꺼내 어깨에다 태우고는 막 울며 읍중을 한 바퀴 뛰어 돌고는 데려왔다는 말을 듣고 놀랐네. 그리고 자꾸만 눈물이 나네. 이제 나도 무엇 한 가지 하고 싶은데 —

태삼 고마워. 우리 같이 굳게 단결해서 나가세. 그러면 무엇이든 못 해나갈 게 없을 줄 믿네.

인수 뭐, 구장(區長) 윤(尹)가가 이사를 갔대면서……. 어디로 갔나?

태삼 그것 또 일이 묘하지. 해방되매 인심이 소란하고 법이 없어지며 주먹 세상이 헛터지고 평소 남에게 해꼬지한 놈은 맘을 못 놓는 판에 읍에선 왜놈이건 끄나풀 조선 놈이건 또는 개 같은 친일파 놈들이 여지없이 당하는 바람에 그만 질겁이 나서 윤가란 놈 온다 간다 말도 없이 어떤 밤에 싹 이삿짐을 실리고 말었네그려.

인수 그래 그 집은 송 주사가 맡았다면서. 그렇지만 급자기 이사란 용하기는 하이.

태삼 이 사람아, 그놈이 그만한 수단이 없을까. 집도 송 주사가 맡은 게 아니고 판 것이고, 그 집은 장차 송 주사가 소실 집으로 수리한다대.

인수 소실 집도 좋겠지만 송 주사도 이젠 허전하겠네그려. 임가란 놈이 그 지경 당해 세력 빌리기 어렵고 제집처럼 드나들던 윤가란 놈이 아주 이사를 했으니 이제 어쩔 판인고?

태삼 그러기에 요즘 몹시 인심을 사려고 애를 쓰며, 그전 같으면 벼락이 나릴 밭곡 풀바침도 못 본 체한다네. 그렇지만 치부(致富)야 다 해둘 테지. 그리고 갑돌이란 놈이 굽신대고 알랑거리니까 이놈을 마치 살림꾼 겸 심부름꾼으로 뒀는데, 그놈이 말하자면 스파일세.

인수 그놈이 그리될 줄은 몰랐네. 무슨 딴 배짱이 있어 그러면 혹 몰라도 큰코다치고 싶은 거지.

태삼 아니, 광식이가 온다고 그랬는데 왜 이리 늦을까?

인수 요전에 우리도 찾아봤지만 몹시 몸이 쇠약해졌데그려!

태삼 글쎄, 요즘은 그만하네만 처음에 우리가 데려 내왔을 땐 참 비참했네.

인수 그 지긋지긋한 왜놈들 그리고 그 짐승 같은 경관 놈들 이가 갈
릴 걸세.

이때 막 뒤에서 애들이 '태극기 노래'를 부르며 지나간다. (일동 침묵)

영호 (머리에다 두 손을 대며) 아, 나는 울고만 싶네. 얼마나 그렸던 우
리네들의 노래인고. 내가 전장터에서 무의미한 쌈을 싸우며 적
적할 제도 '고향의 노래들'을 부르면 마음이 가라앉으며 든든
했다네.

인수 우리도 죽도록 탄광 속에서 종일 일을 하고서는 밤에 같이 '고
향의 노래들'을 부르는 게 즐거움이었다네.

태삼 그랬을 걸세.

이때 광식이가 용길이하고 들어오며 웃는다.

태삼 어째 이래 늦었나?

영호·인수 (일어서며) 어서 오게. 우리들은 한참 재미있는 얘기를 하고
난 판일세.

광식 미안들 했네. 무엇 좀 쓰던 것 마저 써버리고 오느라고 이리 늦
었네그려.

용길 (웃으며) 이 사람들아, 내가 기다리고 앉아 있었기에 이리 빨리
쓰고 온 줄 알게. 잠깐 보았지만 무엇 굉장히는 많이 써났데.

태삼 몸이나 쉬지. 무얼 그리 자꾸만 쓰나?

광식 (앉으며) 그야 대수롭지 않지만. 우리가 이리 한자리에 모이게 되니 정말 기뻐어. 한 달 전만 해도 어찌 생각이나 할 수 있었다구.

영호 얼마나 고초를 받았나?

광식 나야 고생될 것 무엇 있나? 같은 조선 내에서 그까짓 몇 달간 지낸 것. 그렇지만 자네야 일 년이 넘도록 전쟁을 하다가 살아온 것이 용하이. 많은 것을 배웠으리라고 믿네.

영호 이제 이렇게 살아 돌아왔으니까 한 경험으로 돌리겠지만 그간 몇 번 사경(死境)을 넘었는지 모르지. 지금도 눈을 감고 있으면 그 진절머리 나는 광경들이 자꾸만 어른거린다네. 요전에도 자다가 말고 꿈을 지르곤 집안사람들을 놀래주었네만 개죽음만도 못한 아까운 젊은이들의 희생이란 정말 맹랑하지…….

광식 앞으로 여러 가지 방면으로 그 체험을 살리게그려.

영호 글쎄, 농촌 일은 자네들이 넉넉히 맡아 일할 테니 차차 시기를 보아 국군(國軍)에 편입될라네. 물론 우리 집에서는 데었던 가슴에 반대할 걸세. 그러나 앞으로의 조선엔 절대로 군력(軍力)이 필요할 걸세. 이것은 무슨 일본 제국주의처럼 침략을 위한 것이 아니고 나라의 기초라고도 보겠지. 소위 평화와 행복을 지키는 역군이라고도 할까. □□ 군력 없는 국가는 미약할 게니까.

광식 거 훌륭한 말이로군. 축하하네. 그러면 영호 군의 경험담은 또 기회 보아 자세히 듣기로 하고 이번엔 인수 군 얘기 좀 들어볼까.

인수 (웃으며) 나야 무슨 얘기가 있나. 그놈들의 일을 몇 해 실컷 해주고 왔을 따름이지.

용길 자네 돈 많이 벌어왔다면서. 그래 몇 만원이나 되나.

인수 이 사람, 어찌해서 돈을 버나. 그냥 있다 살아 나오는 것만 다행이지.

용길 그야 그렇지만 누가 아나. 재수만 있으면야 얻기도 할 테고 줍기도 할 테지.

인수 (웃으며) 그저 조금 쓸 만치 주워 왔네. 허허허.

태삼 용길이 너무 곰파지 말게. 언제든지 적당히 쓸 날이 있을 걸세. 그리 알게.

용길 나도 일본이나 갔었으면 그놈의 폭격 구경도 좀 잘하고 돈도 벌고 왜년들도 곯려주고 올 걸 그랬어. 분한데, 그렇지 않은가? 태삼이 자네도 그 숱하게 아무나 가는 일본 못 갔다 와 좀 섭섭할 걸세.

태삼 그야 그런 어리석은 마음이 전연 없지도 않고 내 아무리 무슨 주장하는 바가 있더라도 징용에 걸렸으면 갔겠지만 난 우리 농촌을 해방 시까지 지키고 있은 걸 큰 자랑으로 알고 있네.

광식 태삼이 말이 옳네. 우리는 언제나 종당은 농촌의 사람이며 비록 가난뱅이 소작일지라도 떳떳한 농민이지.

태삼 이제 우리 그만 오늘 저녁 긴요담으로 들어가세!

일동 잠자코 태삼이를 바라봄.

태삼 광식이, 그러면 요전에도 말하던 조직에 대해서 설명하고 구체적으로 들어가세.

광식 그럼 그러세. 벌써 해방된 지 1개월이 되어도 아직 중앙에서는 이렇다는 성과를 못 보고 우후죽순으로 생긴 정당이 들끓고 있어 어느 시절에 통일이 되려는지 한심한 노릇이고, 언제든지 어떠한 정권이든지 서겠지만 그때 그 정부의 시정(施政)을 넋 없이 기다릴 게 아니라 뻔히 해서 옳은 일이면 비록 적은 일이라도 우리가 해결 짓고 해나가야 될 것 싶어서 우리 동리에서도 우리네 힘을 한데 모아 단결되어 나가자는 것인데, 우선은 청년단을 모아 청년들이 중심이 되고 차차 농민조합에까지 발전시키고 이것이 우리 동리뿐만 아니라 인근 동(洞)에까지라도 발전 보급시켜야 될 줄 아네.

일동 옳은 말일세.

태삼 다 뻔한 노릇이니까 바로 결성하고 부서도 정하고 실지 행동으로 들어가세.

용길 실지 행동이라니?

태삼 이건 무슨 폭력 폭동을 말함이 아니고 정정당당히 떳떳하게 우리들이 해야만 될 일, 해서 옳다고 정해진 것을 행하자는 말일세.

용길 좀 더 구체적으로 말하게.

태삼 한 예를 들면 읍의 청년대가 왜놈들을 모조리 감금시키고 징계한 것도 한 가지겠고, 왜놈들 물건에 탐내고 이욕(利慾)에 눈 벌건 놈들을 철퇴시키는 것도 한 가지겠지만, 우리 농촌에서도 우리들의 생활 향상이며 계몽운동이며 여러 가지 있지 않나.

용길 잘 알았네.

태삼　그러면 청년들을 언제 모두 모이기로 하고 그때 부서는 결정하 겠지만 우선 먼저 한 가지 우리끼리 말해둘 게 있네. 이제야 그 까짓 경찰이 무슨 소용이며 우리의 힘을 누가 막을까.

영호　그러네. 무엇인가?

태삼　물론 난처할 것이 많겠지만 우리가 단결한다면 될 걸세.

영호　글쎄, 어서 말하게.

태삼　허허. 병정님은 성미가 급하군. 다 아다시피 이번 해방되고서 우리의 적이 하나씩 다 물러가고 이제 남은 이 송 주사하고만 잘 해결되면 문제없을 것 같네. 그래 우리가 정당한 결의서(決 議書)를 써서 강력하게 주장을 세우자는 걸세.

인수　그렇게 호락호락 안 넘어갈걸.

태삼　물론 잘 아네. 그렇지만 단결의 힘이 있지 않나.

영호　강건하게 나아가세.

태삼　그러면 내일이라도 곧 청년을 모아 결성식을 하고 내용을 작성 하기로 하세.

광식　그러면 오늘은 이쯤 해두지. 서로 변치 말세.

용길　밖에서 무슨 소리가 나는데 누가 왔나?

이때 밖에서 갑돌이가 어른대다가 사라짐.

영호　아무가 오면 무슨 상관인가. 겁날 것이 있나. 우리들의 할 바를 하세.

태삼　자 그럼 뜻깊은 오늘의 모임을 마음속 깊이들 넣고 헤어지세.

일동 일어서며 헤어지는데 막이 닫힘.

1945. 12. 18.

2막

무대는 이 생원 집 마루. 좁은 뜰이 있고 한옆에 삽작이 있다. 울타리에는 호박덩굴이 엉켜 있다. 점심이 못 된 한나절.

이 생원 (서설거리며) 아, 얘네들이 다 어딜 갔기에 없노. 집을 텅텅 비워놓고.

이때 삽작 밖에서 부르는 소리.

송 주사 이 생원, 집에 있나?

이 생원 (마루에 내려서며 마중을 하며) 난 누구라구요. 이 더운데 어떻게 여기까지 오셨습니까?

송 주사 긴히 꼭 할 말이 있어서 왔네. 그래 아무도 없나?

이 생원 (의심쩍은 듯이 집 안을 돌아보고) 네, 아무도 마침 없습니다만 무슨 말씀인지. 전 도무지 송 주사 뵈올 염의가 없습니다.

송 주사 뭐, 그럴 것 없네. 아 이제 광명 천지에 너무 안 그래도 좋네.

이 생원 (또다시 의심쩍은 듯이) 전 도무지 무슨 말씀인지 잘 못 알아든겠습니다. 언제나 도리를 못 지키니 그저 죄송하옵니다.

송 주사 (마루에 걸터앉으며 단장은 두 손으로 누르고) 서로 해롭지 않은 것 같고 이런 것쯤이야 자네도 꼭 들어줄 것 같지만 ─.

이 생원 무엇이든 분부만 내리시겨우. 못 해드릴 게 있겠습니까?

송 주사 (에헴. 기침을 한 번 하고) 아, 그 벌써 몇 해째 끌어 내려오는 자네 부채(負債) 말일세. 이제 상당한 거액이 아닌가?

이 생원 (고개를 숙이고 굽신거리며) 그렇습지요. 꼭 6천 원이옵지요.

송 주사 그렇지. 그건 그렇고. 자네 딸에 대해서도 말일세.

이 생원 (굽신대며) 네 ─.

송 주사 구장 윤명호는 없네만은 약속은 약속이 아닌가. 자네 딸을 내게 주기로 자네가 서약서까지 쓰지 않았는가? 이 가을이라도 데려가라고…….

이 생원 (한숨을 한 번 쉬고) 네, 틀림없이 그렇게 말씀드렸습니다.

송 주사 (한번 기침을 크게 하고) 그러면 장리 곡식 뭉기기로는 자네 딸을 준다 하지만 그 6천 원으로 말을 하면 이를 어찌하나. 내가 어쩌면 읍내 살림을 할지도 모르니 자네를 그리 종종 만나지도 못할 터인데 ─.

이 생원 아무 데를 가신대도 제 평생을 두고 힘지힘껏 벌어 갚아드립지요. 그러나 너무나 지체가 자꾸 되어 죄송하옵니다.

송 주사 사실 그러이. 자네네 식구를 위해서 집행도 내가 보류하고 있는 터이지.

이 생원 은혜는 잊지 않습니다.

송 주사 그건 그렇고. 요새 왜 이리 시대가 분분한지 모르겠네. 도무지 법이 있나? 상하의 분별이 있나? 원 참.

이 생원 글쎄올시다. 무법천지라더니 그저 주먹 센 놈 세상 같습니다.

송 주사 탈일세 탈이여. 이걸 하나 못 누르고 무슨 정치를 한담. 조선 놈은 틀렸어. 서로 잘났다고 뜯기만 하지만 언제나 남의 시종 노릇이나 할 팔자인가봐. 난 독립이니 무어니 해야 조금도 좋을 게 없네. 오히려 일본 정치하에 있을 땐 척척 질서가 유지되고 편안하더니 낭패거든.

이 생원 촌일수록 백성들이 무지해서 더 나대는 것 같습니다. 송 주사 께서는 가지셨겠다 도회지로 가시면 편하십지요.

송 주사 그게 될 말인가. 내 땅 내 집을 두고 어디를 간단 말인가? 남 이 알면 쫓겨 간다고 그러게. 아이 당토 않은 소리지. 그러면 소 작료나 모두 충실히 낼까 봐 그러나? 어떤 놈이 내게다 행구를 피워? 큰일 나려고.

이 생원 그야 그렇습지요. 이 동리는 모두 송 주사댁으로 살아가는데 누가 그럴 놈이 있겠습니까? 그런 놈이 있다면 천벌이 내릴 겁 니다.

송 주사 (허허 웃으며) 이 사람 아직 깜깜소식이로구먼. 여보게, 그런데 요즘 광식이란 놈 행동이 수상쩍지 않던가?

이 생원 별로 그런 줄 모르겠습니다.

송 주사 아니, 늘 집에 있는가, 자주 쏘다니는가?

이 생원 (놀라며) 아, 그놈이 또 무엇을 저질렀습니까? 늘 집에서 혼자 밤낮없이 무엇인지 자꾸만 써 모읍니다.

송 주사 그럼 알았네. 걔로 말하면 원체 배운 사람이고 교양이 많으니까 무슨 책을 짓느라고 그러는 거지.

이 생원 책인지 무엇인지 어서 빨리 취직하고 월급 받아 다만 얼마씩 이라도 송 주사 어른 빚을 갚아드려야 할 텐데 놀고만 있어 탈입니다.

송 주사 그 사람이야 출세할 걸세. 조선에 대학 출신이 어디 그리 흔하다구. 더구나 광식이는 재주꾼인 데다가 뭐 그놈의 사상가라고 해서 이제는 세상 만났네.

이 생원 그렇기나 하다면 오직 좋겠습니까? 그러나 그놈의 사상인가 무엇인가가 위태해서 일상 불안합지요.

송 주사 걔가 참 그거 한 가지는 큰 병이여. 딴거야 어디로 보든지 나무랄 데가 없지만 대체 공산주의란 다 무엇인가. 어쩌자고 남의 가진 것을 모두 내놓고 같이 나누자는 건가. 이게 불한당이 아니고 무엇이람. 광식이가 어째 그런 물이 들었을까? 하긴 그래. 제가 한 푼 없는 처지에 자네한테 빚은 지워주고 큰돈 벌 재주는 없고 그런 맘도 먹을 테지. 그렇지만 그게 도둑놈 심보지 사람의 짓이람?

이 생원 마땅하십니다. 그리고 말고요. 제 힘지힘껏 벌어서 잘 살라고 그래야지 왜 남의 것을 뺏으려고 들어. 영호 밑에서 이놈들이 마치 보느니 읽느니 쌈싸우는 것뿐이었으니 그럴지는 몰라도 이러다가는 또 망하고 맙니다.

송 주사 (허허허 웃으며) 그것 재미있는 말일세. 왜놈 나라가 저보다 약한 나라를 뺏어 집어먹는 것에 영향을 받았다고? 이건 아주 무슨 학자의 철학 같네그려.

이 생원 이 동리는 송 주사 어른께서 눌러나가셔야만 됩니다.

송 주사 아, 저 왜 그놈 있잖나? 그 당돌한 놈 말일세. 왜 구장하고 임
　　　　　순사를 두들기고는 마침 해방되는 바람에 징역을 면하고 또다
　　　　　시 유치장을 부수고 광식이를 데려온 놈 말일세.

이 생원 네네. 그놈이 또 무얼 어쨌습니까?

송 주사 아니 그런 게 아니라 그놈이 광식이를 아주 지극히 위하느니.
　　　　　그리고 광식이 말이라면 물불을 가리지 않으니 — .

이 생원 원체 어릴 적부터 오늘날까지 변치 않고 꾸준히 절친하기는
　　　　　합니다.

송 주사 그래 말일세. 자네에게 소청이 있단 말이여. 다름이 아니라
　　　　　요새 들으니 태삼이란 놈과 몇몇이 작당해가지고 내게 대항할
　　　　　모양이라는데 — .

이 생원 그게 될 말이오니까. 무법이라니까 고놈이 버릇없이 그러지
　　　　　만 그놈을 가만둘 수 있습니까?

송 주사 자네 말도 지당하네만 그놈을 누를 건 광식이뿐이란 말일세.
　　　　　그래 자네가 꼭 광식이를 타일러 태삼이란 놈의 행동을 누르게
　　　　　하고 당최 무슨 단체든지 이 동내(洞內)에선 못 갖도록 하게.

이 생원 여부 있습니까? 그런 건 문제없습니다. 안심하십시오.

송 주사 난 자네만 꼭 믿네. 그런데 고대 얘기한 것 말일세.

이 생원 어떤 것 말씀이오니까?

송 주사 첫째 자네 귀한 딸을 아무리 약속이로니 내가 소실로 한다니
　　　　　너무 딱한 노릇이여. 그래 이건 취소해주겠고 또 그 6천 원도 반
　　　　　감해서 3천 원으로 해주지만 이젠 공출도 없고 하니 해마다 농

사 잘 지어가지고 더 이자는 없이 그 돈만 해 갚기로 하게.

이생원 (깜짝 놀라며) 그게 정말이오니까. 저는 도무지 꿈만 같습니다. 저의 집도 이제는 대감 덕으로 광명이 왔습니다. 그렇지만 이건 너무 후하십니다. 결초보은하겠습니다.

송주사 아따 그까짓 것 가지고 무얼 그러나. 그러면 이따래도 광식이 오거든 곧 상의해서 결정되는 대로 내게 알리게. 그러자면 광식이가 태삼이란 놈을 만나야 될 걸. 난 자네만 꼭 믿겠네. 이거 너무 늦었군. 벌써 점심 먹을 때가 아닌가.

이생원 (전송하러 일어서며) 오늘은 일부러 오셔서 너무나 황송하옵니다. 조금도 염려 마시고 돌아가십시오. 곧 알려드리옵지요.

송 주사가 나가고 조금 있다가 광식이가 들어온다.

이생원 너 어디 갔다 오니. 이리 좀 앉아라. 마침 잘됐다.

광식 아주머니 산소에 잠깐 다녀오는 길입니다.

이생원 더운데 무얼 거기를 다 갔니? 그래 별로 허물어진 곳은 없디?

광식 제가 풀을 깎고 왔습니다.

이생원 네 아지미가 지금껏 살아 있으면 오죽 기뻤겠니. 그저 슬프구나. 그런데 광식아, 오늘은 참 반가운 일이 있단다. (광식이가 무엇인가 하고 얼굴을 본다.) 지금 막 송 주사 어른이 다녀가셨는데 내게 다 못 할 말씀 없이 오래도록 실토 얘기를 하시곤 옥순이와의 약속은 파기하곤 자유롭게 해주고 그 빚도 반감해주신다 더라.

광식 그건 웬일인가요.

이 생원 들어봐라. 참 이상하지. 아주 일은 간단하거든──.

광식 (의심쩍은 듯이) 간단하다니요?

이 생원 말하자면 무어냐? 시대가 이렇게 되고 보니까 잘잘못간에 남의 위에서 지배하고 호령하고 멋대로 굴던 사람들은 맘을 못 놓는 판인데, 송 주사도 가진 건 많은 데다가 여직껏 못 할 짓도 많이 했거든. 그래 겁이 날 게 아니야? 그래 무슨 탐문을 했는지 태삼이가 패를 지어 송 주사에게 해꼬지하고 무슨 담판을 한다던가? 그렇다고 너를 보고 그런 짓 좀 못 하게 막아달라는 말이다. 실상 따지고 보면 이 동리가 누구 덕에 먹고사니? 그리고 그분이 우리에게는 하느라고 하시느니라. 너 3천 원이 어디냐? 그리고 무엇보담 옥순이가 자유가 되지 않니. 물론 이의가 없겠지.

광식 말하자만 교환 조건으로구면요. 그리고 신변이 위험하니까 매수하자는 것이로구면요.

이 생원 너 매수건 무어건 우리 한집의 그리고 일가족의 생사가 달렸다고도 보겠는데 어떻단 말이냐?

광식 그러면 무슨 큰 은혜도 못 되는데요. 동기가 너무 불순합니다.

이 생원 (소리를 지르며) 뭐 어째. 네가 반대를 하려고 드는 거냐? 이 아재비가 이리 찬성한 일을 네가 깨놓을 테냐? 될 말인가. 어디로 보든지 너는 못 그런다.

광식 …….

이 생원 두말할 것 없이 내 말대로 하자. 태삼이는 네 말이면 무엇이든 잘 들으니까 물어보고 자시고 할 것 없이 그리 정하고. 내 그러면 송 주사께 보고를 하고 무슨 증서라도 주면 받아 오마.

광식 (멈칫하며 말리려다가) 저 그래도 한번 얘기는 해보아야지요.

이 생원 얘기는 무슨 얘기? 친구의 집 형편이 돌아나는데 무슨 딴 뜻이 있겠니. 그럼 다녀오겠다.

이 생원은 그만 나가고 광식이 침울해서 서성대는데 옥순이 책보를 들고 웃는 낯으로 들어옴.

옥순 점심 진지(감자 찐 것) 잡수셨어요?

광식 …….

옥순 아니. 왜 이리 침울하실까. 무엇 화났어요?

광식 (고개를 흔들곤) …….

옥순 왜 그러실까 이상한데? 누가 다녀갔어요?

광식 …….

이때 태삼이 들어옴. 옥순이 인사를 하고 광식은 침묵.

태삼 자네 웬일인가. 오늘은 무슨 일이 있었나? 몹시 우울한가 본데. (옥순이를 쳐다보며) 아마 두 분이 쌈하셨는가요?

옥순 (부끄러워 웃으며) 아니에요. 저도 지금 막 들어왔는데 아무 말이 없답니다. 감자 삶은 거라도 차려 오겠습니다. (안으로 퇴장)

태삼 말하게, 왜 그러나?

광식 도무지 기가 막히여 ──.

태삼 뭐 말인가? 어서 듣세.

광식 오늘 송 주사가 우리 아저씨를 찾아와 그 부채 건과 옥순이 건
을 가지고 농간을 한 다음, 자기의 신변을 보호하기 위해 우리
아저씨께 엿을 먹였네그려.

태삼 엿을 먹였다니?

광식 아 글쎄, 자네를 가장 불한당으로 몰아돌리곤 우리들의 조직을
무슨 공산당으로 여기는 모양이고 무슨 폭력이나 하는 줄 아는
가 보데그려.

태삼 그래 어쨌나?

광식 우리 아저씨가 언제나 그 빚으로 인해 늘 굽신대니까 자네와 내
가 친한 것을 이용해서 우리들 회합을 문지르라고 하는 판이며
그 책임을 내게다 맡기어 하라 하며, 우리 아저씨는 그야 문제
냐고 그러면서 안심하라고 그러곤 내 의견도 채 듣기 전에 그만
그리 보고한다고 나가셨네그려.

태삼 그래 자네가 왜 못 막았나?

광식 그저 나의 정신 혼돈이며 의지박약이지만 아직 결정된 건 아니
니까. 아아, 골치 아퍼.

태삼 이 사람아, 그까짓 것 가지고 무에 골치를 앓나? 단연코 격퇴하
고 우리의 승리를 얻어야지.

광식 아, 괴롭다.

태삼 왜 그러나. 아마 자네 빚 까닭에 그러는 모양이지만 본전 갚은
지가 벌써 언젠데, 그 새끼에 새끼를 친 이자를 평생 갚는단 말
인가? 왜놈들의 잔악한 정치 밑에서야 그놈들의 잔인한 법률에

눌렸지만 새 세상에서도 그런 것을 지킬 의무가 어디 있단 말인가?

광식 그런데 여보게, 나의 입장은 다르지 않은가? 아무리 내 학비로 빚을 졌대도 내 부모 같으면 아무 짓을 한다 하지만 아저씨의 사정을 생각하니 (휴, 한숨) 더욱 옥순의 건을 자유로 해준다는 바람에 아저씨가 귀가 번쩍 뜨여 서두르는 판이니.

태삼 아 그놈의 금전! 그렇지만 그게 다 일시의 꾀임 수작일 게니. 그리고 송 주사의 의견이 아니라도 그래. 옥순 씨를 옛소 하고 내놓으려고 그랬나?

광식 나는 내가 떳떳이 그 돈을 못 내놓으니 슬프네. 아저씨가 아까도 6천 원 빚을 반감해준다고 그러면서 좋아하시는 걸 보니…….

태삼 염려 말게. 어쨌든지 되는 수가 있겠지. 어디까지 우리는 뻗대나가야 하네.

이때 밖에서 떠들썩하는 소리. 이 생원이 먼저 들어오고 송 주사도 웃는 낯으로 들어온다.

송 주사 (광식이를 쳐다보며) 신통한 생각일세! 뭐 태삼이도 있구나. 그저 우리 동리는 자네들 젊은 사람이 잘 해나가야만 되느니.

이 생원 니들 마침 잘 모였다. 지금 내가 송 주사께 가서 여쭈니까 여간만 신통히 여기시는 게 아니란 말이여. 무엇 요새 분분한 소리가 들리더라만 니들이야 착실한 생각을 하고 있겠지만, 그 누구냐 병정 갔다 온 놈과 징용 갔다 온 놈과 서로 친한 터에 건방지게 일을 꾸미는가 보지만 니들이 꽉 눌러준다면 문제없을 테지.

태삼 아저씨, 저는 무슨 말씀인지 잘 못 알아듣겠습니다.

이 생원 뻔하지. 무에 모른단 말이냐. 너 비위에 안 맞니?

태삼 마치 영호와 인수를 무슨 악당으로 취급하시는가 본데 당치 않은 말씀이며 또 딴 사람에게는 저나 광식이를 그렇게 말씀하실 테지요.

이 생원 이건 무슨 시비를 놓는 거냐? 송 주사 어른도 계시고 한데 ─ .

태삼 아무가 있건 말건 그렇다는 얘기뿐입니다.

송 주사 응, 넌 언제나 당돌하구나. 네 감히 어디서 그런 말버릇이냐. (이 생원을 바라보며) 벌써 자네 말과는 틀려들어가는데.

이 생원 아닙니다. 그렇잖습니다. (광식이를 보며) 너 그래 무슨 딴 의견이 있니?

태삼 아저씨, 가만히 계십시오. 남의 약점을 이용해서 자기의 배를 채우는 건 사람이 아닙니다. 떳떳한 인생관에서 매사를 해야 될 줄 압니다. 아저씨는 우선 앞만 보시고 눈을 어둡히셨지만 좀 더 새로운 눈으로 보십시오.

이 생원 네가 누구를 훈계하는 셈이냐.

태삼 그럴 리가 있습니까? 저는 이 부락을 위하고 우리 농민을 위해서 하는 말입니다.

이 생원 그런 사람이 남의 일을 훼방치려고 들어?

태삼 그것을 훼방으로밖에 못 생각하십니까? 저는 광식이의 쓰라린 입장을 잘 알고 있습니다. 결국은 돈이 있으면 모든 게 해결되지 않겠어요.

이 생원 그래 그 돈이 어디 있단 말인가.

태삼 걱정 마세요. 제가 훔쳐다래도 갚아드릴 테니.

송 주사 얘 이놈, 너 대단허구나. 너의 뱃심은 안 지 오래다. 그래 여러
말 할 것 없이 당장에 6천 원을 내놓고 곡식도 내놔라.

태삼 이건 누구보고 이놈 저놈 욕입니까? 내놓으면 어쩔 테며 뒷일
도 생각하시오.

송 주사 아 글쎄, 이놈이 내게다 이게 할 소린가? 이런 놈은 그저 둘
수 없네. (광식이를 보고) 넌 어째 잠자코만 있니? 얘 요놈들 누가
어찌 되나 해보자.

태삼 해볼 테면 해봅시다.

송 주사 그래도 이놈 봐라. 네놈 누구 할 것 없이 내게 활질 하는 놈은
모두 떨어 쫓을 테니 그리 알어라.

이때 영호, 인수 들어오며 모두를 쳐다본다.

영호 광식이, 왜들 이러시나. 몹시도 소란하신데그려.

광식 …….

태삼 자네들 마침 잘 왔네. 자 이젠 모일 사람은 다 모였네. 우리 판결
을 짓세.

송 주사 그래 니놈들이 어쩔 테냐? 이 괘씸한 놈들아.

인수 지금 오다가 옥순 씨께 대강 이야기는 들었지요. 두말할 것 없
이 문제의 돈이 얼마요?

송 주사 흥, 네놈이 돈 좀 벌어 왔대더라. 어떻게 번 돈인 줄은 모르겠

다만 그래 셈을 친다니 어디 받아보자꾸나.

이 생원 (인수에게로 덤비며) 글쎄, 자네들 이 이게 무슨 수작들인가? 잘 처결할 일도 어그러트려놓고 마니. 아이 답답해라. 원 이런.

인수 (주머니에서 지전 뭉치를 꺼내며) 대체 얼만지 말하시오!

송주사 그러자. 우선 6천 원. 그리고 장리 곡식이 열두 섬. 어서 내놔 봐라.

인수 6천 원이라니. 본전은 벌써 갚았다는데 웬 게 그리 많소?

송주사 멀쩡하니 이자 늘어가는 건 모르느냐? 벌써 몇 해짼데.

인수 그래 꼭 다 받아야만 되겠소? 그럼 왜 반감 소리는 했는가?

송주사 그거는 네가 알 바 아니다. 네가 내겠으면 6천 원을 어서 내라.

인수 정히 받겠다면 옛소. 6천 원 받으시오. 그러나 뒷일은 후회 마시오? (꺼내 던짐)

송주사 얘 이놈, 버릇없이 어디다 던지느냐? 그러면 너 곡식은 어찌 하니?

인수 아직 떨지 않은 곡식을 내란 말인가?

송주사 내란 말인가? 이 멀쩡한 불한당 놈들. (주머니에서 피스톨을 꺼 내 겨누며) 꼼짝 마라. 하늘 무서운지 모르느냐?

인수, 태삼, 영호, 손을 들고 노리고 섰다.

송주사 니놈들로 인해 우리 동리는 망하는 줄 알어라. 오히려 배웠다 는 광식이는 가만히 있는데 지식도 천박한 니놈들이 왜 나대는 거냐? 니놈들은 일본 헌병대에다 유치할 테니 그런 줄 알아라.

이때 뒤에서 광식이가 섰다가 피스톨을 탁 치고는 떨어진 것을 얼핏
주워 든다.

광식 (송 주사를 향해) 그런 헛된 말은 그만두시오. 젊은이들의 힘을 도
와주지는 못하나마 왜 분질러 꺾으려고만 드시오? 일개인의 이
욕을 채우기 위해선 아무것도 헤아리지 않는단 말이지요. 시대
가 바뀌었음을 아시오. 송 주사는 일본 제국주의 정치 밑에서
그 정치가 제일 훌륭한 줄 알고 보호도 받아왔지만 이제는 그놈
들이 망했으니 어찌하겠소? 그리고 이 피스톨은 어디서 구했는
지 남을 쏘려고 들면 자기가 쏘이킴을 아시오. 우리는 다 같은
동포끼리가 아니요. 더구나 어찌 됐든 우리는 한 동리에서 서로
도움이 되며 살아오지 않았소. 물론 송 주사는 우리들이 부치는
농터가 당신의 소유라는 것을 주장하시겠지.

송 주사 (어이가 없어서) 그래 어쨌단 말이냐?

광식 가만히 계시오. 그러나 생각해보시오. 언제나 변함없이 극히 소
수 몇 사람만 호강을 해야만 옳겠으며 더구나 그나마도 노골적
으로 착취를 해가야만 되겠단 말이오? 세상이 바뀐 것처럼 마
음을 갈아 잡수시오. 우리가 요구하는 건 결코 강제적이 아니고
타협적이고 정당하니까 송 주사가 들어주든 안 들어주든 실행
을 할 테니 그리 아시오. 대세를 어찌하겠습니까?

송 주사 너마저 이럴 줄은 몰랐다. 아무리 개소릴 떠든대도 나는 나의
할 바가 있으니 그리 알아라.

인수   옛소. 이게 우리들 합의 결의서니까 읽어보시오. 그리고 차용증
　　　　서와 영수증을 내시오.

송주사   결의서? 그래 이건 내가 니들 범행의 증거로 두겠다. 증서는
　　　　받으러 오너라. 누가 어찌 되나 해봐라.

광식   이건 안 갖고 가시오? (피스톨을 보이며)

송주사   내놔라.

광식   (웃고 겨누며) 한 방 맞고 싶소? 이건 내가 당신의 범행의 증거로
　　　　뒤두리다.

송주사   괘씸한 놈들 튁 ── (이 생원도 따라서 퇴장)

일동   하하하!

1945. 12. 19.

3막

무대는 인수의 방. 때는 초저녁. 인수는 양복 하의에다 흰 와이셔츠
를 입고 서 있다.

인수   (팔목시계를 보며) 모두들 올 텐데?

옥규   아저씨 계세요? (들어오며 웃는다.)

인수   어, 옥규로군. 그래 누님은?

옥규   밖에 서 있어요.

인수   (나가서 맞아들이며) 들어오시지요. 무례하게도 호출을 내서 미안

합니다.

옥순 (웃으며 예를 하고) 천만의 말씀입니다. 그러나 오전에는 저희들 집 일로 해서 너무나 죄송했습니다.

인수 무얼요. 내 고향을 위해서 그리고 우리 농촌을 위해서 조그만치라도 도움이 되면 만족할 뿐입니다. 그런데 광식 군은 집에 있지요?

옥순 네, 계십니다. 오늘도 무엇을 쓰시느라고 한참 바쁘신가 봐요.

인수 그러면 오늘 뵈신 건 차차 여쭙겠고 또 아시겠으니 잠깐만 저희들 집 안에 가셔서 기다려주십시오. (옥규를 보며) 누님 뫼시고 안에 들어가서 놀아요 응.

옥순, 옥규, 안으로 들어가고 조금 있다가 태삼이가 수선하게 들어옴.

태삼 아무도 아직 안 왔군? 그래 얼마나 잘 차려놓고 오시라는 건가?

인수 (허허허) 무엇이든 자네는 선등이로군. 아다시피 지금 한참 굶주릴 판에 무에 있나? 이제 금년부터는 그놈의 강도 수단의 공출인가 뭔가가 없어질 테니 올가을은 배 좀 축여볼 테지. 아직 추석도 안 됐으니 뻔하잖나?

태삼 그렇긴 그러네. 참 억울하게 다 뺏겼지. 요놈들이 아직 뻗대고 항복을 안 했으면 요새 이 더운 판에도 뭐 송근(松根)이니 송탄(松炭)이니 하며 별별 개수작을 다 붙이며 들들 볶을 것이었지만, 글쎄 그래 가지고 회계나 닿느냐 말야. 우스운 놈들. 그저 왜놈들은 잘어. 천상 섬나라 인종이란 할 수 없거든.

인수 이 사람, 더운데 웬 열변을 그리 토하나. 땀나네, 그만해두게. 옛
네, 부채나 부치게.

태삼 난 언제나 생각만 하면 고놈들 이가 바짝바짝 갈리니까.

인수 허허허. 자네야말로 정말 우리들의 둘도 없는 투사여. 여간만
든든하지 않네.

태삼 너무 이럴 게 아니로군. 아 그런데 옥순 씨는 뫼셨겠지?

인수 (안쪽을 쳐다보곤) 아까 오셨는데 안에 가 기다리시도록 했네. 옥
규도 같이 왔으니까.

태삼 일을 잘 진행시키게. 내 담당은 염려 말고.

인수 옥순 씨는 물론 모르시겠지만 광식 군도 전혀 모를 테지?

태삼 (웃으며) 그럼 캄캄 속이지. 그저 우리가 모두들 서로 반갑게 만
나게 되었으니까 이런 모둠을 갖는 줄 알지.

인수 (흥흥) 그거 잘됐어. 그런데 광식이가 오늘 원고 발표를 하게 되
겠지?

태삼 무엇 굉장히는 많이 써 모아놨더군. 이번 추석의 우리 농민 연
예대회는 아주 훌륭하게 될 걸세.

인수 미리부터 즐거운데. 그러면 내일부터라도 밤마다 틈을 타서 연
습을 해야지?

태삼 그야 물론이지. 다들 잘할 테지만 금년은 의미가 다르니까 좋은
결과를 얻을 거야.

인수 왜들 이리 늦을까? 들에서 아직들 안 들어왔을 리는 없는데?

영호 (뛰어 들어오며) 모두 왔나? 너무 늦어 미안하이. (둘러보더니) 무
엇 내가 둘째로구먼. 허허허.

태삼 이 사람, 땀이나 좀 씻게. 막 뛰어왔나베그려. 병정 님은 다르군. 그런데 용길이도 안 오고 광식이도 늦으니 내가 다녀올까?

영호 저쪽에서 누가 오더니만 용길일 걸세.

이때 용길이가 광식이하고 들어오며 굽신거림.

광식 번번이 지각을 해서 미안하네. 그저 눌러 용서들 하게.

인수 (웃으며) 안 되네. 벌을 켜야지. 처벌은 이따 내가 명령함세.

광식 (웃으며) 이거 큰일 났는데. 그렇지만 할 수 있나. 무엇이든 받겠네.

인수 광식이는 그렇지만 용길이는 어째 늦었노?

용길 모르는 소리 말게. 이걸 봐요. (종이 뭉치를 보이며) 벌써부터 광식이를 찾아갔더니 조금만 더 쓴다고 고친다고 그래서 내가 재촉을 해가지고 이렇게 내가 들고 왔네.

인수 그럼 용길이는 특사하지.

일동 착석. 잠시 침묵.

인수 이제는 모두 모였나베. 그럼 내 한마디 떠들겠네. 오늘의 모임은 다들 아다시피 우리 동지들의 역사적 회합이라고도 하겠으며 이번 우리들 해방을 위해 싸워주시고 희생하신 여러 어른께 감사와 추도도 드릴뿐더러 우리들 농촌의 건전 발전과 또 우리네 농민의 앞길을 축복하기 위한 회합이라고도 보겠습니다. 그리고 이번 우리들 명절 추석 연예대회엔 특히 광식 군의 열렬한 원고를 가지고 모든 것을 하게 되어 오늘 그 내용 발표와 의견 교환도 있고 구체적 계획도 있을 것이며, 끝으로 우리 동지들의 가장 즐겁고 명랑한 축복할 일을 위한 회합이니 대체 그 무엇일까. 많은 기대를 가지고 기다리십시오. (에헴 하고)

일동 웃으며 박수.

태삼 이번엔 내가 한마디. 요전에 송 주사와의 충돌이 있었지만 이것은 결코 우리가 단체의 힘을 빌려 개인을 구박하자는 야비한 짓이 아니고 당당히 우리들의 걸어갈 길을 역사의 흐름을 따라 용감스럽게 실천 감행했다는 것을 서로 굳게 인식하고 앞으로도 더욱 우리 농민을 위해서 우리네 젊은 사람들이 힘을 모을 것을 맹세합시다. 이건 내 개인 판단이지만 송 주사도 깊이 반성하고 반드시 우리에게 타협적으로 나오고 굽을 것을 나는 믿네. 그러면 우리들의 최후까지의 승리 발전을 축복하며 그만두겠네.

일동 박수.

용길 얘기는 천천히 하고 헛헛한데 어서 먹을 것을 내놔야지 어쩌잔 말이여.
인수 (허허허) 조금만 참게. 일대 성찬이라니 그리 빨리 장만이 되나?

이때 갑돌이가 등장. 일동 □□할 뿐. 용길이가 가까이 다가가며 주먹을 든다.

용길 너 이 자식, 무슨 염치로 뻔뻔스럽게 여기를 다 왔니? 너 뼈다귀를 추리고 싶으냐?

갑돌 자네들이 아무 소리를 하고 나를 벌해도 받겠네만 내 자세한 얘기나 듣고서 처벌해주게.

용길 네가 또 무슨 내숭을 떨고 고자질을 하려고 드는 거냐? (한 대 때림)

갑돌 가만들 있게. 내가 자네들을 배반하고 거역할 리가 있겠으며 그러고서 이 동리서 살 수 있겠나?

용길 그럼, 너 왜 스파이 노릇을 했니?

갑돌 어떤 동기로든지 잠시라도 내가 송 주사댁에 붙은 것은 잘못이겠지만 나도 목적이 있었네.

용길 목적이란 무에 말라붙은 목적이냐?

갑돌 들어보게. 나도 별로 아는 건 없지만 우리들 일을 잘 성사시키는 데 도움이 되려고 구장 윤가가 이사 간 틈을 타서 송 주사에게 비위를 맞춘 것이지만 이것은 무슨 이욕을 탐낸 것은 아니었고 사실인즉 여러 가지로 요즘 일당 한 사람의 경력도 얘기하고 세상 형편도 얘기하면서 완고한 생각을 버리도록 힘썼네. 그러기에 요전에 자네들 송 주사와의 일이 있지 않았나? 그후 몹시 근심 걱정을 하며 더욱 피스톨 쓴 것을 후회하고 조석도 잘 안 먹고 그러면서 자꾸만 내게다 상의하는 게 아닌가. 나는 다 같은 청년이니까 서로 얘기하면 알 거라고. 그래 내가 무어라고 얘기하느냐고 그러니까 일전 결의서는 모두 응락하겠고 일간 자네들을 초청해서 여러 가지 상의한다네.

용길 그게 정말인가? 결국은 겁이 나서 그러는 거지.

갑돌 아닐세. 여러 가지로 자기의 밟아온 길을 반성하고 후회했나 보데. 이제는 좋은 일엔 무엇이든 협력할 의사가 있나 보데.

광식 (갑돌이를 보고) 자네의 얘기에 거짓이 없으리라고 나는 믿고 싶고 송 주사가 굽히게 된 것에 대해서는 자네의 충언이 많은 도움이 된 것도 잘 아네. 그러나 자네가 처음부터 정정당당히 우리들과 같이 손을 잡지 못한 것은 그 동기 여하를 불문하고 젊은이의 큰 실책일세.

갑돌 나도 그리 생각하고 있네. 동무들이 용서하게. 그리고 나의 본의만은 알아준 게 고마워. 나도 이제부터는 자네들과 함께 일을 하겠네.

광식 그렇지만 사람이란 의리가 있어야 되지 않나? 어찌 됐든 여직껏 송 주사에게 충성을 보여오다가 송 주사가 마음을 고쳤다고는 하지만 아직 이렇다는 발표도 서약도 없으니까 그런 일이 끝난 뒤에라야 자네가 떳떳이 우리 회합에 가입할 수 있을 걸세.

갑돌 하기는 그러네. 나의 천견(淺見)이었네. 그럼 내 일간 틀림없이 발표토록 하고 꼭 자네들에게 신의를 뵈겠네. 그럼 이만 실례하겠네. 또 후일 만나겠네.

광식 그럴 게 아니여. 가만히 있게.

갑돌 아닐세, 도무지 내 양심이 떳떳지 못하니 다음 날 당당히 참석

하겠네.

갑돌 퇴장하고 일동 바라만 봄.

태삼 난 한마디도 안 하고 듣고만 있었지만 설마 저놈이 능청 피우는 건 아니겠지?

영호 제가 또다시 그러다간 내 주먹이 용서치 않으리. 허허허.

인수 갑돌이 말은 절대 사실로 믿네. 이제 완전히 승리는 우리에게 왔네. 우리 마음 놓고 동리를 위하고 농민들을 위하고 동포들을 위해서 하나씩 둘씩 일해나가세. 오늘은 경사스러운 일뿐일세그려.

태삼 그럼, 연회로 들어가지. 어서 술도 내오게그려. (인수에게 눈짓하며) 빈틈없이 잘하게.

인수 염려 말게. (광식이를 보고) 자네 약속은 약속이니깐 벌을 키게.

광식 (웃으며) 어서 말하게. 키겠네.

인수 다른 게 아니라 이제부터 음식상을 내올 테니 자네가 여기 문 옆에 섰다가 모두 받아들이고 차려놔야 되네. 이게 벌일세.

광식 원 그런 벌은 쉽기도 하네. 경찰서 놈들에게 키든 걸 생각하면 기가 막히지.

광식이 문 옆에 서고 인수는 안으로 들어가고 일동은 앉는다. 안에서 인수 기침 소리가 나니까 광식이 허둥대고 있는데 옥순이가 쓱 들어서는 걸 상인 줄 알고 광식이가 붙들어 들임. 뒤에 옥규가 들어오고 일동 대소하며 박수갈채. 광식은 머리를 긁고 옥순은 고개를 숙이고 있는데 인수가 웃으며 들어옴.

인수 왜 상을 안 받곤 남의 색시를 안는가?

광식 이 사람, 장난이 심하군. 난 큰 봉변을 당한걸.

태삼 (손을 치고 웃으며) 인수, 용하게 됐네. 성공 성공. 만족하네.

영호 미리 꾸몄구만. 잘됐네. 잘됐어.

인수 그럼 모두 정숙히 하세. 이제부터 두 가지 일을 발표하지. 한 가지는 조금 있다가 광식이의 추석날 농민극에 대한 구체적인 말이 있을 거고, 둘째는 우리 청년단의 굳은 결의여서 정했지만 이번 추석을 기하여 정오에 동리 회관에서 동지들이 모여서 뜻깊은 예식을 할 텐데 이것은 다름이 아니라 광식 군과 옥순 양의 백년해로를 맹세하고 더욱 두 분이 힘을 합해 우리 농촌의 지도자가 되도록 하자는 것입니다. 그런데 만약 두 분 중 한 분이라도 반대가 있다면 우리들의 결의를 무시하고 대항하는 것으로 보아 여지없이 본동에서 추방케 될 것입니다.

일동 웃으며 박수.

광식 (머리를 긁으며) 이거 도무지⋯⋯. 난 모르겠네. 자네들 맘대로 해보게.

태삼 (옥순이를 보고) 이리 좀 다가앉으세요. 오늘은 말하자면 정식 약혼과 매한가지고 이번 추석날이 우리가 택일한 경사스러운 결혼 날입니다. 이것도 결의로다 정한 것이지만 제가 변변치는 못하지만 주례를 서게 됐습니다. 그래 놓으니 어찌합니까. 미흡하나마 저의 직책을 완전히 지켜야 하지 않겠습니까? 그러면 지금부터 별난 약혼식을 하겠으니 두 분이 이리 오세요.

광식과 옥순이 다가앉고 옥규는 싱글대고 일동은 주목. 태삼이가 옥순의 손을 내놓게 하고 그 위에 광식의 손을 또 그 위에 옥순의 손, 나중에 광식의 손을 얹는다.

태삼 이로써 약혼식은 끝났습니다.

일동 박수.

인수 자, 그럼 우선 축사를 듣고 만찬회로 들어가기로 하고 원고 발표도 듣기로 합시다.

일동 잔을 높이 추켜듦. 인수를 따라 들이마시고 우리 동지들 만세! 하고 옥순이는 감회에 못 이겨 엎드려 울 때 막이 내림.

1945. 12. 20.

수필

파리채

내 머리맡 요 옆에는 타구와 함께 파리채도 같이 놓여 있다. 이 파리채란 비록 망그러진 것일망정 작년 여름내 애용하던 것인데 사뭇 방 한구석 못에 걸려 때를 기다리고 있었던 것이다. 그러면 밤낮없이 내 옆에다 마련해놓은 이 파리채로 무엇을 어찌한다는 것일까?

작하(昨夏)의 되풀이 재작하(再昨夏)의 되풀이하고 자랑스럽지도 못한 요양(療養) 회상(回想)을 뇌어봄도 고소(苦笑)를 면치 못하는 바지만 낮에는 파리 놈, 밤에는 모기 놈, 기타에 무엇이든 내게 해를 끼치고 항차 창백한 내 몸뚱이의 살점이고 핏방울을 탐내는 놈이라면 여지없이 모두 잡아치우자는 심사(心思)에서다.

사시(四時)로 일 년 내내 개방요법(開放療法)을 하고 있는 내 방이니까 여름이 되면 열어제낀 문으로 얼싸 좋다 하고 매일같이 틀림없이 낮에는 파리, 밤에는 모기의 습격·공격을 받는 것인데, 그러면 이

것을 왜 미연에 방지를 못 하며 또는 그야말로 원시 방법으로의 타살법(打殺法) 말고 좀 더 과학적인 초액(草液) 분말(粉末) 등을 살포할 수도 있지 않은가.

물론 그렇다. 그러나 이것은 비단 사소한 비용이나마 이를 절약해 보겠다는 장기(長期) 환자로서의 심사(心思)뿐만이 아니라 나의 시시(時時)로의 심적 변화를 품으며 내휘두르는 파리채에서 색다른 위안과 여러 가지 □□를 받는 만큼 해마다 이 방법을 되풀이하며 즐기는 것이다.

무료하기 짝이 없는 여름날, 책 읽기도 싫어지고 만연히 묵상에 젖고 있을 때 남창(南窓)으로 솔곰 새어드는 그 시원한 바람에 그만 도취된 채 어스름 낮잠이 들어버리면 그다음은 파리 놈들의 자유무대가 벌어지며 지들 맘먹은 대로 빨며 핥으며 희희낙락할 수 있는 것이며 의례히 기다렸다는 듯이 내 얼굴이며 팔다리 할 것 없이 노출된 육신부문(肉身部門)이면 근심스레 무슨 □□이나 해주는 듯이 여러 마리가 어루만지고 다니는 것을 의식하면서 참다못해 귀찮으면 내 달콤한 백일몽은 그만 사라지고 눈이 뜨이면서 분노와 함께 파리채를 들지 않는가. 이럴 때의 나의 자태란 마치 출정 장병의 위용에 비슷하리라.

우선 가까운 거리에서부터 탁탁 잡아가면서 곧 장소를 택하고는 사체(死體)를 모아가는 것인데 잡기 곤란한 곳에 있는 놈을 장판 바닥으로 유도할 때의 나의 작전계획이란 백계신출(百計新出)이 아닌가. 잠시 동안에 꺼먼 무더기가 제법 어울리면서 나의 화도 풀어지는 것이지만 잡아도 잡아도 어디서 날아오는지 이 사형장에 틀림없는 내 방에 찾아오는 파리 놈들, 그리고 내게 귀찮게 굴면 마땅히 사형을 받으리라는 것을 번연히 알면서도 덤벼드는 파리 놈들의 집요성(執拗性), 이것이 파리의 본성이고 본능인지는 몰라도 대담한 요 미물들이 대(對)사회적 그 무엇을 연상시키며 미소를 줄 제는 무슨 사회과학가가 된 것처럼 이 무수한 주검 앞에서 나는 파리채를 놓고는 태연히 자리에 다시 누워버린다.

음식물에 덤빌 때의 그 □□스런 태도에는 밉다 못해 귀여운 맛이 날 때도 있다. 그러나 언젠가 현미경으로 파리의 정체를 보았을 때의 그로테스크했던 추상(追想)을 한다면 무망결에 소름이 끼쳐오기도 하지만 매일같이 눈치 없는 파리와 매질하는 나는 살생(殺生)으로 말미암아 천당엘 못 가는지도 모른다. 그러나 나는 이뿐에 멈추지 않고 날마다 밤이면 모기와 또 싸우지 않으면 안 된다. 모기장을 쳐버리면 문제는 없겠지만 내가 불편도 할뿐더러 미여진 구멍들을 정성 들여 꿰매 고치기도 싫어서 모기장은 고물(古物)로 두어둔 채 낮에 쓰던 무기를 사용한다. 어둠과 함께 사람 냄새를 맡고서 왱왱거리고 날아드는 모기를, 잠시 전등을 껐다가 한참 있다 스위치를 탁 누르는 날이면 옮겨갈 바를 모르고 난무(亂舞)를 하다가 벽에 붙어버리는 모기들. 수확물이 많을 땐 잠시 창문을 닫아버렸다. 남김없이 잡아버리자는 심산이다. 파리채를 들고서 한 놈 한 놈 겨누는 내 정신통일은 완전히 집중적이다.

이럴 때마다 나는 수양을 쌓아가는지도 모른지만 탁탁 죽여가는 통쾌감이란 비할 데가 없다. 더구나 한참 자다가 요놈들에게 쏘이고서 분노 끝에 잠뱅이 바람으로 일어나서 온 방 안을 헤맬 때는 마치 전일

(前日)의 꿩이나 노루 사냥을 다니는 때를 방불시키는 것이 아닌가.

그런데 이상하다. 발병하고 한동안 살생이 몹시도 싫어 육식이 께름하고 꽃 한 가지 꺾는 데도 마음을 쓰고 아무리 진미(珍味)라 한대도 집에서 기르던 닭이면 이를 먹지 못했던 나였는데 십 년째나 요양을 하다 보니 연령의 차(差)에서 오는 인생관의 변이 또는 주검에 대한 관점이 달라진 건 사실이겠지만, 자신 가장 진정한 생사의 판단자가 된 듯하며 한마음 마땅히 죽어야만 할 것, 아니 죽여야만 할 것이라면 조금도 그 주검에 개의치 않게 되었다.

이는 시대의 탓도 있으리라. 아니 민생고에서 오는 살벌한 환자의 신경에다 병자의 특독(特獨)한, 더욱이 과격한 내 성격이 발작한 것인지도 모른다.

내가 파리와 모기를 예사로 죽이는 건 나를 해치는 놈이니까, 누구나 다 싫어하는 미물이니까 □□□하겠지만 요즘 내가 파리채 휘두르는 것보담도 더 용이(容易)롭게 팡팡 쏘아대는 총포 살인 사건들은 대체 어떠한 신경의 조작일까.

내가 파리채를 자주 쓰지 않게 되는 날 여름은 가고 구미(口味) 도는 요양의 절호 시즌인 가을이 찾아오고 다시 파리채를 방구석 못에다 걸듯이, 동족상잔의 얄궂은 내란도 헐어진 무기들도 이것을 무질서하게 쓰지 않고 규율정연하게 창고에 정돈하는 날 남북은 통일이 되고 우리의 참다운 자주정부가 서지 않을까. 아, 그날이 빨리 오거라.

첫째 나라가 서야 민생 문제의 근본적 해결도 있겠고 병고에 허덕이는 수많은 우리 요우(療友)들에게도 어떠한 광명이 있을 것이 아닌가?

1949. 6. 5.

좌우론

좌우(左右), 상하(上下), 음양(陰陽)…….
모다 대척적인 조화철리(調和哲理)가 아니겠어유.

*

요즘 세상이 몹시도 소란한데
지도자 사상가 분들 말씀 좀 해줘유.
좌익은 왼쪽 날개, 우익은 바른쪽 날개
그래 어쨌단 말이유.
새도 날벌레도 두 날개로 날른데유.

* 이 작품은 해방 직후에 쓰인 것으로 짐작됨.

＊

'탁치'인지 '칼치'인지 '새치'인지 가지고
왜들 욕설이구 주먹질이유.
'탁치'도 물생선 아니유. 가져 조려유.
이런! 벌써 군침이 돌며 한 □□ 생각이 나잖어!

＊

요샌 '탕관' '감투' 없는 베슬이 유행인가 봐유.
누구든지 입담 좋고 주먹만 세면
'자칭 ×××'가 막 되나 봐유.
'지지'면 빨강 사상가, '반대'면 하양 사상가,
일정(日政) 때는 왜들 사상가가 못 되구
인제 와서 야단들석인가유.
무슨 투기처럼 걸리면 한몫 보려는 거지유.

＊

'캇타 ─' 생각이 나유.
좌조우(左漕牛), 우조우(右漕牛)가 정신없이 일구는 소동(騷動)이
'산□식(山□式)'으로 없어져가는 그것 말이유.
그런데 서울서 젓는 물결은 시골로 올수록 더 커지는가 보지유.

동요·동시집 서지 정보

1. 송아지 (1947, 미간행)

① 1947년 3월경에 엮은 육필 동요집. 15×19cm. 55면.

② 총 47편 수록(누락된 작품 제외한 편수).

③ '머리말' 있음.

④ 차례 없음. 원문의 4~7면이 누락된 걸로 보아, 여기에 차례와 1부 속지가 있었을 것으로 추정됨.

⑤ 원문 14~15, 18~19, 30~31, 38~39, 46~47면 누락됨.

2. 하늘과 바다 (1947, 미간행)

① 1947년 7월에 엮은 육필 동요집. 13×19cm.

② 총 45편 수록(재수록작 24편).

③ '머리말'이 있으나 『송아지』 '머리말'과 동일함.

④ 차례 일부가 누락됨.

⑤ 면수 표시 없어서 누락된 면수가 있는지 확인 불가함.

3. 우리 시골 (1947, 미간행)

① 1947년 12월경에 엮은 육필 동요집. 15×19cm. 63면.

② 총 44편 수록(누락된 작품 제외한 편수, 재수록작 7편).

③ '머리말' 없음.

④ 차례 없음(3~9면 누락, 여기에 차례가 적혀 있었을 것으로 추정).

⑤ 본문 40~41, 48~49, 58~59면 누락됨.

4. 어린 나무꾼 (1947, 미간행)

① 1947년(월수는 모름)에 엮은 육필 동요집. 15×19cm. 53면.

② 총 36편 수록(재수록작 8편).

③ '머리말'과 차례 없음.

④ 면수 표시가 거의 보이지 않아 누락된 면수가 있는지 확인 불가.

5. 물동우 (1948, 미간행)

① 1948년 3월〔仲春〕에 엮은 것으로 추정되는 육필 동요집. 13×19cm.

② 총 30편 수록(누락된 작품 제외한 편수, 재수록작 6편).

③ '머리말' 있음.

④ 차례 없음(4~9면 누락, 여기에 차례가 적혀 있었을 것으로 추정).

⑤ 본문 40~41면 누락됨.

6. 우리 동무 (1948, 미간행)

① 1948년 8월경에 엮은 육필 동요집. 13×19cm. 57면.

② 총 37편 수록(누락된 작품 제외한 편수, 재수록작 36편).

③ '지은이의 말' 있음.

④ 차례 일부가 누락됨(4~8면 누락, 여기에 차례가 적혀 있었을 것으로 추정).

⑤ 본문 36~37, 50~51면 누락됨.

7. 감자꽃 (글벗집 1948)

① 1948년 12월 12일 글벗집(서울시 원효로 4가 123)에서 간행된 동요집. 표

지 그림 조병덕, 본문 삽화 정현웅. 13×19cm. 64면. 값 120원.

② 총 30편 수록(27편은 앞의 미간행 작품집에서 선별, 3편은 신작).

③ '머리말'은 윤석중이 씀.

④ 맨 뒤에 '지은이의 말' 있음.

8. 작품 (1950, 미간행)

① 1950년 2월에 엮은 것으로 추정되는 육필 동요·동시집. 16×20cm. 91면.

② 총 70편 수록(누락된 작품 제외한 편수, 재수록작 없음).

③ '머리말' 있음.

④ 작품에 일련번호가 붙어 있음. 작품에 따라 '동요' 혹은 '동시'라 하여 장르 명칭을 표기해놓음.

⑤ 차례 없음(3~5면 누락, 여기에 차례가 적혀 있었을 것으로 추정됨).

⑥ 본문 24~25, 30~35, 42~43, 64~65, 68~69, 88~89면 누락됨(30~38번, 45~47번 작품 누락).

9. 동요와 또 (1950, 미간행)

① 1950년 2월에 엮은 육필 동요·동시집. 15×20cm. 87면.

② 총 60편 수록(누락된 작품 제외한 편수, 재수록작 없음).

③. '머리말' 있음.

④ 차례 없음.

⑤ 작품 제목 옆에 '동요' 또는 '동시', '소시(小詩)'라는 장르 명칭을 표기해놓음.

⑥ 「누에」가 실린 면의 여백에 '수수께끼'라는 제목으로 2편의 시가 적혀 있으나 원문 상태가 좋지 않아 해독할 수 없음.

⑦ 본문 27, 34~49, 53, 56~59, 68~69, 78~79면 누락됨(29~40번, 44번,

47~50번, 59~60번, 69~70번 작품 누락).

10. 산골 마을 (1950, 미간행)

① 1950년 7월에 엮은 육필 동요·동시집. 15×19cm. 41면.

② 총 59편 수록(19편은 초고와 개고작이 함께 수록됨).

③ 창작 시기는 1950년 7월 4일부터 7월 23일 사이.

④ '머리말'이 있고, 일부 글자는 해독 불가. 차례 있음.

⑤ 「왜 싸우나 (B)」 「저놈 비행기」 「억울한 농민들」 「쌍놈의 비행기」는 전문
   이 삭제됨. 「쓰르라미」는 일부 삭제됨.

⑥ '뒷말'이 있고, 일부는 삭제됨.

동요·동시 재수록 현황

* 재수록작의 경우는 가장 나중에 엮인 작품집에 실린 것을 저본으로 삼았다.

작품명＼작품집	송아	하늘	시골	나무	물동	동무	감자	작품	동요	잡지	합계
가을 새벽					○	○					2
감자꽃	○		○		○	○				○	5
강물과 떼배					○	○					2
고개 숙이고 오니까	○	○				○					3
고무총 사냥	○			○							2
고추잠자리	○	○			○	○				○	5
까치집 1	○	○									2
꿈나라	○	○									2
노래 보따리		○				○					2
노래 손님	○			○							2
논밭으로					○	○	○			○	4
늦가을 편지		○				○					2
달맞이			○			○	○				3
담 넘어 멀리엔		○				○					2
더위 먹겠네			○			○					2
도토리들						○	○				2
동무 동무					○	○	○				3
땅감나무	○	○				○	○			○	5
또랑물			○			○	○				3
막대기 들고는					○	○	○				3
맨발 동무		○				○	○				3

작품명 \ 작품집	송아	하늘	시골	나무	물동	동무	감자	작품	동요	잡지	합계
무엇 반짝	○			○							2
물동우 1	○	○									2
미루나무에			○			○				○	3
박 농사 호박 농사		○				○	○				3
밤					○	○					2
벼개	○	○									2
벽장			○			○					2
별님 동무 고기 동무		○				○	○				3
봄나들이	○			○							2
북쪽 동무들			○				○				2
삐약삐약 병아리들	○	○									2
산 샘물		○				○	○				3
산골 물	○	○				○	○			○	5
산불			○		○						2
서울 구경	○	○				○	○			○	5
송아지 2	○	○				○	○				4
송아지 낮잠	○	○				○	○				4
쌍둥이 형제	○	○									2
어린 고기들	○	○					○			○	4
어린 보리싹								○		○	2
어린이의 노래	○			○							2
오곤자근				○		○	○				2
오리		○				○	○				3
우리 동무 1		○								○	2
우리 동무 2	○					○	○				3
율무			○			○	○			○	4
자장가/자장노래 – 첫째 번	○	○									2
장마비 개인 날			○			○	○			○	4
정자나무		○				○					2

작품명＼작품집	송아	하늘	시골	나무	물동	동무	감자	작품	동요	잡지	합계
제비와 참새	○	○									2
책 자랑			○	○			○				3
청개구리	○	○				○					3
춥긴 머 추워					○	○					2
코록코록 밤새도록	○	○				○	○			○	5
파랑 산 붉은 산			○		○						2
풀밭에 놀 때는									○	○	2
할아버지 수염	○	○									2
헤엄	○				○						2
휘파람	○	○	○								3

일러두기

송아: 『송아지』(1947, 미간행)

하늘: 『하늘과 바다』(1947, 미간행)

시골: 『우리 시골』(1947, 미간행)

나무: 『어린 나무꾼』(1947, 미간행)

물동: 『물동우』(1948, 미간행)

동무: 『우리 동무』(1948, 미간행)

감자: 『감자꽃』(1948, 글벗집)

작품: 『작품(作品)』(1949, 미간행)

동요: 『동요와 또』(1950, 미간행)

산골: 『산골 마을』(1950, 미간행)

잡지: 『주간 소학생』 『소학생』

동천 권태응의 삶과 문학

김제곤

1. 들어가며

동천(洞泉) 권태응(權泰應, 1918~1951)은 해방기에 활동한 동시인이다. 일본 유학시절 조선 독립을 위해 활동하다 검거되어 감옥에서 결핵이란 병을 얻게 되었고, 그 천형과 같은 병마와 싸우며 아이들을 위한 시를 쓰다 동족상잔의 틈바구니에서 서른네 해 짧은 생애를 마감한 비운의 시인이다. 생전에 내어놓은 시편들이라곤 1948년 출간한 『감자꽃』(글벗집) 수록작들과 『소학생』『아동구락부』지 등에 발표한 작품 등 총 37편이 전부였다. 고작 4년 남짓한 문단 활동, 그것도 좌우 대립과 전쟁이 휘몰아치던 불행한 시기에 활동하다 요절한 시인이었으니 그의 이름이 널리 알려지기는 사실상 쉽지 않은 일이었다. 그는 해방기에 소박한 동시 몇 편을 남기고 간 동시인쯤으로 인식되기 일쑤였다.

권태응의 문학적 면모가 본격적으로 드러나기 시작한 것은 사후 40여 년이 흐른 1990년대에 와서다. 미발표 유작들이 연구자들에게 공개된 것이 계기가 되었다. 생전의 발표작 외에도 육필 형태의 동요·동시집 여러 권과 소설, 희곡, 수필 등 산문 자료들을 남겼다는 사실이 유족에 의해 공개되면서 해방기 소략한 작품만을 남기고 요절한 동요시인으로만 알려졌던 권태응은 농촌의 자연과 삶을 참다운 동심의 눈으로 잡아낸 탁월한 시인으로, 농촌현실과 농민들의 절실한 삶을 그린 작가로 그 면모가 새로이 부각되기 시작했다.

무엇보다 1995년 간행된 『감자꽃』(창작과비평사)은 시인 권태응의 위치를 새롭게 자리매김하게 한 동시선집이다. 1948년 간행된 『감자꽃』(글벗집) 수록작 30편에다가 시인이 육필로 엮어둔 시집에서 고른 64편의 시를 더해 펴낸 이 선집은 그의 동시가 지닌 매력을 유감없이 보여준다. 이후 이 선집의 발간에 관여했던 유종호를 비롯하여 신경림, 이재철, 도종환, 이오덕 등 여러 영향력 있는 논자들이 권태응의 삶과 문학 세계를 언급함으로써 그의 문학이 지니는 가치와 중요성을 환기해주었다. 특히 도종환은 권태응이 남긴 소설, 희곡 자료들과 함께 일제에 저항했던 행적을 면밀히 추적하여 해방 전후 식민지 현실과 농민 문제를 고민한 작가로서의 면모를 입증했고, 이오덕은 육필 동시집 여덟 권에 수록된 미발표 작품들을 중심으로 권태응 동시의 특질을 논한 연구서 『농사꾼 아이들의 노래』(소년한길 2001)를 상재하여 권태응의 문학사적 위치를 밝혀주었다. 이런 노력들로 인하여 1990년대 이전과 비교했을 때 권태응은 이 땅의 독자들에게 더욱 많은 관심을 받게 되었다. 그러나 여전히 해결되지 않고 있는 점이 있었으니, 그것은 시인이 육필로 남긴 동시들과 산문들이 온전히 활자화되지 못한 채 유고 상태로 남겨져 있었다는 점이다.

흔히 작가의 '전집'이라 하면 이미 발표된 작품과 작품집을 중심으로 엮는 것이 상례이다. 그러나 권태응의 경우에는 원고 상태의 미발표 작품들이 각별한 의미를 띤다. 1990년대 이후 권태응의 재발견이 이루어진 것은 앞서 말한 것처럼 그가 육필로 남긴 미발표 원고들이 갖는 무게 때문이다. 권태응은 비록 생전 단 한 권의 동시집을 출간하고 병고에 시달리다 전쟁 통에 유명을 달리한 시인이지만, 죽음에 이르는 순간까지 한시도 창작을 게을리하지 않고 끊임없이 작품을 퇴고하고 갈무리하는 과정을 거쳐 그것을 여러 권의 육필 작품집으로 남겨놓았다. 이 육필 작품집들은 단순한 습작 모음이 아니라 시인의 문학적 정수를 담은 유작의 성격을 지니고 있다. 그동안 이 자료들은 1995년 창비에서 나온 선집을 비롯하여, 일부 잡지 지면이나 연구논문의 인용을 통하여 소개된 적이 있지만, 그 전모가 온전히 공개된 적은 없었다.

올해는 마침 그가 탄생한 지 꼭 100주년이 되는 해다. 이를 기리기 위하여 생전 그가 발표했던 작품들과 육필 형태로 남겨놓은 미발표 작품들을 한데 모아 책으로 엮게 되었다. 건강한 몸도 아니고 병자의 몸으로 굴곡진 역사의 틈바구니에서 겨레 아이들을 위한 작품 쓰기에 매진했던 한 시인을 기리기에는 늦은 감이 없지 않지만, 이제라도 시인이 남긴 원고들을 한자리에 모으는 기회를 가질 수 있어 다행이다. 이 자리에서는 전집에 수록한 작품을 중심으로 권태응의 생애와 작품 세계를 간략하게나마 살펴보고자 한다.

2. 권태응의 생애와 문학적 행보

권태응은 충주 태생이다. 뼈대 있는 안동 권씨 가문으로 일가가 충주에 뿌리를 내린 것은 9대조부터였다 한다. 아버지 권중희는 일찍이 개화하여 일본 유학을 다녀왔고, 어머니 민병희 또한 민비의 척족으로 권태응은 유복한 집안 출신이었던 것을 알 수 있다. 그러나 열 살 때 아버지가 병으로 돌아가는 바람에 아버지 대신 한학자로 진사 벼슬을 지낸 조부의 사랑을 받고 자랐다.

권태응은 아홉 살 때 충주공립보통학교(현 교현초등학교)에 입학한다. 그는 남달리 머리가 명석해서 성적이 좋았다고 한다. 학과 공부뿐 아니라 문학, 음악 등에도 관심이 깊었으며 운동 또한 좋아했다. 당시 집에는 일어판 세계문학전집이 구비되어 있었다는 것으로 보아 그는 어려서부터 문학을 즐기고 가까이하는 환경에서 자랐음을 알 수 있다. 유복한 집안 자제였지만 집안일을 돕는 일꾼들과도 소탈하게 어울렸고 소작인들 집에도 스스럼없이 드나들었다고 한다.

권태응은 보통학교를 졸업하고 경성제일고보(현 경기고등학교)에 입학한다. 이때부터 그는 고향과 가족을 떠나 문학적 사색에 잠기며 민족의식에 눈뜨게 된다. 동기생들의 증언에 따르면 그는 매우 치밀한 성격에 정의감이 강한 학생이었다고 한다. 일본인 교사가 "조센징 주제에 건방지다."라고 차별적인 언행을 일삼아도 주눅 들지 않고 저항했다. 권태응은 뜻이 맞는 친구들과 'U.T.R 구락부'라는 모임을 만들고 등산모임을 하면서 '등산일지'라는 모둠일기를 쓰고 돌려보며 민족의식을 키워갔다. 고보 졸업 무렵 졸업앨범 기증 문제로 학급회의를 하다가 "우리가 졸업하게 되는 것은 천황 폐하의 홍은이 아니냐."라고 발언하는 친일학생을 집단 구타하고 이로 인해 'U.T.R 구락부' 동기들과 함께 보름간 종로경찰서에 구금되기도 했다. 이 사건으로 인해 학적부에는 '요주의 인물'로 기록되었다고 한다.

권태응의 항일의식은 1937년 일본에 유학을 간 뒤로 더욱 심화된다. 와세다대학 정경학부에 입학한 그는 도쿄에 유학 중인 경성고보 33회 졸업생을 중심으로 '33회'라는 지하 독서회를 조직하여 조선의 독립을 위한 모임을 갖기 시작한다. 그러다가 1939년 치안유지법 위반으로 일경에 검거되어 스가모형무소에서 감옥살이를 하게 된다. 평소 운동을 즐길 만큼 건강하던 권태응은 감옥생활 일 년 만에 폐결핵 3기의 몸이 되어 병보석으로 풀려났다. 동기생 홍순환과 함께 출소한 권태응은 와세다대학에서 1940년 4월 퇴학 처분을 받았다.

이듬해인 1941년 당시로서는 매우 심각한 병을 안고 고국으로 돌아온 권태응은 인천에 있는 적십자요양원에서 치료를 하게 된다. 이곳에서 정신적 안정을 되찾게 된 그는 1944년에 귀향하여 요양원 시절 그를 정성껏 간호하던 박희진과 결혼, 슬하에 1녀 1남을 둔다. 고향에 돌아온 그는 병든 몸을 추스르며 야학을 하고 농민들을 위한 활동에 골몰한다. 권태응이 본격적으로 글쓰기에 매진한 것은 바로 이 때부터이다.

한동안 그의 시작 활동은 오로지 동시 창작에 국한되었고, 그 시발점 또한 해방 직후라고 추정하는 주장들이 있어 왔다. 그런데 그는 이미 요양원에서 퇴원한 시기인 1944년 초부터 시조나 단시를 썼고, 이뿐 아니라 소설 창작에도 심혈을 기울였던 것이 확인된다.

그가 소설을 쓰기 시작한 것은 해방 전인 1945년 4월로 약 열흘 사이에 「식모」「청폐환」「산울림」「새살림」「별리」 등 여러 편의 소설을 썼다. 권태응은 요양 생활로 고통과 인내의 시간을 보내면서도 누구도 쉽게 따를 수 없는 창작열을 불태웠음을 알 수 있다. 그는 해방 후인 1945년 12월부터 약 한 달 동안 「지열」을 비롯한 「양반머슴」 「울분」 등 몇 편의 소설을 더 쓴다. 그가 쓴 소설은 자전적 성격을 가진 작품이 대부분이다. 「지열」의 주인공 '문식'은 "좌익사상으로 검거되어 철창생활"을 하다 "흉병이 발병하여" 고향에 돌아와 요양을 하는 인물인바, 이는 자화상을 그린 것이라 해도 과언이 아니다. 「청폐환」 「별리」 등에 등장하는 문식 또한 다름 아닌 작가의 분신이다. 다른 소설에 등장하는 인물들 또한 작가 자신의 체험을 재구성한 것이거나 작가 주변 인물들의 삶을 관찰하여 쓴 것으로 파악된다. 이 소설들은 해방 전후 농촌현실과 농민의 생활상을 드러낼 뿐 아니라 권태응 자신이 겪었던 인간적 고뇌와 삶의 지향점을 여실히 보여준다. 소설이 갖는 미학적 완성도를 떠나서 이 작품들은 권태응의 작가의식과 내면을 이해하는 주요한 통로라 생각된다.

권태응이 쓴 희곡들 또한 소설과 비슷한 성격을 지닌다. 현재 남아 있는 희곡 세 편 모두 해방 직후 쓴 것이다. 그 가운데 '학동극'인 「우리 교실」은 짧은 소극이긴 해도 등장하는 인물들의 행동과 대사가 생동감 있어 흥미를 끈다. "이제부터는 젊은 놈들 세상"이니 "조금도 까딱없"다고 호기 있게 외치는 학동들의 모습에서 해방 직후의 분위기가 물씬 풍겨온다. 해방 전부터 권태응은 마을 청년들과 소인극을 공연하기도 하였는데, 그가 남긴 희곡은 실제 상연을 목적으로 한 작품이었을 가능성이 농후하다. 「고향 사람들」과 「동지들」은 연작으로, 여기에는 식민지 농촌현실의 궁핍한 삶과 지주와 소작 농민들 간의 갈등이 드러나 있다. 이 연작에 등장하는 '광식'은 소설 속에 등장하는 문식에 대응되는 인물이다. 그는 대학을 졸업한 인텔리로 일제를 등에 업고 횡포를 부리던 지주에 맞서 소작 농민들과 농민조합운동을 벌인다.

　권태응이 남긴 두 편의 수필 「파리채」 「좌우론」 또한 그의 소설, 희곡과 기조를 같이한다. 「파리채」에는 고통스러운 병상의 삶을 견뎌내면서도 여전히 민족의 앞날을 걱정하는 마음이 담겨 있고, 「좌우론」 역시 해방 직후의 현실에 대한 탁월한 풍자와 비판의 시선이 들어 있다.

　그런데 무엇보다 주목할 것은 시조에서 출발한 그의 시작 활동이다. 1944년 초 시조에 처음 발을 들인 그는 불과 두 달 사이 400여 편에 달하는 시조를 습작하게 되는데, 이는 우리 고유의 시 양식인 시조를 현대화하려는 문제의식에서 출발한 것이었다. 그는 새로운 시조를 고민하는 과정에서 단시 형식을 발견하게 되며 그 단시는 마침내 득의의 영역인 동시라는 귀착점에 이르게 된다. 그가 동시인이 된 것은 우연의 산물이 아니라 시조에서 단시로, 단시에서 다시 동시로 새로운 시 형식과 내용을 꾸준히 모색한 결과였다.

　그가 스스로 제목 옆에 '동요'라고 명기한 작품을 처음 쓰기 시작한 것은 1945년 5월 초다. 이후 해방 직전인 1945년 8월 초까지 시조·단시와 함께 약 100여 편에 달하는 동시를 따로 습작했다. 이들 동시는 권태응만의 장점과 개성을 충분히 확보한 수준은 아니지만, 이전의 시조나 단시와 다른 동시만의 유형과 특징을 담고 있다. 그 작품들 가운데는 1947년 이후 작품집에 엮인 「땅감나무」(1945. 5. 25.)를 비롯해 「담 넘어 멀리엔」(1945. 7. 7.), 「우리는」(1945. 8. 3.), 「아버지 산소」(1945. 8. 9.) 같은 수작들이 들어 있다. 해방 이듬해인 1946년 6월 그는 약 2년간 습작 활동에서 얻은 시조, 단시, 노래가사 등 총 45편을 선별해 육필 시가집 『탄금대』를 엮은 뒤, 시조와 단시 창작을 중단하고 오로지 동시 창작에 매진하게 된다. 약 2년간의 시작 활동을 통해 그

는 드디어 자신의 특장이 동시에 가장 잘 어울린다는 것을 깨닫게 된
것이다. 이후 1947년 3월 육필 동시집『송아지』를 엮은 그는, 한 달 뒤
인 4월 윤석중이 주관하던『주간 소학생』에「어린 고기들」을 발표하
며 동시인으로서 세상에 첫발을 내딛게 된다.『주간 소학생』은 한 달
뒤인 1947년 5월 주간에서 월간으로 바뀌고 제호도 '소학생'으로 변
경되는데, 권태응은 그 잡지의 단골 필자로 거의 달마다 작품을 발표
했다. 이듬해인 1948년 겨울 그는 윤석중의 주선으로 글벗집에서『감
자꽃』을 상재하게 되는바, 이 시집이 엮이기까지는『송아지』『하늘과
바다』『우리 시골』『어린 나무꾼』『물동우』『우리 동무』등 모두 여섯
권의 육필 동시집을 손수 엮었다. 1947년 초부터 1948년 말『감자꽃』
을 내기까지 2년 동안 그는 오로지 동시 창작에 골몰했던 것이다.

　권태응은 1948년『감자꽃』을 상재한 이후 좀 더 새롭고 깊은 동시
의 세계를 탐색하려 분주했다. 그는『감자꽃』이후 '제2시집'을 출
간하려 마음먹고 동시 창작에 몰두했던 것으로 보인다. 1949년부터
1950년 초에 엮인 육필 동시집『작품』『동요와 또』에 수록된 일련의
동시들은 그런 고투의 결과물이다. 그의 시선은 좀 더 우리 삶에 밀
착하였으되, 그 말을 다루는 솜씨는 한결 자연스럽고 깊어져갔던 것
을 볼 수 있다.

　그러나 시대적 운명은 동시인으로서 그의 행보를 온전히 허락지
않았다. 남과 북으로 갈린 겨레는 마침내 동족상잔의 비극에 휘말리
고야 말았으니, 그 틈바구니에서 결핵 약을 구하지 못한 채 두 번의
피란을 겪어야 했던 권태응의 폐는 만신창이가 되었다. 그 와중에도
권태응의 동시 창작 의지는 쉽게 꺾이지 않았다. 첫 번째 피란지의
체험을 그린 동시들을 모아 그는 육필 동시집『산골 마을』을 엮어낸
다. 그러나 1951년 초 매서운 겨울 추위 속에 떠났던 두 번째 피란의

후유증은 결국 그의 목숨을 앗아가고야 만다. 전쟁 통의 어수선함 속에서 그는 집 선반에서 뜯어낸 널빤지로 짠 관에 덮여 충주의 한 야산에 묻혔다.

3. 권태응 동시가 지닌 미덕과 문학사적 위치

이오덕은 『농사꾼 아이들의 노래』에서 권태응을 우리 아동문학사에서 "농사꾼과 농사꾼의 아이들의 삶을 있는 그대로 보여준" 유일한 시인으로 높이 평가한 바 있다. 이오덕은 농민들의 삶을 정직한 태도로 바라보는 눈과 그것을 깨끗한 시어로 담아내려고 한 자세를 다른 시인이 따를 수 없는 권태응만의 독보적 미덕이라 보았다. 앞에서도 언급한 바와 같이 이는 권태응이 지닌 문학적 가치를 적실하게 평가한 발언이라 본다. 그런데 이오덕의 논의에서 한 가지 걸리는 것이 있다. 그의 발언 속에는 권태응의 독보적 위치만이 언급될 뿐 권태응 전후로 진행된 아동문학사적 맥락이나 영향관계가 생략되고 있다는 점이다. 권태응 동시가 지닌 독보적 위치를 거론하더라도 권태응 문학의 앞뒤를 좀 더 면밀히 살펴 그의 문학이 우리 동시사적 흐름에서 어떤 영향관계를 가지며 어느 위치에 놓이게 되는지를 언급했더라면 더 좋지 않았을까 하는 아쉬움이 든다.

권태응의 동시가 우리 동시사적 흐름에서 어떤 영향 관계를 갖는지를 살피려면 권태응과 비슷한 또래 동시인들이 어떤 문학 조건에서 성장했는지를 살필 필요가 있다. 권태응과 동갑인 강승한과 오장환, 한 살 위인 윤동주, 두 살 연상인 박영종(목월) 등은 1930년대부터 동시를 써왔다. 이들은 모두 비슷한 문학 조건 속에 성장한 세대들이라 할 수 있다. 이들은 소년문예운동이 활발했던 1920년대에 유소년기를 보냈고, 1930년을 전후로 한 계급주의 문학운동의 흐름을 목격했던 이들이다. 이들 세대들이 본격적으로 아동문단에 발을 들이는 시기는 소년운동과 계급주의 문학운동이 와해된 1930년대 중반 이후다. 하지만 이들이 아동문학 창작으로 나오기까지 아동문학의 열렬한 독자였다는 점에서 그 이전에 전개된 문학적 성과들을 습작기의 모델로 받아들였을 개연성은 충분하다.

윤동주가 습작기에 정지용과 윤석중의 동시를 즐겨 읽었다는 점, 박영종 또한 일본에서 번역한 서양 시인들이나 일본 시인들이 쓴 동시와 함께 정지용, 윤복진, 윤석중 등 선배 시인들의 작품을 참조하며 습작기를 보냈다는 점에서 우리는 소년 권태응의 행보를 대강 짐작하게 된다. 권태응과 친척으로 어린 시절 함께 성장했던 김태길의 증언에 따르면 권태응은 학창시절부터 문학에 지대한 관심을 가지고 있었음이 드러난다. 이 시기 뚜렷한 습작기의 산물은 발견되지 않지만, 아마도 권태응 또한 그러한 문학적 전범들을 섭렵하며 동시인으로서의 자질과 감각을 익혀갔을 것이다.

권태응이 본격적으로 동시를 쓰게 된 것은 해방 직전인 1945년 초반이지만 그런 창작의 기저에는 어린 시절부터 싹튼 문학에의 관심이 깊숙이 자리하고 있는 것이다. 따라서 우리는 권태응의 문학적 자양분으로서 선배 시인들을 상정해볼 수 있다. 우선은 유년들의 세계를 발랄한 언어 감각으로 그려낸 윤석중과 농촌의 풍경과 정서를 유년 아이들의 눈높이로 잘 구현했던 윤복진을 빼놓을 수 없을 것이다. 권태응은 1930년을 전후로 대두된 계급주의 동요와 격이 다른 현실지향의 작품들을 써냈지만, 가난한 서민들의 삶에 밀착해 있다는 점에서 그보다 앞서 현실주의 시를 써낸 이원수를 떠올리게도 한다. 또

한 그들의 뒤를 이어 새로운 신예로서 1930년대 동시단의 자리에 우뚝 섰던 박영종의 영향을 생각해볼 수 있다. 즉 권태응은 단순히 자신만의 재능으로 평지에서 돌출한 시인이 아니라 1920년대부터 일제 말기까지 전개된 우리 동시가 개발한 시의 형식, 언어, 내용들을 바탕으로 하여 자신의 길을 개척한 시인이라 할 수 있다.

> 흙 묻힌 손
> 뒤에 감추고 오다가
> 영감님을 만났네.
> "어른 앞에 뒷짐을 지다니,
> 허, 그놈 버릇없군."
>
> 흙 묻힌 손
> 뒤에 감추고 오다가
> 뒷집 애를 만났네.
> "얘
> 먹을 거냐? 나 좀 다우."
>
> ──윤석중 「흙 손」 부분

> 다저녁때 배고파서
> 고개 숙이고 오니까,
> 들판으로 나가던 언니가 보고
> "얘, 너 선생님께
> 걱정 들었구나."

다저녁때 배고파서
고개 숙이고 오니까,
동네 샘 앞에서 누나가 보고
"얘, 너 동무하고
쌈했구나."

— 권태응 「고개 숙이고 오니까」 부분

　이와 같이 선행 작품과 권태응 작품 간에 나타나는 시적 소재나 발상, 시어나 통사 구조의 반복에서 느껴지는 유사성은 이 작품 말고도 비교적 여러 군데서 보인다. 가령 "기차가 철교를/건너가요./떨어질까 겁이 나/ 뻑 뻑 뻑." 하는 권태응의 「기차」에서는 "강을 건널 땐 무서워서/소릴 뻑뻑 지르지요."라고 노래한 윤석중의 「기차는 바보」가, "언제든지 멋이든지/어른만 위하고//언제든지 나는 머/찌어린걸" 하는 권태응의 「난 싫어」는 "난 밤낮 울 언니 입고 난/헌털뱅이 찌꺼기 옷만 입는" 윤석중의 「언니의 언니」가 연상된다. 눈 오는 새벽길 실 공장으로 출근한 누나의 모습을 그린 「누구 발자욱」과 공장에 간 누이를 마중하러 가는 시적 화자가 등장하는 「휘파람」 역시 윤석중의 「차장 누나」나 「휘파람」과 유사한 점을 찾을 수 있을 것이다. 여기서 이런 이야기를 꺼내는 것은 권태응이 윤석중의 작품에 빚지고 있다는 것을 새삼 밝히기 위함이 아니다. 어떤 후대의 시인도 뛰어난 선배 시인이 닦아놓은 길을 에돌아 지나칠 수는 없다는 것, 즉 3.4조의 음수율이나 1연 2행의 시형, 대구와 반복, 그리고 시 안에 자연스레 배치된 의성어나 의태어의 쓰임은 권태응 자신만의 트레이드마크가 아니라 1920년대에 출발해 30년대를 지나오며 우리 동시단이 생성한 공동자산이자 산물이기도 하다는 것이다. 따라서 권태응을 평지돌출의 시인으로 추켜세우는 것은 권태응 문학이 놓인 위치를 합당하게 평가하는 일은 아니다.

그렇다면 권태응의 탁월한 점은 무엇일까. 권태응의 미덕은 우리 동시가 도달한 시의 형식과 언어적 감각을 단순 수용하고 섭렵하는 것을 넘어서 해방기 농촌현실에 기반한 자신만의 세계를 새롭게 창조해냈다는 점에 있다. 그는 우리 동시의 전통에 입각해 있었지만, 선배 시인들이 도달한 동시의 세계를 흉내 내는 데 그치지 않았다. 그는 우리말에 대한 감각과 동시가 가지는 단순한 형식을 기반으로 해방공간의 우리 현실을 개성 있게 포착해냈다. 그 근저에는 해방 이전까지 이룩한 우리 근대 동시의 전통이 자리하고 있으면서 다른 한편으로 이전 동시들에서 쉽게 발견되지 않는 새로운 개성이 숨 쉬고 있다.

혼자서 떠 헤매는
고추잠자리,
어디서 서리 찬 밤
잠을 잤느냐?

빨갛게 익어버린
구기자 열매,
한 개만 따 먹고서
동무 찾아라.

──「고추잠자리」 전문

이 작품은 권태응 작품 가운데 비교적 널리 알려진 것에 속한다.

이 동시에서 발견되는 권태응만의 미덕은 무엇인가? 우선 시 형식을 보자. 음수율로 따지면 전형적인 7.5조 동시다. 음보로 따져보더라도 이전 시인들의 작품에서 흔히 보이는 3음보의 율격을 벗어나지 않았다. 권태응 동시는 이처럼 시의 형식이나 율격에 있어 전형적인 동시의 틀을 고수하는 경우가 많다. 시적 발상이나 내용 또한 따지고 보면 새로운 것은 아니다. 이 작품은 서리가 내리는 늦가을의 아침 정경을 그 배경으로 하고 있다. 1연에서 시적 화자는 외롭게 간밤을 보낸 고추잠자리에게 말을 건넨다. 말하자면 미물에 대한 연민의 발로다. 그러나 이러한 연민의 정서는 권태응이 새로 발견한 것이라 보기 어렵다. 거슬러 올라가보면 그런 연민은 이미 1923년 방정환이 발표한 「늙은 잠자리」에까지 닿는다.

그렇다면 이 작품만이 갖는 개성이란 무엇인가? 그것은 결국 시에 쓰인 새로운 언어와 시적 발상에서 찾을 수밖에 없다. 1연이 기존의 발상에 어느 정도 기대어 있다면 2연의 "빨갛게 익어버린/구기자 열매/한 개만 따 먹고서"란 표현은 시인이 독창적으로 창안한 말에 가깝다. 사실로 치면 '고추잠자리'가 '구기자 열매'를 따 먹을 일은 없다. 그런데 동시의 매력이란 그 '없는 일'을 마치 있는 것처럼 연결하는 데서 발생한다. 이런 발상은 가령 하얀 연기가 하늘로 올라가 구름이 된다고 믿는 아이의 생각을 방불케 한다. 고추잠자리의 외양과 구기자 열매의 색깔에서 연상되는 붉은색의 이미지만으로도 두 사물의 연관성이 하나의 시적 진실로 통용될 수 있는 세계, 그것을 권태응은 정확히 잡아내고 있는 것이다. "한 개만 따 먹고서"라는 표현 또한 예사롭지만은 않다. 이 또한 아이다운 눈높이를 고려한 세심한 진술이라 할 수 있다. "한 개만 따 먹고서/동무 찾아라."라는 그 말 속에는 시적 화자로 등장한 아이의 쓸쓸한 현재 처지와 진심 어린 마음

씀씀이가 드러난다.

또 다른 대표작 「땅감나무」도 그러한 시적 진실이 잘 구현된 작품
이다.

> 키가 너무 높으면
> 까마귀 떼 날아와 따 먹을까 봐,
> 키 작은 땅감나무 되었답니다.

> 키가 너무 높으면
> 아기들 올라가다가 떨어질까 봐
> 키 작은 땅감나무 되었답니다.
>
> ──「땅감나무」 전문

제목으로 '토마토'가 아닌 '땅감나무'라는 시어를 차용함으로써
이 시는 이미 반의 성공을 거두고 있다. '키가 작다'는 사물의 이미지
와 그 사물을 지칭하는 '땅감나무'라는 시어는 둘도 없이 잘 어울리
는 말들이다. 1연 3행씩 모두 2연으로 구성된 시는 철저하게 대구와
반복의 형식을 취하고 있다. 이런 단순한 형식 역시 권태응 이전 우
리 동시가 성취한 전통의 결과라 할 수 있다. 그런데 시에 군더더기
가 없는 깔끔함을 선사하는 것은 오로지 그런 형식의 효과만은 아니
다. 각 연 2행에 제시된 "까마귀 떼 날아와 따 먹을까 봐"와 "아기들
올라가다가 떨어질까 봐"라는 표현은 이 시의 핵심이면서 독자의 눈
높이를 고려한 시인의 독창성이 빛나는 대목이다. 이 시편 역시 사물
을 어린이의 관점에서 보려는 시인의 태도가 두드러진다. 두 편의 짧
은 작품이 보여주듯 권태응은 말에 대한 감각뿐만 아니라 어린이의

눈높이에서 사물을 파악하는 능력이 탁월하다.

권태응의 동시 작품을 분석해보면 그 제재가 단일하기보다는 상당히 다양한 모습을 하고 있다. 시인 자신의 주변에서 보고 듣고 느낀 것들을 주로 그리면서도 단조롭기보다 다채로운 느낌을 준다. 시인은 자신이 관찰한 "어른과 아이와, 밭과 논과, 산과 나무와, 강과 물과, 하늘과 별과, 이 모든 것을 아끼고 사랑하고 위하는"(윤석중, 『감자꽃』 머리말) 마음을 그대로 담아 작품을 썼다. 권태응이 남긴 작품 가운데 나오는 '아름다운 산과 나무의 시, 강과 물의 시, 하늘과 별의 시'가 모두 다 좋지만 특히 주목할 것은 아이들과 이웃들의 삶을 그린 시들이다.

활짝 장마비
개었습니다.
샛빨간 봉선화
눈부십니다.
맴맴 매미들
울어댑니다.

인젠 장마비
개었습니다.
잠자리도 좋아서
날라댑니다.
우리들은 고기잡이
개울 갑니다.

―「장마비 개인 날」 전문

장맛비가 그치고 새빨간 봉선화 눈부실 때 고기를 잡으러 개울가로 몰려가는 촌아이들 모습이 선명하게 그려진 시다. 이 시를 읽다 보면 우리 또한 저절로 그 아이들 중 한 명이 된 듯한 즐거운 착각에 빠진다.

　어른들의 살림살이를 그린 작품들에는 또 그것들대로 삶의 세목들이 군더더기 없이도 구체적으로 그려져 있다. 그런 작품들 가운데 비교적 잘 알려져 있지 않은 작품을 보자.

　　해마다 더해가는 나무 걱정
　　나무야 있지만 돈이 없지.
　　그러나 불 안 때고 살 수 없고……

　　왕겨와 톱밥이 동이 나지요.
　　풀무 소리 붕붕 얄궂은 노래.

　　해마다 심해가는 살림 걱정
　　물건이야 없나 값이 비싸지.
　　그렇다고 들어앉아 굶을 수도 없고……

　　돼지먹이 비지도 세가 나지요.
　　두붓집 문앞에 늘어선 사람.

　　　　　　　　　　　　　　　　　—「왕겨와 비지」 전문

이 시를 보면 해방기의 서민 현실이 손에 잡힐 듯 또렷이 드러난다. 권태응의 작품에는 이 시에서처럼 대부분 몸을 부려 어떻게든 자신의 생계를 이어가는 가난한 사람들이 등장한다. 권태응은 그러한 인물들을 예의 섬세하면서도 따스한 시선으로 그려낸다. 가난하고 힘들게 살아가는 서민들의 삶을 그리고 있으나 그에게서는 가령 1930년을 전후로 계급주의 동요가 노출했던 이분법의 맹점들은 결코 발견되지 않는다. 그는 관념에 기대어 시를 쓰는 사람이 아니라 사람살이의 이면을 구석구석 살펴 시를 쓰는 진정한 의미에서의 리얼리스트였기 때문이다.

> 나는 나는 알고만 싶어요.
> 저 하늘에 별이 대체
> 몇 개나 되는지.
>
> 나는 나는 알고만 싶어요.
> 이 우주의 끝의 끝은
> 어디까지인지.
>
> 그리고 또 나는
> 알고만 싶어요.
> 우리는 왜 밤낮
> 못살기만 하는지.
>
> ──「알고만 싶어요」 전문

이 시에서도 역시 시인은 "하늘에 별"과 "우주의 끝의 끝"이 어디인지를 궁금해하는 어린이의 속성을 살필 뿐 아니라, 그 어린이가

"우리는 왜 밤낮/못살기만 하는지" 의문을 갖기도 하는 '현실의 존재'임을 은근하게 보여준다.

말하자면 권태응이 구현한 어린이는 세상 물정을 모르고 자족적인 세계 안에서 마냥 뒹구는 철부지가 아니다. 그들은 부조리하고 모순된 세상을 슬그머니 넘겨다보고 때론 그것에 의문을 갖는 존재이기도 한 것이다. 이런 어린이상의 구현은 권태응의 동요가 가지는 또하나의 미덕이자 개성이다.

1920년대 소년문사로 동요를 쓰기 시작했던 윤석중과 윤복진은 1930년을 전후로 한 계급주의 동요의 흐름에 동참하며 현실참여적 작품을 남기기도 하였지만, 권태응처럼 일하는 사람들에 관심을 갖고 그것을 적극적으로 그려내지는 못했다. 그들은 동심이 가지는 낙천성과 유년의 세계를 발견했을지 모르나 현실을 살아가는 존재로서 어린이상을 유감없이 표출해내지는 못했다. 계급주의 동요의 세가 꺾이면서 문단에 등장했던 박영종은 더더욱 그런 세계와는 거리를 두었던 시인이라 할 수밖에 없다. 현실주의 계보 측면에서 권태응의 현실에 대한 감각은 이원수의 동시를 연상케도 한다. 그러나 이원수에게서는 권태응이 지닌 밝음의 정서와 유년의 세계, 자연 속에서 뒹구는 아이들의 생동감을 쉽게 발견할 수 없다는 점에서 둘을 동일한 색깔을 지닌 시인이라 부르기는 어렵다.

즉 권태응은 일제강점기에 이룩한 한국 동요의 전통을 섭렵하는 한편으로 누구의 후배, 누구의 아류라 할 만한 길을 걷지 않은 시인이라 할 수 있다. 그는 선배들이 이룩한 미덕을 자신의 자양분으로 온전히 흡수하면서 그들이 결여하고 있거나 외면했던 어떤 부분을 충실히 보완한 시인에 가깝다. 비록 짧은 창작 활동을 하다가 생을 마감한 시인이긴 하지만 동시사적인 측면에서 그가 놓인 자리는 결코 예사로운 자리가 아닌 것이다.

4. 결론을 대신하여

이오덕은 권태응을 일러 "동요를 쓰기 위해 이 세상에 잠깐 다녀간 사람"이라 했다. 권태응의 생애와 작품 세계를 돌아볼 때 이오덕의 이 말은 정곡을 찌른 말임이 분명하다.

권태응은 시대적 불운으로 인해 얻게 된 폐결핵으로 말미암아 겨레를 위한 사회변혁운동의 꿈을 문학 창작으로 대신 승화시키고자 하였다. 말하자면 그의 글쓰기는 대의를 위한 의무감과 사명감에 기초한 것이었다고 생각한다. 투철한 사명감에 입각한 시인의 행보가 반드시 좋은 결과만을 낳는 것은 아니다. 과도한 의욕으로 말미암아 시의 파탄은 물론 시인 자신의 파탄을 불러오는 경우가 허다하다. 해방공간에 이어진 분단과 전쟁의 시기는 그러한 시인의 파행과 몰락이 자주 목격되는 시기이기도 했다. 권태응에게서는 그러나 그러한 허점이 좀체 발견되지 않는다. 나는 이것이 시인이 지녔던 균형감각에 기인하는 것이라 생각한다. 권태응은 현실감각과 언어감각에서 예리한 일면을 보여준다. 현실에 대한 그의 감각은 그의 동시를 다만 가벼운 언어유희나 동심주의에 머무르지 않게 하며, 언어에 대한 예민한 감각은 그의 동시를 단순한 목적시로 전락되지 않게 하는 힘을 발휘했다고 생각한다.

그는 습작의 시기에 시조에 처음 발을 들이게 되는데, 그의 그런 습작기는 어느 한 지점에 고착되지 않고 끊임없는 자기 갱신의 과정을 거치게 된다. 시조 습작에서 동시의 발견까지 그의 시적 행보를 돌아볼 때 그는 과거 전통에 안주하여 심심파적 글쓰기를 하려는 목적보다 우리 것을 갈고닦아 그 속에서 현대적인 것을 창조해내려는 문제의식에 입각해 있었음을 알 수 있다. 그는 새로운 시조를 고민하는 과정에서 단시 형식을 발견하게 되며 마침내 그 단시 형식에서 득의의 영역인 동시라는 최종 목적지에 다다르게 된다. 우리 동시의 전통을 섭렵하고 있으면서도 그만의 동시 세계를 이룩한 것은 바로 그렇게 새로운 시 형식과 내용을 꾸준히 모색한 결과였다. 1947년부터 본격적으로 동시 창작에 몰두하게 된 그는 1948년 『감자꽃』을 상재한 이후 좀 더 새롭고 깊은 동시의 세계를 탐색하려 분주했다. 1949년부터 1950년 초에 이르는 일련의 동시 작품들은 그런 고투의 결과물이다. 그의 시선은 좀 더 우리 삶에 밀착하였으되 그 말을 다루는 솜씨 또한 한결 자연스럽고 깊어진 것을 볼 수 있다. 그가 6·25전쟁이라는 시대적 굴곡을 만나지 않고 자신의 병을 다스리며 시작에 더 몰두할 수 있었더라면 우리는 그에 값하는 훌륭한 동시들을 더 많이 만날 수 있었으리라.

동시에 견준다면 그의 산문들은 성글고 충분히 다듬어지지 못한 느낌이 든다. 이를 보면 그는 아무래도 산문가보다는 시인으로서의 자질이 우세했다고 평가할 수 있을지 모른다. 하지만 이는 그가 당시로서는 무서운 병마와 싸우는 처지였다는 것을 간과한 소치다. 시조에서 단시로, 단시에서 동시로 시의 내용과 형식을 완성해간 것처럼 산문에까지 그런 정성을 기울일 만한 시간적 여유와 체력을 따로 가질 수 없었던 것이다. 그럼에도 그의 산문들의 의미가 퇴색되는 것은 아니다. 그가 남긴 소설과 희곡들은 무엇보다 작가 자신의 자전적 경험들에 바탕한 것으로서 권태응이 지향한 삶의 태도가 무엇이었는지를 살피게 해준다. 식민지 농촌현실을 살아가던 백성들의 궁핍한 삶을 그리는 것과 함께 해방을 맞이하는 환희와 기대감, 그리고 분단으로 치달아가는 과정에서 민족의 운명을 걱정하는 작가의 시선이 그의 산문 속에는 오롯이 배어 있다. 그런 의미에서 그의 산문들은 그의 시들 못지않게 중요한 의미를 내포하고 있다고 생각한다.

권태응 탄생 100주년, 사후 70여 년 만에 그가 남기고 간 육필 자료의 먼지를 털어 한데 모으게 된 것은 감격스러운 일임에 틀림없지만, 만시지탄이 느껴지는 것은 어쩔 수 없다. 이 땅의 굴곡진 역사를 살아가며 목숨이 다할 때까지 시인의 사명을 온몸으로 완수하려 했던 한 인간을 위한 최소한의 도리를 하기까지 시간은 참 더디게도 흐른 셈이다. 겨우 수습된 이 전집을 바탕으로 권태응에 대한 한층 깊은 이해와 풍성한 논의들이 오간다면 더 바랄 것이 없겠다.

1918년(1세) 4월 20일 충청북도 충주군 충주면 칠금리(현 충청북도 충주시 칠금
　　　　동, 속칭 옷갓) 381번지에서 아버지 권중희(1900~1927)와 어머니 민병희
　　　　(1900~1992)의 2남 중 장남으로 태어남. 본관은 안동(安東). 시조 권행
　　　　(權幸)의 33대손. 조선시대 최초 대제학을 지낸 권근(權近, 1352~1409)의
　　　　17대손. 본관인 안동에서 충주로 근거지를 옮긴 것은 9대조 때로, 권태
　　　　웅(權泰應)의 집안은 군내에서 손꼽히는 명문집안이었음. 어머니는 여
　　　　흥(驪興) 민씨 가문 출신으로 간택령을 피해 12세 때 권씨 집안으로 시
　　　　집을 옴. 출생지가 칠금동 362번지로 알려져 있기도 하나 그것은 생가
　　　　가 아니라 권태응이 자라나면서부터 죽을 때까지 살던 집임. 태어나서
　　　　여덟 살 때까지 살았던 칠금동 381번지 집은 '언덕집'이라 불렸는데,
　　　　집 가까이에는 바가지로 물을 떠먹던 두레박샘과 감자밭이 있고 집 앞
　　　　으로는 늪이 있었으며 남한강 물줄기가 탄금대 쪽으로 휘돌아 흘렀다
　　　　고 함.

1924년(7세) 동생 태윤 태어남.

1926년(9세) 4월 1일 충주공립보통학교(현 교현초등학교) 입학. 입학 전까지 한
　　　　학자며 진사 벼슬을 했던 조부 권병억으로부터 한문을 배움.

1927년(10세) 11월 30일 아버지 돌아가심. 부유한 양반가에서 자란 아버지는
　　　　일찍이 중국과 일본에서 유학하였는데, 고생을 모르는 이가 타국에서
　　　　의 고달픈 생활로 병을 얻어 27세 젊은 나이에 요절했다고 함.

1928년(11세) 보통학교 3학년 때 동요「시냇물」습작. 육촌 형 권태성의 증언
에 따르면 권태응의 어린 시절, 집에는 일어판 세계문학전집이 있었다
고 함. 외육촌 동생 김태길의 증언에 따르면 그는 학교 성적이 매우 뛰
어났으며, 특히 문학과 음악에 남다른 재능을 보여 동생 후배들에게
동요와 창가를 가르쳐주었다고 함. 수재 소리를 듣고 자랐으나 집안일
을 돕는 일꾼들과도 잘 어울렸고 소작인들 집에도 스스럼없이 드나들
었다고 함.

1932년(15세) 충주공립보통학교 졸업(23회). 경성공립제일고등보통학교(현 경
기고등학교) 입학.

1934년(17세) 고등보통학교 재학 중 최인형·염홍섭 등 동기 7명과 함께 항일
비밀결사 'U. T. R.(엉터리의 영문 이니셜)구락부'에 가입하여 항일학생운
동을 전개. 'U. T. R.구락부'는 원래 급우생들의 친목모임으로 출발했
으나, 학교 측의 민족차별과 노예교육에 반발하면서 항일학생운동 단
체로 발전함.

1937년(20세) 고등보통학교 졸업식 당일 친일적 발언을 일삼던 친일 학생들
을 구타하여 종로경찰서에서 15일간 구류에 처해 있다가 기소유예로
풀려남. 'U. T. R.구락부' 일원들이 친일 성향의 학생을 집단으로 구타
한 이 사건은 민족차별을 하는 교사와 학교의 식민지 교육에 대한 반
발이 원인이었음. 같은 해 4월 22일 일본 도쿄 와세다(早稻田)대학 정
경학부 입학. 대학 재학 중 주오(中央)대학에 다니던 'U. T. R.구락부'
동지 염홍섭 등과 함께 사회주의를 선전 계몽하고 공산주의 사회의 실
현을 목적으로 1937년 9월 재도쿄 경성고보 제33회 동창생들을 중심으
로 구성한 학습반을 조직함. 이 비밀 결사를 중심으로 1939년 5월까지
조국의 독립 및 신사회의 실현 방안을 논의하는 등의 활동을 전개함.

1939년(22세) 5월 여름방학을 맞아 귀국하려고 짐을 꾸리다 홍순환·이강혁

등과 함께 일경에 검거되어 이른바 '내란음모 예비죄'와 '치안유지법 위반'의 죄목으로 3년의 징역형을 언도받고 스가모(巢鴨)형무소에 갇힘.

1940년(23세) 투옥 1년 여 만에 폐결핵 3기가 되어 목숨이 위태롭게 되자 5월 14일 병보석으로 풀려남. 도쿄시 요도바시(淀橋)구 소재 '제국갱신회(帝國更新會)'에 거주지의 주소를 제한당함. 4월 와세다대학으로부터 퇴학처분을 받음.

1941년(24세) 귀국하여 인천의 새너토리엄(적십자요양원)에 입원 3년간 요양생활을 함. 요양원에서 간호사로 근무하던 박희진과 교제.

1944년(27세) 고향에 돌아와 병 치료를 계속하며 시조를 짓기 시작함. 2월 말부터 3월 말까지 약 한 달 동안 시조 200편가량을 지어 육필 시조집『첫새벽』을 엮음. 이어 다시 3월 27일부터 4월 29일 한 달 남짓 총 200편의 시조를 지어 육필 시조집『등잔불』을 엮음. 5월부터는 시조를 짓는 한편으로 단시 형식의 시가를 쓰기 시작함. 같은 해 7월 13일 박희진과 사이에서 딸 영진(처음에 이름을 청향淸香이라 지었으나, 3년 뒤 권태응이 돌림자를 넣어 영진으로 개명)을 얻음. 딸을 낳은 뒤 8월 박희진과 혼인식을 올림.

1945년(28세) 단편소설「식모」(4월 8일),「청폐환」(4월 19일),「새살림」(4월 26일),「별리(別離)」(4월 27일) 등을 씀. 같은 해 5월 18일 일 년 전부터 썼던 단시 형식의 시가를 모아 육필 문집『청담집(靑淡集)』(122편 수록)을 엮음.『청담집』을 엮은 직후인 5월 20일부터 동요를 쓰기 시작함. 5월 25일 대표작「땅감나무」를 씀. 같은 해 8월 11일에 1945년 5월 9일부터 8월 11일까지 썼던 시와 동시들을 모은 육필 시집『동천시집』(동천洞泉은 권태응의 호)을 엮음. 이 시집에는 시인 스스로 '동요'라고 명기한 90편가량의 작품이 수록되어 있음. 습작 수준에 불과한 작품들이 많으나 그 가운데는 1948년『감자꽃』(글벗집)에 수록되는「땅감나무」「담 넘어 멀리엔 「우리는」 「아버지 산소」 같은 작품도 들어 있음. 8월 24일 아동극본 「우리 교실」을 씀. 8월 26~27일 희곡 「고향 사람들」을 씀. 같은 해 12월 단편소설 「지열(地熱)」(12월 16일)과 「고향 사람들」의 속편인 희곡 「동지(同志)들」(12월 18일~20일)을 씀. 투병 중임에도 야학을 열어 동네 사람들에게 한글을 강습하고, 마을 청년들과 소인극을 공연하기도 함. 그가 쓴 희곡은 실제 상연을 목적으로 한 작품이었음.

1946년(29세) 단편소설 「양반머슴」(1월 20일)을 씀. 같은 해 3월 18일에 1944년 5월 이후 지은 시조 215편을 수록한 육필 시조집 『탄금대』 엮음. 4월 29일 아들 영함 태어남. 같은 해 6월 해방 전후 썼던 시 30편, 시조 10편, 노래가사 5편 등 총 45편을 수록한 시가선집 『탄금대』를 엮음. 이 작품선집을 낸 이후로 권태응은 줄곧 동요·동시 창작에 몰두함.

1947년(30세) 3월 육필 동요집 『송아지』(47편) 엮음. 『주간 소학생』 45호에 동요 「어린 고기들」 발표(4월 21일). 이 동요는 권태응이 발표한 첫 작품임. 이후 5월부터 주간에서 월간으로 바뀐 잡지 『소학생』(46, 47, 48, 50, 51, 52, 55, 56, 59, 62, 68, 69, 70, 72, 74, 76, 77호, 1947년 5월호~1950년 4월호)에 총 17편의 동요 발표. 7월 육필 동요집 『하늘과 바다』(45편) 엮음. 12월 육필 동요집 『우리 시골』(44편) 엮음. 1947년 후반기에 육필 동요집 『어린 나무꾼』(36편) 엮음.

1948년(31세) 3월 육필 동요집 『물동우』(30편) 엮음. 8월 육필 동요집 『우리 동무』(37편) 엮음. 12월 글벗집에서 동요집 『감자꽃』(30편) 간행. 윤석중이 서문을 쓰고 정현웅이 삽화를 그림.

1950년(33세) 『아동구락부』(1950년 1월호)에 동시 「떠나보고야」 발표. 2월에 1949년 7월부터 엮기 시작한 육필 동요·동시집 『작품』(70편) 엮음. 6월 육필 동요·동시집 『동요와 또』(60편) 엮음. 6·25전쟁이 발발하여 수양골로 피란을 떠남. 피란 도중인 1950년 7월 4일부터 7월 23일 사이에 창작한 동요·동시를 모아 육필 시집 『산골 마을』(59편) 엮음.

1951년(34세) 폐결핵 약을 구하지 못하는 상황에서 또 한 번 피란을 거치며 병세가 악화되어 3월 28일 사망. 충주 금릉동 팽고리산에 묻힘.

1968년 제8회 어린이날에 새싹회 윤석중과 이해곤 동문 등의 후원으로 「감자꽃」 노래비가 충주 탄금대 공원에 세워짐.

1987년 모교인 교현초등학교 교정에 「감자꽃」 노래비가 세워짐.

1992년 9월 22일 어머니 돌아가심.

1995년 글벗집 간행 『감자꽃』 수록작 30편과 미공개 육필 동요·동시집에서 뽑은 64편을 더해 동시선집 『감자꽃』(창작과비평사) 간행.

1997년 한국민족예술인총연합 충북지회 문학위원회(위원장 도종환) 주관으로 5월 31일 오후 3시 충주 KBS공개홀에서 제1회 권태응문학제를 개최함. 이후 이 행사는 2018년 현재까지 총 22회에 걸쳐 권태응 문학잔치와 권태응어린이시인학교로 이어짐.

2001년 5월 이오덕의 권태응 연구서 『농사꾼 아이들의 노래』(소년한길)가 나옴.

2005년 정부에서는 독립유공자로서의 공훈을 기려 대통령표창을 추서함.

2018년 11월 권태응 탄생 100주년을 맞아 『권태응 전집』(창비) 간행.

엮은이

도종환 시인. 충북 청주 출생. 시집『고두미 마을에서』『접시꽃 당신』『당신은 누구십니까』『슬픔의 뿌리』『세시에서 다섯시 사이』『사월 바다』등이 있다.

김제곤 아동문학평론가, 초등학교 교사. 1966년 충남 태안 출생. 평론집『아동문학의 현실과 꿈』, 연구서『윤석중 연구』등이 있다.

김이구 문학평론가, 소설가, 출판기획자. 1958년 충남 예산 출생. 평론집『어린이문학을 보는 시각』『해묵은 동시를 던져 버리자』등이 있다. 2017년 심장마비로 별세했다.

이안 시인, 동시인. 1967년 충북 제천 출생. 시집『치워라, 꽃!』, 동시집『고양이와 통한 날』『글자 동물원』, 평론집『다 같이 돌자 동시 한 바퀴』등이 있다.

권태웅 전집

초판 1쇄 발행 2018년 11월 15일

지은이   권태웅
펴낸이   강일우
책임편집   정편집실
조판   박지현
펴낸곳   (주)창비
등록   1986년 8월 5일 제85호
주소   10881 경기도 파주시 회동길 184
전화   031-955-3333
팩시밀리   영업 031-955-3399 편집 031-955-3400
홈페이지   www.changbikids.com
전자우편   enfant@changbi.com

ⓒ (주)창비 2018

ISBN 978-89-364-7682-3 03810